LES ROSES DU VEUF

CLAIRE LOTA

LES ROSES
DU
VEUF

ROMAN

Autoédition 2021
www.clairelota.com

Imprimé à la demande
Dépôt légal : novembre 2021
ISBN ebook : 978-2-9577590-1-9
ISBN broché : 978-2-9577590-0-2
ISBN PDF : 978-2-9577590-2-6

Photo de couverture : Jovana Nesic provenant de Pexels
Couverture, mise en page et co-autoédition :
Émilie Varrier – VotreSoutienAdministratif.com

À mon père.
À ma mère.

« Atteindre son idéal, c'est se dépasser du même coup »

Friedrich Nietzsche

Avertissement

Les Roses du Veuf est un roman terroir.

L'intrigue, l'action et les dialogues sont le fruit de l'imagination de l'autrice. Si certains faits et personnages ont réellement existé, les situations et les péripéties qui leur sont attribuées sont purement fictionnelles. Pour les autres cas, toutes ressemblances avec des personnages existants ou ayant existé sont purement fortuites.

PREMIÈRE PARTIE

1

L'âge de raison

1952

Du temps où tout roulait entre mon père et moi, parce que j'étais petit, j'aimais le regarder entasser des billets Richelieu dans des bocaux en verre, puis les étancher d'un cordon de cire chaude. Je n'avais pas le droit d'y toucher. Juste le droit de me taire et le droit de le suivre. Il les enterrait derrière le corps de ferme et marquait les emplacements de petits cailloux blancs. On aurait dit des sépultures de moineaux. Entre les vieux bocaux et les nouveaux, il y en avait tout un cimetière.

Il avait entouré la parcelle d'une clôture à moutons. Une porte, bricolée de piquets d'acacia et de planches vermoulues, en interdisait l'entrée. Une grosse pierre au sol l'empêchait de s'ouvrir. De temps à autre, il invitait ses poules à déloger les vers de terre et à gratter les traces qui auraient pu dénoncer ses travers.

— Je fais des expérimentations, me disait-il, lorsque je montrais mon nez d'un peu trop près, les doigts dans les trous du grillage, et un brin trop fouineur à son goût.

Au début, ses manœuvres me fascinaient. Je lui tournais autour et mes questions l'agaçaient. Il me chassait alors d'un geste vif :

— Fiche le camp, Simon ! Va dans la cuisine et occupe-toi des chats.

Je nourrissais les chats et je me suspendais à la fenêtre. À son retour, il me faisait miroiter une récompense extraordinaire si je montrais de la patience :

— Petit, me disait-il, un jour t'en croiras pas tes yeux. J'ai résolu le problème des banques qui utilisent les économies des braves pour enrichir la bourse des fainéants.

Il me tenait un langage totalement hermétique, qu'il me croyait accessible en l'enrobant de clins d'œil complices.

Un dimanche de juillet, une excitation d'un genre nouveau lui décrocha un sourire de malice. Nous étions à table et au dessert, aux noix et aux reines-claudes. Il tira sur le pan de ma blouse et m'entraîna :

— Suis-moi, petit, j'ai un cadeau pour toi. Aujourd'hui, tu as atteint l'âge de raison : sept ans ! Tu vas voir ce que tu vas voir.

Je l'ai suivi le cœur gonflé d'impatience. Il m'emmena derrière le corps de ferme. La pluie tombait à verse. Mes sabots s'embourbaient et mes semelles chuintaient. Des croûtes terreuses éclaboussaient mes mollets. Il s'empara d'un râteau contre le mur et, du manche, il traça un rectangle.

— Regarde, Simon, et n'oublie pas. C'est l'emplacement de ma dernière demeure. Le jour venu, petit, après l'enterrement, tu sortiras mon corps du cimetière et tu creuseras là, entre ces quatre traits. Puis tu y déposeras ma dépouille.

Mes yeux de sept ans tout neufs s'ouvrirent tout grand :

— J'saurai pas faire !

— C'est pas pour demain, fiston. T'as le temps de pousser d'ici là. T'as le temps de t'habituer à l'idée. En revanche, personne ne doit savoir. C'est entre nous. Tu ne vas pas te dégonfler, hein ? Je peux compter sur toi ?

— Oui.

Ma voix fuitait. Mes jambes auraient bien aimé décamper elles aussi.

— Jure-le, Simon.

J'ai juré pour la première fois de ma vie sous une pluie battante. L'eau de pluie détrempait mon visage. Ou bien était-ce des larmes ? Le cadeau n'était pas à la hauteur et me désespérait. Mon père m'a obligé à jurer une deuxième fois. Puis une troisième. Et je ne sais plus combien de fois. À ses lèvres pincées, je voyais bien qu'il doutait de ma sincérité et m'aurait espéré plus enthousiaste. Avait-il repéré la panique dans mes yeux ? Il poursuivit à son idée :

— Une fois mort, je ne veux pas m'éterniser au cimetière. Tu comprends ça ? Ma place est ici, chez moi. Une fois dans cet endroit, en plein au milieu des bocaux, je surveillerai mes économies et, en même temps, j'aurai un œil sur toi.

L'idée des bocaux dans la terre lui venait de Prosper. Prosper le patriarche. Et il le vénérait pour cette idée géniale. Il serrait son portrait cartonné dans sa poche intérieure. Au besoin, il sortait la relique. La photo de l'ancêtre lui donnait un regain d'énergie plus sûrement qu'un petit verre de gnole cul sec. Parfois, il la plantait sous mon nez :

— Regarde, petit, et prends-en de la graine. Prosper est un génie.

— Pouah, ces moustaches !

— Tu hériteras des mêmes. Tu lui ressembles. Ton nez vire à gauche comme le sien. C'est la chance de ta vie.

— J'en veux pas.

— C'est pas toi qui décides, c'est Prosper. C'est lui, le chef.

— J'en veux pas.

— Embrasse-le, petit, il mérite ton respect. À ton âge, il ne ménageait pas sa peine, il guidait la charrue. L'école, c'était pas sa marotte, tu devrais prendre exemple. Il n'a jamais ouvert un livre et s'en est très bien tiré comme ça. Il a mangé tous les jours à sa faim, nourri sa famille et agrandi la ferme. La terre fera de toi un homme respecté. Un homme comme lui, rivé aux labours et aux récoltes foisonnantes. Un homme plein d'argent dans les bocaux.

Je collais de force une bise au patriarche en évitant ses bacchantes. Elles m'écœuraient. Elles emprisonnaient des débris faisandés dans leurs poils de balayette à chiotte et j'avais beau m'en détourner, mon père ne voulait rien savoir, il m'aplatissait le nez dessus.

2

La mécanisation des champs

1952

Je ne sais combien de litres de sueur mon père usa pour agrandir son territoire. Il grignotait, morceau après morceau, les parcelles des voisins et se contrefichait de leur hostilité. Quand il partait chez le notaire acheter une pièce de terre, il revenait bouffi d'orgueil. Je guettais son retour. Au portail, il brandissait son nouveau titre de propriété et m'appelait. Je me précipitais à sa rencontre. Je ne l'ai jamais connu si bienveillant qu'en ces victoires où sa joie éclatait. Qu'en ces moments bénis où il ébouriffait mes cheveux :

— On va fêter ça, Simon, qu'est-ce qui te ferait plaisir ?

Mes envies se limitèrent longtemps à quelques friandises. À un ou deux lapereaux que je sauvais de la casserole ou aux chatons aveugles dont je reculais l'heure de la noyade.

Mais un autre souhait creusait tranquillement sa route. Quelque chose en moi émergeait. Le balbutiement de ma propre voix. Ne sachant pas comment l'apprivoiser, longtemps je l'avais écarté. Me condamnant moi-même à la censure et j'étais au supplice. Je rêvais de rayonnages garnis de livres dans ma chambre.

À en croire les bruits qui couraient, mon père travaillait le bois comme un chef. J'ignorais où et quand il avait fait ses preuves, mais le savoir me faisait fantasmer d'étagères.

À son retour du notaire, je l'ai regardé venir de loin, résolu à changer de registre, à réclamer une bibliothèque fabriquée de ses mains. La hardiesse m'enflammait tout entier. Mais en lieu et place d'une mine réjouie, son visage se tordait. Il maugréait. J'en ai conclu à une contrariété et me suis planqué sous la table. Il ne faisait pas bon se trouver dans ses pattes quand ses affaires capotaient.

Il s'effondra, livide, dans son vieux fauteuil d'héritage. Il avait écopé d'une tronche plus ravagée que celle d'un jour sans pain. Il invectivait le ciel, l'enfer et tous les saints. Et même sa propre femme, ma mère défunte, qu'il accablait d'injures :

— Avec qui tu commerces là-haut ? Traînée ! Pourquoi m'as-tu abandonné ?

Il me croyait ailleurs. Un bataillon de fourmis piquetait mes mollets. J'ai déplié mes jambes. Le raclement de mes sabots me dénonça.

— Sors de là, Simon. Quand ça craint tu te planques !

— Qu'est-ce qui craint ? j'ai demandé en montrant patte blanche.

— La mécanisation des champs, pardi !

— C'est quoi, la mécanisation des champs ?

— Retiens bien ceci, Simon : les tracteurs vont envahir la ruralité et ce sera une grave erreur. Cette révolution inutile se fera sans toi ni moi. Sans toi après moi, jure-le !

J'ai juré.

Jurer m'était devenu un réflexe. Depuis mon rechignement derrière le corps de ferme, mon père me forçait à jurer pour un oui ou un non. Si je ne me pliais pas dans la seconde à cette comédie ridicule, il me regardait par en dessous, voyant dans mes hésitations de la déloyauté.

— Tant que nous vivrons, Simon, aucun tracteur ne remplacera jamais nos bœufs.

— C'est quoi, un tracteur ?

— Une invention du diable. Le voisin veut renverser la vapeur avec ce type d'engin.

— Quelle vapeur ?

— Récupérer ses terres et dévorer les miennes. La banque le soutient. Il a réglé l'avance avec les sous de la transaction.

Mon père était atteint au flanc. Ses poumons sifflaient aigu comme le soufflet de la cheminée. Ce n'était pas le moment de réclamer des étagères. Sinon à provoquer dans sa poitrine une déflagration digne d'une grenade à main.

Mais je n'en pouvais plus et perdu pour perdu, c'est sorti tout de même. J'ai réclamé de but en blanc des étagères dans ma chambre. J'ai agrémenté ma demande d'une exigence supplémentaire : la série emblématique du « Club des cinq ». Puis, la tête dans les épaules, j'ai attendu la volée de bois vert. Pour toute réponse, mon père m'infligea d'abord ce singulier silence dont il usait abondamment avant d'exploser :

— Un concurrent de taille me chie dans les bottes, et toi Simon, tu me réclames une putain de bibliothèque garnie de livres ! Enlève cette fantaisie de ta tête. Jamais je ne livrerai mon fils unique à cette comédie de paresseux.

Il campa des semaines sur ses positions. Il mêlait à l'inutilité des livres les dangers de la mécanisation des champs. Ses raisonnements n'avaient plus ni queue ni tête. Il mélangeait tout : mon désintérêt pour la ferme, la jalousie des voisins, les dangers du progrès, cette saloperie de pluie et ces putains de vers de terre dans les salades.

À tout propos, il gueulait.

À ceci près qu'il préservait ses bœufs de son déchaînement. Leur litière n'avait jamais été si bien entretenue. Avec ses bêtes il faisait corps. Leur place dans la famille valait la mienne. S'en défaire contre un moteur pétaradant aurait été l'aveu de son impuissance, la remise en cause du travail à mains nues. Tout ce qui faisait sa gloire et sa fierté en somme. Il refusait de rompre cette chaîne de labeur et de peine et traitait par le mépris nos voisins motorisés.

Je le comprenais au fond.

Mon père était un petit homme d'expérience vissé à sa charrue à main depuis la nuit des temps. Il encensait les gestes séculaires du laboureur à bœufs comme le modèle d'une vie réussie. Et il accomplissait son devoir sur terre, telle une mécanique aveugle, avec une espèce de hâte ridicule qui le poussait à s'agrandir. Personne dans les parages ne retirait plus grande satisfaction que lui à violenter les limites de son corps. Du haut de mon jeune âge, je le regardais s'asservir à sa terre et se nouer comme une vieille souche contrefaite.

Au premier tracteur qui hoqueta, il décida de me former à ses méthodes primitives. À commencer par me sortir de l'école :

— Je vais t'apprendre les ficelles du métier. Nous ne serons pas trop de deux pour mener la bataille contre les tracteurs orange.

3

La bénédiction des bœufs

1954

Par chance, une autre urgence se dessina dans l'étable.

La détresse s'emparait de notre brave paire de bœufs mouchetés. Ils bavaient et raclaient du sabot depuis qu'un concurrent, plutôt bruyant, labourait le champ du voisin et qu'il les ignorait superbement en lâchant des pets à l'odeur de gasoil. Cette puanteur dans les pâquerettes les déstabilisait. L'intuition morbide d'une fin programmée les rendait mugissants. Ils exigeaient du réconfort et un miracle pour avancer.

Après des nuits à leur chevet, à les calmer et à les bichonner en vain, mon père rassembla son courage. Il prit la direction de l'église. Notre brave curé Jean promit d'intercéder en sa faveur.

À la messe dominicale, il prêcha la patience de nos bœufs, puissants et dociles, et glorifia leur ardeur sous la gaule de mon père. Il observa que ces bourreaux de travail étaient le troisième bras de la paysannerie française et qu'à ce titre, fort respectable, les hommes leur devaient une reconnaissance éternelle. Puis, dans un sursaut d'égalité entre l'homme et la bête, il procéda à la bénédiction de l'attelage et aspergea d'eau bénite les encornés qui pissaient de trouille sur les dalles.

Nos voisins motorisés, avertis de l'entorse au règlement divin, repérèrent la bonne affaire. Ils firent crachoter leurs tracteurs sur le chemin abrupt menant aux cloches. Les roues des mastodontes éventrèrent l'antique sentier qu'un nombre incalculable de pénitents avait tassé de pieuses intentions.

Cette dégradation impie déclencha les foudres du curé Jean. Écumant de rage, il refusa tout net de céder à cette démonstration de force. Sur le parvis, il fit un rempart de son corps et, en lieu et place d'une giclée d'eau bénite, il cracha sur les tôles de ces engins de malheur.

— Vos tracteurs n'ont pas d'âme et leurs cœurs sont faits d'acier.

— Parce que les bœufs ont une âme peut-être ?

— Comme tous les animaux de la création !

Des menaces le poursuivirent dans la nef. On se serait cru aux portes de l'enfer. De pilastre en pilastre, des noms d'oiseaux volaient comme jamais une église n'en accueillit d'aussi colorés en son sein. Dans sa soutane élimée, brandissant son missel écorné et sa bible en guise d'assommoir, notre cureton endiablé fonça dans la mêlée et gagna, en retour, la riposte des renégats. Des bondieuseries chutèrent des piédestaux.

Passablement choqué, le serviteur de Dieu, de nouveau en prière, s'enferma dans sa cure le temps de recoller les morceaux. Et le temps pour ses ouailles de retrouver la dignité du culte. Il tira les cinq verrous et siffla son humiliation dans l'œilleton grillagé :

— Ne comptez pas sur le Seigneur pour qu'il négocie des reports de paiements. Je m'y opposerai. Mes foudres vous poursuivront jusqu'au pardon final, jusqu'aux derniers sacrements.

Quant à mon paternel, présent à l'empoignade, il bichait comme un pou. Une lueur, saillie de cette échauffourée, le confortait sur la supériorité de ses bœufs. Lui qui d'ordinaire évitait les voisins passa trois jours à les interpeller :

— Le Tout-Puissant m'approuve, se gaussait-il, il récuse la machine en remplacement de l'homme. Cette mascarade motorisée vous coûtera votre légitimité de paysans sur terre.

À la maison il se frottait les mains :

— J'en connais deux, tout piteux, qui tirent déjà la langue. La banque les accule. Je te fiche mon billet, Simon, qu'ils vont se pointer chez nous sans tarder. Nous avons dans les bocaux de quoi discuter le bout de gras.

Cette perspective lui plaisait tant qu'il avait pris pour habitude dominicale de fleurir l'attelage et s'en aller parader au village. Il y gagna une animosité augmentée et des attaques de plus en plus perfides sur son point faible : son fils Simon.

— T'as raté ta fenêtre de tir. Ton rejeton s'abrutit dans la lecture et tu n'en as pas d'autres pour relever le niveau.

Par chance, sa nouvelle complicité avec le curé Jean le rendait imperméable aux persiflages. Au contraire d'être froissé et mal disposé à mon égard, il me considérait comme un soutien. Nous connûmes, pour un temps bref mais gratifiant, une relation apaisée.

Malgré mon incurable gaucherie, je courais aux champs après la classe et il usait à mon endroit d'une patience inégalée. Sans déroger toutefois à ses principes :

— Un sou doit en rapporter deux. C'est le secret de la réussite. Jusqu'à preuve du contraire, les livres, c'est de l'argent perdu.

J'ai fini par étouffer mes préférences.

La priorité de mon père c'était la ferme. Et avec elle son lot impressionnant d'ancêtres. Les trahir l'aurait rempli de honte. Il honorait la vaillance des anciens plus que mes appétits d'enfant. Contre ça, j'étais démuni et me contentais de rêver. Des étagères, joliment chantournées, hantaient mon imagination. Elles couraient sur les murs de ma chambre et croulaient sous les livres. J'étais à la tête d'une bibliothèque fantôme et cette chimère m'aidait à m'endormir.

J'aurais cru mon père définitivement sourd à mes aspirations et remonté contre moi si le hasard ne m'avait pas conduit au bistroquet.

4

Le bistroquet

1954

Un jour, à l'heure du repas et fatigué de l'attendre, je me suis inquiété. Mon père ignorait mes appels. J'ai enfilé mes bottes et traversé les champs. Les dents de sa herse écorchaient l'air et ses sillons filaient de travers. Les bœufs, déliés de l'attelage, broutaient paisiblement des plaisirs interdits : Achillées, orties, vipérines, pissenlits, chicorée, bleuets et boutons d'or. Cela me paraissait étrange et en contradiction avec l'idée ancrée du paternel sur le travail bien fait. Tout laissait croire, en l'état, qu'il avait piétiné ses belles convictions :

— Une récolte abondante dépend de l'habileté du laboureur à tracer des sillons rectilignes, s'enfiévrait-il souvent.

L'abandon de l'attelage ne lui ressemblait guère.

À force de fouler les hautes herbes à sa recherche, à force de l'appeler et d'irriter mes cordes vocales, finalement, d'errements en vaines explorations, d'appréhension en mauvais pressentiments, je me suis rapproché du village. Je l'ai trouvé au bistroquet dans cet endroit improbable, le lieu de toutes les compromissions possibles, le rendez-vous des buveurs de pastis.

Son timbre fendait l'air. Il pariait dix francs sur ma bonification. Dix francs de l'époque représentaient dix litres de sueur aux champs. Une fortune en quelque sorte. Le fruit d'un labeur harassant.

Il s'arc-boutait sur une table en formica bleu, barbouillée de ronds de bière et ceinturée d'une large bande d'aluminium. Elle était solidement ancrée au sol par un piétement en bois crasseux. Elle absorbait les secousses de mon père, ses coups de poing et ses coups de reins rageurs.

Je m'interrogeais sur la raison supérieure qui l'avait conduit à se perdre dans ce guêpier. J'étais trop innocent pour supposer que j'en étais le responsable. Pourtant, à l'évidence, sa bouche n'en avait que pour moi. Mon prénom y prenait toute la place. Simon par-ci et Simon par-là. Sa voix déployait des intonations de tendresse inconnue. Je ne me suis jamais senti si ému qu'en cet instant lumineux où il me défendait contre tous :

— Vous verrez ! Un jour, Simon vous étonnera.

Il ne me voyait pas dans l'embrasure de la croisée. Il quémandait une approbation minuscule. En réponse, il essuyait des rebuffades :

— Que ce fainéant plonge d'abord ses mains dans la terre ! Après, on changera peut-être d'avis.

— Vous verrez, s'obstinait-il, mon fils a de la ressource. Un jour, vous lui mangerez dans la main.

Où allait-il chercher tout ça ? Sûrement pas dans mes contestations ou dans mes maladresses. Les rires s'amplifiaient. Les verres s'entrechoquaient et des réflexions fusaient :

— T'es pas le laboureur parfait. T'as raté un semis dans ta vie, t'as planté ton fils à l'envers.

— C'est pas demain qu'il va se remettre à l'endroit.

— Il manœuvre une fourche comme un chat une fourchette.

— T'es pas sorti d'affaire.

Mon père, si orgueilleux, et le dos toujours droit malgré l'épuisement, refusait de plier. Il prétendait que pas un autre garnement ne m'arrivait à la cheville.

— Vous verrez, vous verrez, répétait-il en s'emmêlant la langue, vous verrez, un jour il vous épatera.

Je pensais me retirer et j'amorçais déjà le premier pas à reculons lorsque le patron m'avisa :

— Tiens, justement, quand on parle du loup ! Voilà ton branlotin de fiston qui vient te chercher. Il a oublié ses muscles à la maison, il pousse en dépit du bon sens. T'as oublié de lui butter l'esprit de terre et voilà le résultat : une asperge sauvage, une asperge verte et amère.

Mon père fit volte-face, plus décontenancé qu'une poule déterrant une sonnette de vélo. Ravie cependant du son métallique sous son bec.

— Ah, c'est toi, fiston ! T'arrives à point nommé, je t'attendais !

Que s'était-il passé qui le rendait soudain si protecteur ? Et satisfait de ma présence ? Il assena un dernier argument à ces bouffeurs d'espoir, un argument imparable :

— Vous voyez, dit-il, Simon est là pour moi, je peux compter sur lui dans la tourmente.

Il me rejoignit, tiré par un fil invisible qui le maintenait droit. Le fil du panache, je suppose. Il se cramponna à mon épaule. Je réglais mon allure sur son pas vacillant. Mon soutien le rendait collant de bave. Il bafouillait dans mes boucles et me confiait qu'il s'était mis minable à cause des menteries qui couraient sur mon compte. Des menteries qui l'avaient fait tourner en bourrique, perdre le contrôle de l'attelage et courir me défendre.

— Tu es un bon petit gars, Simon. Ils ont beau dire, je sais que tu t'en sortiras. Tu as toute ma confiance.

Le découvrir si familier et si affectueux me fit perdre la boussole. Son souffle de houblon dans les cheveux, je suis repassé deux fois au même endroit.

5

La fourche de Noël

1954

Très vite, mon père m'enleva sa confiance.

J'aimais me la rappeler cependant. Les jours où j'avais mille fois l'occasion de le détester, les jours où il me considérait comme un accident de la vie. Le souvenir de ses pas chancelants dans mes pas adoucissait ma peine.

Par un après-midi de décembre, la terre gelée nous consigna à la maison. Le vent s'engouffrait sous les tuiles. Au-dessus de l'évier, il déclamait sa plainte hivernale pareille à un hurlement de loup solitaire pris au piège de l'hiver.

Nous nous tenions au chaud près de la cuisinière. Elle carburait aux boulets de charbon. Rien d'autre à faire à part tendre nos mains au-dessus des plaques rougeoyantes. Du chocolat cuisait dans la casserole. Son arôme épicé chatouillait mes narines. Chaque seconde, mon père vérifiait l'épaississement idéal sur le dos de la cuillère en bois. Il rajoutait du lait au besoin.

Quand soudain, il me confia son désir d'arpenter le pont d'un bateau :

— J'aimerais connaître la différence entre le plancher des vaches et celui des marins.

J'ai levé un sourcil. Était-ce l'effet euphorisant des effluves cacaotés ou l'incoercible démangeaison d'une confidence trop longtemps retenue ? Un instant je restai coi, totalement stupéfait.

Le chocolat prenait dans le fond.

Jusqu'à présent, mon père ne s'était jamais distingué que par des fièvres immodérées pour son coin de terre. Et le bonheur incroyable d'y enfoncer ses pieds. Ce nouvel attrait pour la marine m'encouragea. Je n'ai pas pu me retenir :

— À Noël, si tu m'offres *Un capitaine de quinze ans* de Jules Verne, je te lirai l'histoire à la veillée et nous voguerons ensemble, devant la cheminée, sur toutes les mers du globe.

Il versa dans mon bol du chocolat brûlé et déposa la casserole, fumante et criante, sur la pierre froide de l'évier. Une houle dans sa tête le faisait sombrer corps et âme. Il hoquetait comme un noyé sur la grève. Plus déterminé que jamais à arrimer son rejeton à la terre ferme :

— Pas question de prendre la mer, en rêve ou en réalité. J'ai autre chose en vue pour toi.

En lieu et place du livre commandé, je découvris dans mon sabot de Noël une fourche à deux dents. Un magnifique outil en bois d'un seul tenant. J'en oubliais ma commande. La fourche donnait vraiment envie de piquer une botte de paille avec. Je la retournais en tous sens. Ma main caressait la douceur de son bois. Aucune écharde. Une véritable peau de velours. Mon approbation dans l'œil réveilla la fierté de mon père :

— C'est moi qui l'ai fabriquée. Dans du bois de micocoulier. Mi-co-cou-lier. Répète !

— MI-CO-COU-LIER.

— C'est un bois dur à travailler, mais il en vaut la peine. C'est le bois idéal pour fabriquer une fourche. Il en pousse très peu par ici, mais je connais un bosquet. Je l'entretiens. J'ai sélectionné la cépée et l'ai aidée à grandir. Centimètre par centimètre. Je l'ai tuteurée et guidée deux années. Deux années ! Tu vois le travail ! Puis je l'ai coupée en mars, avant la remontée de la sève.

— Et ensuite ?

— Ensuite, j'ai taillé la fourche à ta taille. Puis j'ai formé la courbure des dents et leur écartement. Le bois de micocoulier n'a pas de secret pour moi. J'en fais ce que je veux. Ton berceau par exemple.

— Mon berceau ?

— Je l'avais prévu pour durer. Pour accueillir tes frères après toi.

— Mes frères ?

— Il aurait pu servir pour dix. C'était du beau et du solide, du vrai travail.

— Il est où ?

Mon père souleva du regard la trappe du grenier.

— Tu vois cette fourche, enchaîna-t-il, je l'ai assouplie au feu dans notre four à bois. Quand tu dormais. Puis je l'ai laissée refroidir et durcir dans la grange. Je lui rendais visite tous les soirs. Tu n'as rien remarqué ?

Je n'avais rien remarqué.

Je me laissais bercer par la sonorité grisante de ce mot inconnu : MICOCOULIER. Je désirais en savoir davantage et aller à la source. Le bosquet m'attirait. Je lui soupçonnais des mystères et des envoûtements que mon imaginaire de garçonnet amplifiait.

— Tu peux me montrer ?

Nous sommes sortis. La moufle de mon père serrait la mienne. Le loup ne hurlait plus. Une gelée blanche recouvrait le bosquet. De longs bâtons blancs surgissaient telles des sentinelles fantomatiques. Je me suis promis de revenir aux beaux jours.

À côté de mon bol, sous ma serviette, mon père avait dissimulé une surprise : une brioche au sucre et un livre, *Un capitaine de quinze ans*. Le seul livre qu'il ne m'ait jamais offert. J'ai insisté pour le lui lire, mais il me repoussa. Je désespérais de ne jamais voguer à ses côtés, devant la cheminée, nos épaules se touchant, nos imaginations pendues à la grande voile.

Tous les printemps et les étés de mon enfance, je m'isolais dans le bosquet de micocouliers. Le *capitaine de quinze ans* en poche, je me sentais invulnérable. Sa compagnie me servait d'antidote et mes souffrances s'apaisaient.

Ma fourche de Noël n'a jamais joué son rôle de fourche. Ne serait-ce qu'une fois pour la forme. Mais j'en prends soin. C'est le seul souvenir tangible de mon enfance, je n'ai pas de jouet cassé dans ma mémoire. Aujourd'hui, elle se pavane contre ma cheminée et me rappelle mon père, l'habileté de ses mains, son caractère aigri et ses pieds dans la terre. Elle m'évoque aussi les voyages de Jules Verne que nous ne ferons jamais ensemble et les travaux de la ferme auxquels j'ai échappé.

La honte d'être inutile fourmille dans son manche. Des velléités l'animent quelquefois. Elle me menace d'une correction et je surprends une voix qui l'encourage. Mon père a beau s'époumoner dans un coin de mon cerveau, cette bastonnade n'arrivera plus jamais. Tout ça, c'est du passé.

6

Le tronc du marronnier

1955

La pire épreuve de mon enfance n'est pas à mettre sur le dos de mon père. Le drame s'est déroulé à l'école. Dans la cour de récréation. Le jour de la sortie des classes, le jour de mon anniversaire en prime, le jour de mes dix ans.

À l'époque, Grégoire était le fils du viticulteur le plus riche du secteur. Et moi, Simon, le fils indigne du laboureur à bœufs le plus borné qui soit. Dans la cour, j'étais la proie toute désignée de la perversité. Ma trombine dénonçait ma culpabilité. Mes dents se chevauchaient. Des trous de varicelle grêlaient mes joues. Mon nez virait un chouia sur la gauche. Comme Prosper. Si j'avais dû élire une tête de Turc, j'aurais choisi ma fiole tellement je me dégoûtais. Au croisement du miroir, à chaque fois, ma glotte se révulsait.

Pour ajouter à ma disgrâce, j'avais hérité des boucles folles de mon père. On me traitait de fille. À la saison des marrons, un jeu de dingue consistait à les fourrer de bogues. Une fois le forfait accompli, on me tapait sur la tête avec un livre de lecture. Un véritable supplice. Une souffrance sans nom qui m'a fait détester les marrons pour toujours. Je redoutais plus que tout les épines et les croûtes difficiles à peigner. Je me mordais les lèvres et j'avalais ma douleur.

Au contraire de décourager les garçons, mon apparente placidité les énervait. Ils étudièrent comment en rajouter et m'obligèrent à écrire les rédactions à leur place. Ce faisant, ils se trompaient de combat. Cette pénitence me convenait. Je me suis calé derrière les cabinets, un coin soustrait à l'œil perçant du maître, et me suis appliqué. J'espérais ainsi gagner des sympathies. Mon porte-plume courait. J'entrevoyais déjà la fin de mon calvaire.

Au retour des copies, je me suis fait tout petit. Le maître avait repéré le coup fourré. Il distribua aux tricheurs des lignes à tour de bras. Puis me montra en exemple et conseilla aux fraudeurs d'en prendre de la graine. Fallait s'y attendre, les remerciements ne furent pas au rendez-vous :

— Si tu crois nous épater avec des phrases emberlificotées, c'est tout l'inverse !

De partout, j'entendais crier vengeance. Contre une classe en délire, j'étais le perdant quoiqu'il arrive. On chercha des mois la plus horrible des tortures. Jusqu'au jour où l'on décida de me faire passer de vie à trépas. À l'idée, la classe se bidonnait. Et moi, l'idiot de service, je me marrais à l'unisson. Telle une bourrique sur le chemin de l'abattoir, la queue guillerette et le braiment idiot.

Alors que je n'y croyais plus, les garçons m'ont attrapé et ligoté au tronc du marronnier. C'était le dernier jour, le jour de la sortie des classes. On m'a bandé les yeux et posé un bâillon. Je ne me suis pas défendu. J'ai même serré mes jambes pour leur faciliter la tâche. Comment prendre au sérieux, à dix ans, la décision de me rayer de la surface de la Terre ? Comment de telles idées de malades pouvaient-elles germer dans des têtes à poux qui n'avaient pas encore réglé son compte au complément d'objet direct ?

J'en ai repéré un qui m'a filé des coups de tatanes dans les chevilles. Y en avait qu'un pour se chausser de la sorte contre l'usure avec des bouts ferrés. Qu'un seul suffisamment poltron pour se venger sur des jambes ligotées : Grégoire. Le même qui se vantait de m'avoir à la bonne.

Il a serré mes liens en prononçant une putain de sentence. Cette pourriture de voix éraillée est gravée dans ma mémoire comme sur la piste d'un quarante-cinq tours rayé. Elle tourne en boucle et laboure un sillon de douleur :

— Saloperie de fils de paysan à la noix, t'en as plus pour longtemps, tu vas bientôt crever.

Maintenant que nous sommes grands, maintenant que Grégoire a pris le temps de réfléchir, s'il pouvait ravaler ses propos, il le ferait deux fois plutôt qu'une. Mais c'est perdu d'avance. Ses bouts de souliers ferrés et ses intonations de râpe à fromage m'ont marqué au fer rouge. Ce n'est ni demain ni même après-demain que je lui trouverai des circonstances atténuantes. Il peut toujours se taper le cul par terre, je ne suis pas Notre Père, je ne pardonne pas les offenses. Son affront m'est resté en travers de la gorge.

Avant de m'abandonner à mon sort, mes tortionnaires se sont souvenus du jour de ma naissance :

— Bon anniversaire, qu'ils m'ont dit, ces salauds de fumiers, et ferme ta gueule !

C'est bête à dire, mais je les ai remerciés dans mon bâillon. Ils se souvenaient de la seule date qui m'ébranlait de bonheur. Ma hâte de grandir la rendait importante à mes yeux.

La grille de l'école s'est refermée sur un bouquet de railleries. Et sur l'ignorance de notre maître, monsieur Rousseau. Gilbert de son petit nom. Plus occupé à partir en vacances qu'à regarder si tout était en ordre autour de lui. Quelle importance, son insouciance, d'ailleurs ! Je n'ai rien fait pour me manifester. Je me marrais doucement parce que je n'y croyais pas. J'attendais ma délivrance en bouclant mon clapet. Une branlée m'attendait au tournant si j'enclenchais la sirène :

— Si tu couines, la répartie sera plus dure que la mort.

J'étais prévenu et bien prévenu. Mais si peu convaincu. J'aurais parié les économies du paternel dans les bocaux qu'on reviendrait me détacher avant le crépuscule. Tudieu ! Heureusement que je n'en ai rien fait ! J'ai passé toute une nuit livré à la gouaille et à l'appétit des corbeaux.

— Simon, fais gaffe, m'avait prévenu mon père, un jour qu'il m'avait repéré en train de bouquiner dans la fourche du vieux cerisier, les corbeaux picorent les yeux qui lisent, c'est leur morceau préféré.

J'y étais.

Livré à leur merci et à leur gourmandise. Je serrais fort les paupières. Les becs noirs battaient des ailes sous mon nez. Ils puaient la volière encrottée. L'un d'eux a confondu ma tête avec une balançoire. Il a planté ses serres dans la peau de mon crâne et a chié dans mes boucles. Au soir tombant, il s'est replié au sommet comme un busard à attendre. De temps à autre, une plume sous mon nez me rappelait à ma misère.

À la lune, j'ai pas crié parce que j'avais peur des loups. Les autres m'avaient averti :

— Fais-toi silencieux, freluquet, la nuit les loups ont des lampes de poche.

Mon père m'a cherché partout sauf ici dans la cour. Je l'entendais m'appeler dans la nuit :

— Simon ? Nom de Dieu, putain, réponds, t'es où ? Si je te trouve, tu vas t'en souvenir.

J'ai préféré me taire. Ma disparition le rendait dingue. Mais s'il m'avait trouvé au tronc du marronnier, il m'aurait cru sans honneur. Et ç'aurait été pire.

Si j'ai réussi à survivre, c'est grâce au fils du berger.

Nous avions le même âge et partagions au coude à coude le même pupitre. Je me souviens de son père. Un bonhomme rabougri qui remorquait dans son sillage une puanteur de moutons équarris. Nous avions ceci en commun, nos géniteurs comptaient sur nous pour soulager leur condition. Mais lui, tout au contraire de moi, se pliait volontiers à cette destinée toute tracée.

La solitude des pâturages lui allait comme un gant. À l'époque des agnelages, il s'absentait des jours entiers. Aux transhumances, il s'évaporait carrément. De retour des pâturages, il avait pris des couleurs, des centimètres et sa blouse noire craquait aux entournures. Mais à son tour de lire, il butait sur les mots. Il n'a jamais réussi à ânonner une phrase d'affilée. Il me lançait des regards éperdus et je soufflais derrière ma main.

Sans son intervention, la mort m'aurait emporté sans tambour ni trompette.

7

Le petit berger

1955

Le deuxième jour au tronc du marronnier, le petit berger escalada la grille. Mais tout en haut, il glissa. Une pointe de défense perfora sa cuisse droite et il resta suspendu. Il aurait pu crever embroché comme un cochon de lait. Nous aurions pu nous regarder mourir. Lui pissant son sang et moi perdant mes forces. Il s'est arraché du piège en tirant fort sur ses bras et en poussant un cri de bête sauvage.

Il se confectionna un garrot de fortune avec sa ceinture de flanelle. Il dégaina son Opinel, sectionna mes liens et me fit la courte échelle. Il me balança de l'autre côté, le nez dans la poussière et la jambe droite repliée sous mon ventre.

— T'inquiète, j'ai crié en me redressant, je reviens illico avec les clefs.

J'ai détalé chez le maire en boitillant. Une angoisse de dément me faisait pousser des ailes. Un seul objectif, délivrer mon voisin de pupitre. Je le voyais mal se refaire la grimpette à l'envers. Son teint livide n'augurait rien de bon.

Trente secondes plus tard, je toquais chez Julien Jonquille, le maire de Saint-Ignace-les-Benoits.

Sans réponse, je me suis invité. Une caricature de gnome mal attifé, sans un poil sur le caillou et aussi accueillante qu'une forteresse truffée d'arquebuses, me bloqua dans mon élan. J'ai bafouillé une explication foireuse. L'épouvante et l'urgence m'embrouillaient. Le vieux chauve a mis un temps fou à réaliser. Il se demandait à quel gamin débile il devait son jour de malchance. J'ai vu, il avait la trique sous sa liquette. La bosse parlait d'elle-même. Je l'avais surpris au beau milieu d'un rêve de bonne femme ! Quand enfin il réalisa :

— Une éternité qu'on te cherche, petit salopiot de mes deux, t'étais fourré où ?

À reluquer ma tronche de Fantômas et mes gestes désordonnés, il pensa qu'il valait mieux me suivre. Sait-on jamais ! Il bourra les pans de sa chemise avec des contorsions bizarres. Je piétinais, j'imaginais le petit berger à l'agonie :

— S'il vous plaît, Monsieur le Maire, ça presse, dépêchez-vous !

La cour était vide.

Pas de cordes coupées et pas une goutte de sang. Personne. Ni aucune chiure d'oiseau. À croire que les corbeaux, eux-mêmes, je les avais inventés. Une pureté des lieux s'offrait à nos regards circulaires.

J'ai pris le premier coup de pied au cul de mes dix ans sous le marronnier de la cour. Importuner l'autorité à l'heure de la sieste méritait une empreinte à la hauteur du dérangement. Julien Jonquille tira sur mes boucles comme s'il cherchait à m'arracher la montagne de bêtise qui circulait dessous. Un bout de mon scalp y est resté. J'ai collé mon mouchoir par-dessus et j'ai laissé deux larmes s'échapper. J'ai ravalé les autres.

— Garde ça pour toi, dit-il. Si tu caftes, je te préviens, je te transforme en chauve comme moi. Jure-le !

J'ai juré pour la paix et le silence. Et qu'on n'en parle plus. Mais je me suis fait blouser. Longtemps, je me suis demandé si mon père n'aurait pas préféré extraire de la rivière un cadavre criblé de sangsues plutôt qu'affronter en public la débilité de son gamin. D'après l'autorité municipale, qui le cria sur tous les toits, et le cracha à la face de mon père, Simon ne valait pas un fifrelin :

— T'as engendré un parfait imbécile. Je n'engagerai pas un sou vaillant sur sa trombine. Suffit de le regarder marcher, c'est un cossard. Il traîne ses sabots comme un pensum. Un avenir minable l'attend.

— Ne le prends pas mal, me défendait mon père, il peut changer. C'est encore un enfant et, d'après son maître, il a du potentiel.

Devant témoin, mon père prenait toujours mon parti. Sa réaction était très éloignée des coups de gueule à la maison. Il avait sa fierté et très certainement des espérances qu'il refusait d'abandonner.

— Les autres aussi sont des enfants, lui rétorqua Julien Jonquille, mais eux, ils ne perdent pas leur temps dans des bouquins. Après l'école, ils gagnent leur soupe aux champs. Ne viens jamais me réclamer la place de garde champêtre pour ton jean-foutre. Avec son allure de fouille-merde, il serait bien capable d'éplucher mes papiers.

Mon père m'enferma chez les animaux pour m'apprendre. Il délira une semaine. Il me traitait de tout et j'en passe. Le matin, il m'apportait dans une écuelle une mangeaille inservable, assaisonnée de propos acerbes. Il revenait le lendemain, pas mieux disposé et toujours la même mangeaille dans la même écuelle. Je vidais mes tripes chez les bœufs. Dans la paille souillée de leurs bouses. Et je m'abreuvais à leur auge.

Dès qu'elle pouvait s'échapper du fournil, la fille du boulanger me visitait avec une brioche encore chaude dans sa poche.

— J'ai choisi la plus grosse de la fournée, me disait-elle à chaque fois.

Depuis la maternelle, la fille du boulanger avait un petit faible pour moi. Elle partageait son goûter. Une barre de chocolat au lait et une brioche au sucre. Ça me valait des jalousies. Je ne comprenais pas cette générosité et ne cherchais pas à savoir. Je remerciais la fille du boulanger parce que j'étais poli. Et je dégustais en silence. Jusqu'au jour où elle s'est enfin dévoilée :

— Tu me fais de la peine, les autres sont méchants avec toi.

Avec ses manières de petite généreuse, ses longs doigts farineux et ses mèches blondes, la fille du boulanger semblait sortir d'un livre de princesses.

Ses visites à l'étable m'aidèrent à supporter ma pénitence. Elle ne restait jamais très longtemps. Au premier rat qui passait, elle s'enfuyait. Mais elle revenait le lendemain avec une brioche chaude et ses longs doigts farineux.

Mon admiration pour le petit berger débuta sur ce lit de fourrage. Je n'avais que ça à faire, attiser ma gratitude.

Personne avant lui n'avait fait montre à mon égard d'un soupçon d'intérêt. Et encore moins d'une gentillesse gratuite. Quant à risquer sa vie pour moi, je n'aurais jamais cru que ce soit possible.

Depuis je suis son obligé.

Son courage est tatoué dans mon cœur et ma fidélité lui est acquise. Quoi qu'il fasse, qu'il démérite ou pas aux yeux du monde, je serai toujours comme un fauve sur sa ligne de défense.

Entre Grégoire et lui, mon choix est fait, y a pas photo. Le berger passera toujours en premier, c'est lui mon héros.

Quand j'y repense, sa blessure à la cuisse droite est encore à ce jour un vrai mystère. Comment son paternel l'a-t-il soignée ? À la manière de son bétail ? D'une suture au fer rouge ? D'un cataplasme à l'argile verte ? Comment savoir ! Ils ne sont pas bavards dans cette famille. Ils fuient la société et grondent quand ils s'expriment. Entre eux et les curieux, ils dressent une barrière inviolable. Du reste, je ne vaux guère mieux. Au premier rabrouement, je tourne les talons.

Résultat, onze ans après les faits, je me questionne encore. La honte me retient et le déshonneur est palpable. Mon froc mouillé de pisse, au pied du marronnier, remonte à la surface.

Le temps ne change rien à l'émotion. Un vent d'exaltation me transporte à sa vue. Il peut compter sur moi, je ne le trahirai pas. Entre nous, pas de grands mots, mais un respect mutuel et deux doigts à la tempe quand on se croise.

8

La première lettre

1955

Pour la rentrée, mon père avait rafistolé mon cartable avec du fil de pêche. Le raccommodage était pratiquement invisible et les déchirures solidement réparées.

— Ça tiendra le temps qu'il faudra, m'avait-il dit, le temps de te récupérer aux champs.

Le cartable pendait dans mon dos. J'étais dans mon coin habituel, à l'écart des retrouvailles et des bourrades. Mon crâne saignotait encore. Le maire n'y était pas allé de main morte. Les grandes vacances n'avaient pas suffi à cautériser la plaie. Mes boucles camouflaient une croûte honteuse et molle que je grattais dès qu'elle se reformait. Une matière visqueuse, semblable à de la poisse, suintait d'une cicatrice mal refermée.

Grégoire s'est avancé vers moi. L'été lui avait profité. Il avait pris du poids et une stature de taurillon. Il louvoyait et amorçait des petits pas comptés et des sourires gênés. Y avait fort à parier qu'il avait mis l'été à profit pour ruminer sa trahison. Résultat, il en avait gros sur la patate et ça se voyait. Il me tendit la main. La mienne refusa de sortir de sa poche.

— Je te demande pardon, Simon. Si c'était à refaire, je ne le referais pas. Et si on me force, je prendrai ta défense. Juré !

Il tombait mal, ça cuisait méchamment sous mes boucles.

— Je ne suis pas prêt à te pardonner.

— Mais puisque je te demande pardon !

Il ne manquait pas d'air. Il n'en avait strictement rien à cirer de la correction du maire, des corbeaux dans les branches, de la blessure du petit berger et de mon séjour à l'eau et au pain sec chez les animaux. Ses excuses sonnaient faux.

— C'est trop facile, Grégoire, viens-en au fait. Que veux-tu en échange ?

— Trois lignes de ta main et je serai ton débiteur.

Il s'était mis en tête de séduire Rosaline, la plus belle de l'école, en se payant mes services d'écriture. J'ai pris un malin plaisir à jouer ma partition sur la gamme de la rancune :

— Les vacances n'ont rien effacé. Tu n'es qu'un salopard.

— Tu t'en es bien sorti puisque tu es vivant !

J'ai refusé pour la forme et je lui ai tourné le dos. Mais j'ai ressenti un véritable crève-cœur. Ses exigences dépassaient tous mes rêves. Écrire une lettre d'amour à Rosaline me rendait fou de joie.

J'étais tout près de capituler lorsqu'un orage de grêle nous chassa sous le préau. Nous étions là-dessous une marmaille serrée comme des sardines. Sur les tôles, la mitraille alimentait la pagaille. Les filles se tenaient à l'écart des éclaboussures en ne formant qu'un bloc. Les garçons riaient de la bonne farce du ciel. Ils leur tournaient autour en poussant des cris de Jivaros.

Grégoire protégeait Rosaline. Il érigeait un rempart de son corps et ruait dans le tas dès qu'une galoche frôlait sa favorite. Au pire des giboulées, elle bénéficia d'un mètre carré de survie. Quand le déluge cessa, la fillette lui échappa. Il hésita à la suivre. Je le vis s'avancer vers moi avec sa tête de lard :

— Je te récompenserai si tu le fais pour moi.

Une prime à la clef m'intriguait. Mais avec lui, la prudence s'imposait :

— Attention ! Le cadeau doit être à la hauteur. Je ne céderai pas contre une sucette au caramel.

Il chercha longtemps une stratégie susceptible de me faire craquer :

— Une visite dans le chai de mon paternel et le droit d'y goûter.

C'était trop beau pour être vrai. Grégoire me proposait d'entrer dans un lieu interdit aux enfants. Un endroit sulfureux où seuls les grands étaient admis. D'où ils ressortaient bras dessus, bras dessous en braillant des chants de troufions. Une aubaine. Rien ne me séduisait plus que cette tentation du démon. La hâte de pénétrer ce temple de la gaieté me fit remiser mes bouderies au placard.

— C'est d'accord.

— À condition que cela reste entre nous, Simon. Jure-le !

J'ai juré.

Je jurais déjà pour un oui ou un non. Une habitude prise chez mon père. Mais sans cela, j'aurais juré quand même. Des grâces indicibles tournoyaient dans ma tête.

Pour illustrer son offre, Grégoire singea un poivrot qui portait à sa bouche le goulot d'une bouteille. À mon tour, j'ai imité la marche de l'homme saoul. Nous avons traversé la cour en zigzaguant et en raflant des applaudissements. Il sortit de sa poche une grosse clef noire qui dépassait des deux côtés de son poing fermé.

— C'est la clef du chai, je l'ai toujours sur moi.

— C'est bon, je te crois.

— C'est toi qui écris et c'est moi qui signe. D'accord ?

— D'accord.

— Si tu t'exécutes proprement, tu gagneras à vie un droit d'entrer au chai. Mais attention, que personne n'en sache rien et Rosaline en premier ! Surtout pas Rosaline. Ou sinon, fais gaffe à tes os.

Une complicité toute neuve nous avait rapprochés. Je m'y suis mis dare-dare. J'ai glissé mon cœur de garçonnet dans cette première lettre. Les mots me venaient par saccades. Trois lignes ! Je me suis retenu, j'étais parti pour en aligner cent.

La première lettre, la toute première de la série, je m'en souviens plus que les autres. Elle est chargée d'empreintes. Je retrouve ma stature d'écolier, le tablier gris qui va avec et mes chaussettes hautes. Je revois la fillette, sa jupe écossaise et son twin-set vert bouteille. Ses chaussettes blanches et ses mocassins à glands. Lui déclarer ma flamme, sous la signature de Grégoire, me remplissait d'audace. Mon enfance se pimentait d'un goût subtil.

J'ai porté la missive à sa destinataire. Le contrat stipulait une livraison en main propre. Rosaline glissa mon envolée lyrique dans les pages de son recueil de poèmes. Un petit livre ancien, offert par notre maître pour ses bonnes notes en récitation. Elle le gardait toujours sur elle comme un trésor.

Le lendemain, la fillette m'attendait à la grille. Son profil de madone me rappelait une sainte enluminée sur une image de première communion dans le missel de ma mère.

Elle tenait ses mains dans le dos. Bien finaud qui aurait pu deviner ce qu'elle dissimulait. Une lettre déchirée ? Retour au destinataire ? Toute la nuit, j'avais imaginé sa réaction et n'en battais pas large. Je n'étais pas loin d'être tétanisé par la piqûre de l'anxiété. Surexcité aussi.

La fine mouche avait découvert la supercherie :

— Toutes mes félicitations, Simon, tu as de bonnes dispositions.

Elle me félicitait et me tendait un livre.

— En toute amitié, Simon. N'y vois rien d'autre que de l'amitié.

— D'accord.

J'étais à l'âge où l'on prenait ce qui passait pour ne rien perdre tout à fait. Amitié contre amour, cela me convenait. Dans le brouillon de mes sentiments juvéniles, la différence entre les deux me semblait dérisoire. Du moment qu'un lien se tissait, l'une me convenait autant que l'autre. La proposition de Rosaline n'était que du bonheur. Je ne l'ai jamais remise en question et je n'ai eu qu'à m'en féliciter.

J'ai glissé le livre sous mon maillot de corps. Un cadeau d'elle comme je n'aurais jamais pensé en recevoir un jour. Son premier livre contre ma première lettre.

Grégoire me rattrapa.

— Alors ? Qu'a-t-elle dit ?

— Elle t'aime, c'est réciproque. Ses yeux brillaient comme deux réverbères à minuit !

J'avais lu ça quelque part et ça l'a épaté. Il m'a cru sur parole. Comment aurais-je pu, dans l'innocence de mes dix ans, mesurer l'incidence à long terme de ce premier mensonge ?

Sans cette mystification, à l'heure qu'il est, Grégoire serait un homme heureux. Il aurait marié une demoiselle du cru et un enfant de son sang lui sauterait au cou. Au lieu de ça, il a choisi l'enfer. Il s'est accroché à cet amour inventé. Une spirale infernale a eu raison de sa lucidité. Rosaline est devenue au fil des ans sa seule raison de vivre.

Des billets doux, sous la signature de Grégoire, j'en ai écrit des piles. Je mangeais aux deux râteliers et n'envisageais pas de renoncer à l'un ou l'autre. Les doses de vin accompagnaient les lettres et les lettres, en échange, me procuraient des livres. Je n'ai jamais envisagé, à aucun moment, de sortir de ce cercle infernal. Je trouvais dans les deux camps de quoi rompre la monotonie ambiante.

9

Le champ de pommes de terre

1955

Le livre de Rosaline me râpait délicieusement la poitrine. Je le palpais sous ma chemise. La curiosité fourmillait dans mes doigts. À la cloche de sortie, j'ai pris mes jambes à mon cou. Dans la grange, entre deux bottes de foin, j'ai avalé l'histoire d'un trait.

J'en fus si fier que je courus immédiatement aux champs montrer mes progrès à mon père. Je cavalais à travers les jachères, aussi leste qu'un lièvre ayant une meute de chiens aux trousses. Personne dans les parages. À part deux perdrix grises qui décollèrent. J'apercevais au loin la platitude des terres récemment labourées. Le ciel à l'horizon se tapissait d'une vague de cendre et la pluie menaçait.

Je croyais livrer à mon père un vrai motif de gloire. De quoi me faire grimper de trois échelons sur l'échelle des cotations locales. Peut-être même y verrait-il une bonne raison de modifier mon avenir. Je jouais gros sur ce coup-là. Il y a peu, le maître s'était déplacé à la ferme. Il voulait me pousser jusqu'au certificat d'études :

— Sa voie est toute tracée, elle est dans les études. Pensez-y ! Le sortir de l'école n'est pas une bonne idée.

— Inutile de bâtir des plans sur la comète, avait rétorqué mon père. Simon a déjà un rôle sur Terre, il guidera la charrue. Tout le monde n'a pas la chance d'être l'héritier d'une ferme bien tenue. Sans poésie peut-être, mais qui nourrit son homme et sa famille.

Je me souviens de son regard haineux. Toute la répulsion des livres surgissait entre ses deux sourcils. Il maudissait le jour où l'école était devenue obligatoire. Il accusa Jules Ferry de ses difficultés et me tira à lui comme si le camp adverse tentait de m'embarquer contre son gré. Je résistais un peu. Alors il me pinça. Un cri de petite souris fuita d'entre mes lèvres.

— Voyez, Simon m'approuve, Monsieur l'instituteur. D'accord ou pas, ne vous déplaise, c'est moi le père. Le seul ici à décider de son avenir.

Il me pinçait souvent ainsi, sournoisement. Et je poussais des cris de petite souris dans la tapette. À cet âge tendre, je n'étais pas rancunier pour deux sous. La tendresse filiale débordait de mon cœur et les pinçons dans ma chair ne prirent jamais racine dans le ressentiment.

Le maître déclara forfait.

Quand mon père me découvrit, gesticulant et sautillant comme un cabri, il crut à une mauvaise nouvelle. Il supposa que la noiraude avait mis bas un veau mort-né. Trois jours qu'il voyait le malheur arriver. La visite du maître lui avait laissé en bouche un goût de cendre. Il se plaignait sans cesse d'une poisse qui, depuis, lui collait à la peau. Il se méfiait de tout et de moi plus que tout. Il tira sur les guides et cria :

— Ho, holà, hooo ! Tu viens m'annoncer le désastre ?

C'est ainsi qu'il freinait la plupart du temps, talons en piqué et en gueulant : « Ho, holà, hooo ! » Ses pieds en avaient pris une bien vilaine tournure. Le soir, il les trempait dans la cuvette en émail. Après l'avoir remplie d'un broc d'eau tiède et après y avoir jeté une poignée de gros sel. Ses doigts de pieds clapotaient. À l'aide de son couteau de poche, il récurait ses ongles. Des ongles noirs comme des sabots de cochon sauvage, et ça me dégoûtait.

— Regarde, Simon, me disait-il en agitant ses orteils. Ce sont de vrais arpions de laboureur à bœufs. Prends-en de la graine, petit. Quand tes petons ressembleront aux miens, tu pourras être fier.

Mon père était facile à décrire. Pieds nus dans les champs quelle que soit la saison. Il n'y en avait qu'un seul si tenace et si dur à l'ouvrage. Et c'était lui. Il pétrissait la terre et l'âme de la terre de ses pieds endurcis. Il s'accoutrait de pantalons retroussés, retenus à la taille par une cordelette de chanvre. Sa stature, de faible constitution à l'origine, s'était fortifiée très tôt dans le moule grossier du laboureur éternel : torse musculeux, jambes courtes et puissantes, épaules en portemanteau et bras noueux. Il montrait une tendance affirmée à plonger le buste en avant. Les lignes de ses paumes s'étaient comblées d'un noir indélébile. Une vraie singerie de laboureur à bœufs. L'un des derniers de l'espèce dont il tirait sa force et son orgueil. Ses boucles grisonnantes formaient une couronne de broussaille et encadraient un front étroit.

Raidi de saisissement, il roulait des yeux pour s'assurer que c'était bien vrai. Je lui faisais la lecture au beau milieu d'un champ de pommes de terre. Je croyais deviner, dans son regard, de l'admiration à m'écouter. Mes intonations s'emballaient. Les bœufs frissonnaient à mesure que je m'époumonais. Leurs mugissements conféraient à mes déclamations une solennité animale. J'en oubliai l'orage qui menaçait et les avertissements de mon père, l'urgence à récolter les pommes de terre avant la pluie. Sur sa poitrine, des gouttes de sueur traçaient tranquillement leur route. Les grondements du tonnerre sonnèrent la fin de la récréation. Il m'arracha le livre des mains et le jeta sous la sarcleuse :

— Tu me fais perdre mon temps, Simon ! En plus de me contrarier, tu te mets en travers de ma route.

Il reprit les guides, tira à hue et à dia, à grand renfort de gaule et de claquements de langue. Ses veines au cou palpitaient d'un sang tumultueux, un sang noir et féroce. Tandis que les dents de la herse déchiquetaient mon livre, il déroulait ses reproches :

— À quoi ça te sert de savoir lire, petit ?... On vit très bien sans livre... La fourche, c'est moins compliqué que la lecture... Qui prendra la suite si mon fils m'abandonne ?... J'aurais tout raté dans la vie, c'est ça que tu veux ?... Et les ancêtres, comment vont-ils me recevoir ?... Tu n'es qu'un fainéant, Simon, un fainéant doublé d'un fainéant... Qu'ai-je fait pour mériter ça ?... J'ai jamais trahi la terre, jamais renié la famille ! ... Vas-tu m'expliquer, à la fin ? ... Quelle mouche t'a piqué ?

À l'ordinaire, il me servait ces reproches en miettes éparpillées. Mais cette fois-ci, il les enfila comme les perles du déshonneur sur un collier de honte. Je n'osais pas l'interrompre. Dans ses rêves les plus fous, il me voyait trotter dans ses pas. Mais c'était loin d'être le cas. Le ciel lui jouait la pire des rosseries :

— Y a trop de misère ici-bas pour cracher dans la soupe.

Quand il eut épuisé sa litanie, une idée lumineuse lui restitua un filament de courage :

— Puisque tu es là, dit-il, ramasse les pommes de terre, ça ne te tuera point. Et puis, comme ça, je dirai que t'es venu m'aider de ta propre initiative. Ça épatera les buveurs de pastis.

— Si tu veux leur en boucher un coin, dis-leur plutôt que je lis un livre sans m'arrêter.

— J'le dirai point, y s'foutraient de moi. T'es borné ou quoi ? Chez nous, c'est pas la lecture qui fait l'homme. C'est sa capacité à retourner la terre et son habileté à se servir de ses mains.

J'irriguai de larmes la sécheresse de septembre. L'averse ne vint pas comme annoncé. La récolte de pommes de terre nouvelles m'occupa jusqu'au soir. J'y allai à reculons, plus lent qu'une limace à l'assaut d'un tas de sable. D'un train de sénateur, aurait dit mon père. Des bouts de papier épars virevoltaient çà et là.

Qu'allait penser Rosaline ? Son livre en mille morceaux ! Notre amitié à peine éclose démarrait mal.

À mon retour, au lieu d'un père apaisé, je trouvai un animal furibond. L'annonce de mon exploit au bistroquet s'était soldée par des rires gras et par des quolibets :

— Quand tu seras au paradis des laboureurs, ton diable de fiston bouffera la grenouille pour acheter des livres.

Il me demanda confirmation.

— C'est vrai que tu boufferas la grenouille pour acheter des livres ?

— C'est quoi bouffer la grenouille ?

Bien qu'il me réservât, chaque soir, un peu de friandises en rechignant, ce soir-là, il n'eut pas le cœur à ouvrir le buffet et à sortir la boîte en fer. Un mauvais pressentiment lui soufflait que, pas de pot, il aurait beau dire et faire, il avait tiré le numéro perdant.

10

Le saut de l'ange

1957

J'aurais pu me presser davantage, mais par délit d'habitude je lambinais.

Mon père me criait de le rejoindre dans la grange. Comme il perdait patience, le ton montait. Il allait m'obliger à des besognes plus ou moins contraignantes et je n'y mettais pas du mien. Mes rechignements habituels lui tapaient sur les nerfs. Certains jours, c'était plus fort que lui, il me jetait de sales regards et me piquait les fesses avec sa fourche.

Lorsque je suis entré, pétri de mauvaise volonté, un sifflement strident me fit lever les yeux. Il se tenait en équilibre sur le dernier barreau de l'échelle à foin. Une hauteur dangereuse dont il m'avait très souvent mis en garde.

Quand son regard croisa le mien, il se jeta les bras en croix sur les ballots de paille.

Le chantage à la mort, c'était sa dernière invention. Sa mort, pourtant, était loin d'être mon premier souhait. Seulement voilà, le statut de garçon de ferme me sortait par les yeux. Je lui filais entre les doigts et contre ça, il avait beau s'échiner, ses arguments n'arrivaient pas à me convaincre :

— Si je meurs, menaçait-il en dernier recours, tu seras bien obligé de conduire la charrue.

Le jour où il sauta de l'échelle à foin, son exaspération avait atteint des sommets. Il me considérait comme un faux fils.

Tandis que je me demandai quoi faire, n'osant m'approcher de son corps immobile, soudain, il reprit connaissance, se releva et tituba. Des brindilles truffaient sa moustache, ses cheveux et les mailles de son tricot. Il s'épousseta et repartit droit devant. Il me croisa d'une allure faussement décontractée. Comme si c'était normal de plonger d'aussi haut sur des ballots de paille. Mais au juger, il frimait, il boitait méchamment.

À un ballot près, il aurait pu y passer.

De cette envolée suicidaire, il garda à vie une légère claudication. Par la suite, il ne reparla jamais de ce moment d'égarement, ce pur moment de folie. Mais je voyais bien qu'il s'interrogeait sur ma véritable nature.

Ce soir-là, entre deux cuillères à soupe, il me questionna, les nerfs à fleur de peau :

— Qu'as-tu fait de ta journée ? Hein ! Y avait de l'ouvrage et je t'ai attendu. T'étais où ?

J'aurais aimé le voir sourire et le sentir fier de moi. Lui consacrer ma vie entière. Mais j'avais beau m'efforcer, la terre m'inspirait une répugnance extrême. C'était dans ma nature profonde, la fibre du laboureur opiniâtre me faisait horriblement défaut. Me raisonner ne donnait rien de bon, me menacer rien de mieux.

Avec le temps, il s'était fait une raison, il se contentait de m'humilier. Entre autres vexations, il me disait que je ne valais pas un seul de ses cheveux. Loin de moi l'idée de le moquer, mais il rendait un véritable culte à ses boucles grisonnantes. Alors que du reste, de sa tenue et de son corps, il les brutalisait. Comme ça commençait à tomber sec, il me faisait la tête :

— Tout ça, disait-il, en regardant son peigne se remplir, c'est parce que je me fais du souci, tu n'es qu'un bon à rien.

Ne sachant plus par quel bout m'attraper, il m'entraînait parfois faire le tour du propriétaire. Il me traitait en digne successeur de notre lignée de laboureurs à bœufs. Il tirait vanité de tout : des labours rectilignes, des mottes grasses, des coquelicots, des papillons qui voletaient tout autour. Et même des sauterelles dans l'herbe des prairies. Il vénérait ses mains calleuses et ses pieds nus de cochon sauvage. Pour finir, il glorifiait sa lignée de laboureurs à bœufs :

— Sans eux, nous coucherions sur un lit de misère.

Deux têtes au-dessus de la mienne, il ignorait mes grimaces et me sifflait les avantages d'une ferme prospère. Du doigt, il désignait le côté par lequel s'agrandir. Mais ses projections territoriales me passaient au travers.

À son grand dam, je me nourrissais d'un appétit différent. Je préférais de loin m'isoler et lire. Rien d'autre ne comptait. Les livres me rassuraient et me faisaient voyager. Pour m'en arracher, il aurait fallu me tuer ou me crever les yeux. Dès lors qu'il réalisa mon incorrigible passion, une grimace permanente écorcha son sourire.

N'en pouvant plus de ses reproches et de ses punitions, je chipais à son insu la clef de la réserve. Où il stockait, entre autres victuailles, des produits d'entretien, un tonnelet de vin et quelques bonnes bouteilles.

Un jour, il rentra à l'improviste. Le faisceau de sa lampe de poche me dénonça dans cet endroit interdit. J'étais pelotonné dans un coin sombre, le dos contre un ballot de hardes, la tête en arrière, tétant une bouteille au goulot.

— Je m'en doutais, tempêta-t-il.

J'ai voulu lui faire croire à une excuse minable. Ma langue trébuchait et je fus pris d'un haut-le-cœur incompressible. Une giclée de vomissures violettes arrosa ses galoches. Il me remit debout. Mes genoux pliaient. J'étais dans l'incapacité d'avancer. Il me porta jusqu'à mon lit. Ma tête dodelinait sur son épaule.

J'habitais une pièce ombreuse et fraîche au bout du corps de ferme. Une odeur fétide de grotte y régnait toute l'année. Aux chaleurs, les mouches m'envahissaient. À force, je connaissais leurs facéties et je savais décrypter leur langage. J'enviais leur insouciance. J'aurais voulu me fondre dans leur ronde de folie puis m'envoler, comme elles, par la fenêtre piquer le cul des vaches. Puis revenir, comme elles, vidé de mon courroux. Dans ma tête, ça tournait, j'étais déjà une mouche sous le plafonnier.

La main de mon père gifla mes joues à deux reprises.

Me voyant sans réaction, il courut au village quérir le médecin. À son retour, il cala mon oreiller, remonta mon drap et me tâta le front. Il m'observait en coin et se voûtait en attendant. Dans ma demi-conscience, je captais son exaspération. Ses regards de biais lui donnaient l'apparence d'un chien se méfiant d'un fouet à tout moment.

— Il en met du temps, ce satané toubib, s'énervait-il.

Il soulevait sa casquette et épongeait, d'une manche au front, l'aigre déception d'un fils porté si jeune sur la boisson :

— Comme si la lecture ne te suffisait pas ! Voilà que tu bois maintenant !

Dans sa grande ignorance, il se figurait qu'une piqûre au bon endroit modifierait l'état de mon esprit et qu'elle endurcirait mes deux biceps. Il continuait à croire au miracle et me dessinait le portrait du fils rêvé, un fils à son image, un fils solide pour la relève. Sous mon drap rugueux de grosse toile métis, je gémissais, les mains abandonnées, les yeux battus, brouillés d'indifférence.

11

Le toubib

1957

Un moteur au loin le redressa d'un bloc.

Une main en visière, et l'autre s'agitant à la fenêtre, mon père suivait la progression de la Traction noire du toubib. Un nuage de poussière marquait son avancée.

— Saleté de terre, aboya le toubib, en s'extirpant. Il cracha ses poumons dans un mouchoir contre sa bouche.

Au volant de son énorme cloporte, il se farcissait sept jours sur sept, et jusqu'à plus d'heure, les ornières et les misères des culs-terreux. Son destin de médecin de campagne lui portait sur le système. Il gardait rancune à ses patients d'être des gueux et de vivre dans la boue avec les animaux.

— Des rustres plutôt cradingues et l'intellect dans les sabots.

Mais c'était des cris de putois et des manières d'en imposer. Car il se complaisait à détenir le pouvoir.

On ne lui connaissait qu'une seule tenue. Une veste en tweed marron foncé aux pans écartés sur une panse monstrueuse. Sur un maillot de corps tendu à craquer.

Sur une chemise blanche mal boutonnée. Sur un pantalon beige à revers et à bretelles élastiques.

Des remugles de lavande, additionnés d'éther et de formol, s'échappaient de sa mise éternelle. Ces émanations de vieux grincheux, abonné à l'incision des furoncles et au pus dans ses doigts, me retournaient l'estomac. Il arborait, de plus, un nez pincé sur la détestation du monde rural.

Il débloqua le fermoir martelé d'une mallette joufflue. En cuir fauve lézardé. Cette valisette de médecin en disait long sur lui. Ses coins ravaudés lui donnaient des airs de longue expérience, et plus rien à lui apprendre. Elle renfermait du clinquant d'hôpital, des flacons bleus et un stylo Parker 51.

— Je l'ai reçu d'un Américain à la libération. Je lui ai sauvé la vie, se flattait-il, en décapuchonnant sa plume en or.

On doutait fortement qu'un jour il ait sauvé la vie de qui que ce soit. Mais on se gardait bien d'une remarque ou d'un sourire trop appuyé. Car, malgré tout le mépris qu'on lui portait, il fermait les yeux des morts et distribuait commodément les permis d'inhumer.

Il souleva ma paupière droite et diagnostiqua mon intention secrète de fuir ma condition. Mon œil gauche, strié de rouge, lui confirma ses doutes. Ma rébellion de freluquet, à l'âge d'être un garçon de ferme bâti de muscles, le fit sortir de ses gonds.

Il déversa sa bile sur le tas de miséreux qui composaient, comme moi, son quotidien de merde. Sa grossièreté contredisait la préciosité de ses binocles dorés et de sa montre à gousset. Sa voix détestable couvrait celle de mon père. Elle me reprochait d'être un enfoiré au cerveau irrécupérable qui finirait un jour par se tromper de litron et par sucer le sang du paternel.

Cette prédiction me révoltait.

Mais j'étais dans l'incapacité de lui clouer le bec. En vrai, je n'avais qu'une seule envie, plaire à mon père à ma façon. Mais j'avais beau faire les délices de l'instituteur, il ne mesurait pas mes efforts et me rêvait en laboureur accompli.

— Asseyez-vous, Docteur, intervint mon père en désignant ma chaise du menton, une leçon ne sera pas du luxe.

Le toubib culbuta ma chaise paillée. Un paquet de linge s'échoua et un bruit mat dénonça la chute d'un livre entremêlé.

— Nom de Dieu ! Encore un ! explosa mon père. Sa cervelle n'en pince que pour les livres. Il paresse à longueur de journée, vautré dans la lecture. Si ce n'est pas malheureux ! Il n'en fait qu'à sa tête ! Dites-lui, Docteur, qu'on ne remplit pas son assiette en s'encombrant l'esprit d'âneries.

Le toubib profita des bonnes dispositions de mon père et m'en colla une dose supplémentaire :

— Faut pas contrarier sa nature, petit, tu appartiens à la terre. T'es né ici pour labourer la mouise et travailler au cul des bœufs. La crasse du bon Dieu, c'est votre lot, à vous, les paysans.

Il força dans ma bouche le manche d'une cuillère à soupe. Mon haleine le força à reculer :

— Simon tient une sacrée biture, patron, il n'est pas prêt à mettre un pied devant l'autre.

— Il l'est jamais, Docteur. Les livres le rendent fainéant. À douze ans, il n'a toujours pas intégré le rôle d'une fourche.

— Piquez-le au derrière, il s'en fera une petite idée.

— C'est déjà fait, mais ses fesses sont blasées.

— Il joue au malin, mais n'a pas d'autre choix. Il s'y mettra tôt ou tard. La terre c'est son lot, sa seule porte de survie. S'il ne le comprend pas tout seul, la nécessité s'en chargera.

Cet impératif de travailler la terre tôt ou tard, renforça mon dégoût d'être né à la récolte des pommes de terre, dans la chaleur humide d'un sillon estival.

À la simple pensée de creuser des sillons, aller et retour dans la boue, et indéfiniment dans la vie, je perdais pied. J'étais en proie à des hallucinations. Les dents de la herse me glaçaient d'horreur. Cette mâchoire d'acier n'attendait qu'une fausse manœuvre pour me hacher menu.

S'il avait pu me flanquer une raclée en lieu et place d'une ordonnance, le toubib ne se serait pas gêné. Pour toute prescription, justement, il balança mon livre sous le lit d'un coup de pied rageur.

Le froissement timide d'un billet Richelieu m'éclaira sur la pensée de mon père. Il n'en avait pas eu pour son argent. La porte claqua et un rire gras s'engouffra dans le corridor :

— Ne me dérangez plus pour une muffée, patron ! La prochaine fois, jetez ses livres au feu. Une flambée le guérira plus sûrement qu'une raclée.

— Les livres vont et viennent, Docteur, à peine aperçus et déjà disparus.

Puis plus rien.

Le poids du silence jusqu'au départ crachotant de la Traction noire du toubib.

Je me suis penché pour récupérer *Croc blanc*. Mais ça tournait ! Mon Dieu comme ça tournait ! Au prix d'un effort gigantesque, je parvins tout de même à attraper mon livre et à me cramponner à un ailleurs moins dévalorisant. Et je laissai ce courageux chien-loup m'entraîner loin des plaies et des bosses de la ferme.

12

Ni fleur ni curé

1963
Six ans ont passé

J'ai quitté la ferme, toute résonnante d'une rage paternelle, le jour où mon père m'a botté le cul une millième fois de trop. J'ai arrimé mon baluchon à l'épaule, soustrait quelques bouteilles du cagibi et enjambé la fenêtre. Comme les mouches. Je n'étais plus un enfant, certes, mais loin d'être un vieillard non plus. Seulement à des années-lumière de constater ma première ride. C'est juste qu'on aurait pu croire à un vieil aviné les soirs où j'abusais.

Dans une masure abandonnée, je me suis invité. J'ai débroussaillé l'entrée, balayé le sol, allumé le feu et tiré la targette. Je me sentais chez moi dans les bois au milieu des feuillus. Loin des vicissitudes de la ferme. Pas un bourdonnement de mouche ou même un pet de vache. Des gazouillis d'oiseaux et la caresse du vent dans les branchages. La paix quoi ! Le calme et la méditation.

Au fond des bois, j'y suis toujours. Je vis de l'air du temps, de cueillette et de pêche. Mais aussi de rapines. J'ai l'âme d'un maraudeur. Je prélève à la lune dans les vergers et dans les potagers. Je laisse traîner mes pièges dans les broussailles. Je suis un spécialiste de la braconne. Ainsi je suis paré, je mange tous les jours à ma faim.

Et pour ne rien gâcher, le garde champêtre, c'est mon ami. Il me tire des fossés par les pieds. Et hop, il me trimbale dans sa brouette. Grâce à lui, je dors au sec tout mon saoul. Dans les ornières ou dans mon lit. Le reste du temps, je lis.

Quand je ne lis pas, je bois. J'ai un ticket d'entrée à vie dans le chai de Grégoire. Le temps ne l'a pas ménagé. Il n'a pas couru en sa faveur, il a renforcé sa passion pour Rosaline. Grégoire est devenu timbré d'amour. J'écris ses lettres et il respecte sa promesse. Je bois à satiété et on s'entend très bien comme ça.

Depuis mon évasion en douce, mon père et moi ne nous croisions pour ainsi dire jamais. D'après les bruits, mon abandon l'avait complètement chamboulé. Il se tuait à la tâche, comme il l'avait toujours fait, mais en pire. D'une humeur de chien enragé avec l'espoir perdu d'un fils pour la relève.

Quand on venait m'en parler, je renvoyais paître les bousiers, je claquais la porte aux nez des indiscrets et je retournais à ma lecture. La paix, quoi ! Tout simplement la paix sous les feuillus.

Mais je gardais l'espoir qu'avec le temps le paternel se radoucisse. Qu'il en vienne à des sentiments apaisés. Dans sa bouche, la filiation n'était pas un vain mot. J'étais son fils unique, son nom et ses boucles.

Sa silhouette dans les bois le dénonçait parfois, il se faufile d'arbre en arbre. Ses manœuvres de rôdeur me laissaient entrevoir une réconciliation. Je l'encourageais de toutes mes forces mentales et m'apprêtais à l'accueillir avec les honneurs dus à son rang de père pardonné. Au moindre craquement, je posais mon livre, je dressais l'oreille et je fixais la porte.

Quand il a frappé, je me suis précipité, tous mes ressentiments oubliés. Je m'apprêtais à le serrer dans mes bras. Mais, à ma vue, il a levé la main et m'a bloqué dans mon élan :

— Stop ! Ne t'approche pas, je suis contagieux. Le vent du couperet est passé. Ma fin est programmée, j'en ai plus pour longtemps. Ces satanés bœufs auront eu ma peau, ils m'ont refilé la tuberculose bovine. Mais je les ai sauvés. Quoi qu'on dise, tu n'as plus rien à craindre. Ils sont guéris et de bon service.

— Que me racontes-tu là ? C'est quoi, ce délire ?

— Mes dernières volontés. Ni fleur ni curé. Ne dépense pas un sou pour ces conneries. Ne viens pas pleurnicher sur ma tombe. Jette-moi dans le trou derrière le corps de ferme. Un point c'est tout. Tu te souviens ?

— Oui. En plein au milieu des bocaux.

— Je compte sur toi. Tu es mon héritier, la ferme t'appartient. Mais n'oublie pas, elle n'est pas venue toute seule, nos ancêtres s'y sont cassé les reins. Notre terre est abreuvée de leur transpiration. Ils ont sué sang et eau comme des forçats. Ils ont arraché les pierres une à une. Ils sont partis de rien, d'un tas de cailloux et d'un carré de terre inculte. C'est comme ça qu'on est devenus propriétaires. De père en fils et petit bout par petit bout. Je te demande de faire ce que tu as à faire. Dans l'esprit de famille. Pour le reste, le trou est prêt.

Ses forces le quittaient. Le chambranle le soutenait. Il était blanc et les joues creuses, les yeux enfoncés, cernés de noir. Un père usé me regardait. Un père vidé de ses forces, un père méconnaissable. Sans ses pieds noirs et nus comme des sabots de cochon sauvage, j'aurais douté que ce soit lui.

— Tu n'as plus qu'à tenir ta promesse, m'a-t-il dit d'une voix étouffée. Une voix qui mijotait déjà dans le bouillon de la mort.

Puis il est reparti, me laissant pétrifié.

À la première heure du lendemain, je l'ai trouvé raide et froid dans son lit.

13

La succession

1963

J'ai respecté ses dernières volontés. Ni fleur ni curé.

Sur ce point, ma conscience est tranquille. Je me sens blanchi et dans la peau d'un fils loyal. Il n'empêche, s'il avait pu se douter, mon père aurait modifié ses dispositions. Et moi, si j'avais pu imaginer une seconde la tournure des événements, je l'aurais laissé pourrir au cimetière. Ce qui arriva derrière le corps de ferme, personne n'aurait pu l'inventer.

Ses premières exigences ne présentèrent aucune difficulté : ni fleur ni curé et pas une larme. Quatre planches pointées et basta. À l'intérieur, sa dépouille était roulée dans un vieux drap. Un drap qu'il m'avait désigné. La discrétion me commandait de respecter les étapes officielles.

À commencer par le cimetière.

Sur place, un témoin du peuple grillait Gitane Maïs sur Gitane Maïs. Il vérifiait le respect de la tradition avec l'air de s'en foutre. Mon ami le garde champêtre creusait à une cadence régulière. J'aurais voulu lui dire qu'il s'acharnait pour rien, mais j'étais lié par un contrat moral. Silence ! La hargne du terrassier se répercutait douloureusement dans ma chair.

Le témoin du peuple aussitôt disparu dans un nuage de fumée, Félicien planta sa pelle et me fit signe d'approcher. Il avait embarqué dans sa besace un bocal de reines-claudes à l'eau-de-vie. Ma figure rivalisait avec la mine confite des prunes craquelées.

— Ce n'est pas tous les jours qu'on enterre son paternel, me consolait-il, en me gavant de fruits gorgés d'alcool.

Je crachotais les noyaux sur la tombe et m'épuisais à l'avance à l'idée. J'avais tout à défaire et tout à recommencer derrière le corps de ferme. J'ai pompé jusqu'à la dernière prune et jusqu'à la dernière goutte.

Félicien parti, j'ai attendu que la nuit vienne et j'ai bravé les interdits, j'ai déterré mon père.

Faut être complètement siphonné tout de même ! Déterrer les cadavres, ce n'est pas un truc pour moi. On ne m'y reprendra plus, la leçon m'a suffi. La paix des morts n'est pas un vain mot. Malheur à qui la trouble ! Les feux follets dansent sur les tombes ; des lamentations s'élèvent ; des ombres aguicheuses tentent de vous attirer en promettant l'éternité. Ma sainte mère s'est risquée à une caresse. Ou bien était-ce le vent venu sécher mes larmes ? La voix de mon père m'exhortait :

— Dépêche-toi, Simon ! Si on te trouve, on t'enfermera. Et y aura plus personne pour surveiller le pactole et s'occuper de la ferme.

J'ai décapsulé le cercueil et déposé sa dépouille sur la tombe d'à côté. Sur le couple Mazurier : Roland-1870/1930 – Jeanne-1865/1945, puis j'ai rebouché le trou et j'ai tassé la terre en sautant dessus. Ni vu ni connu. J'ai promis aux Mazurier un pot de géraniums pour leur silence et j'ai chargé le fardeau.

En chemin, j'ai cru crever sous la charge.

La dépouille pesait le poids faramineux des muscles de mon père. Mais j'y suis arrivé, éperonné par l'épouvante. Après moult chausse-trappes – des pierres qui roulent, des pièges à racines, des loups derrière les arbres et des oiseaux de nuit railleurs –, j'ai déversé le paquetage dans le trou derrière le corps de ferme. En plein au milieu des bocaux. Mon père avait vraiment pensé à tout et fait le sale boulot. Le trou sauf la croix.

J'ai hésité à passer outre ses volontés. À planter une croix de ma fabrication. Alors que je fouillais à la recherche de deux bâtons et d'une pointe, une idée supérieure m'est venue. J'ai couru à ma chambre d'enfant et j'ai récupéré Jules Verne, *Un capitaine de quinze ans*. J'ai ouvert le livre à la page de l'embarquement et je l'ai calé entre ses deux mains froides. Puis je lui ai souhaité bon voyage. J'ai recouvert le linceul d'une épaisse couche de glaise et j'ai semé de la mauvaise graine à la surface ainsi qu'il me l'avait commandé :

— Elle prend plus vite que la bonne et elle est plus coriace que du chiendent. Ne va pas y mettre des graines de tournesol, tu attirerais l'attention, m'avait-il prévenu d'un pli railleur aux lèvres.

La dernière semence enfouie sous la dernière pelletée, j'ai admiré le travail. J'ai pensé au bonheur de mon père, à sa fierté d'avoir un fils respectueux. À son plaisir d'être enterré chez lui en plein au milieu des bocaux. Et à ses rêves de navigation. À son voyage en mer en compagnie d'un capitaine de quinze ans. Sur ce coup-là, du moins, y avait rien à redire. Devant le monticule de terre, je me sentais le plus attentionné des fils.

Puis j'ai arrêté de me raconter des histoires. Un mort, jusqu'à preuve du contraire, n'avait jamais empêché un voleur de faire main basse sur un trésor. D'autant que ce mort-là allait bientôt mettre les voiles.

Dans un élan subi de sauve-qui-peut, je me suis lancé à l'abordage. J'ai repris le manche et j'ai creusé. Des forces inconnues me poussaient dans les bras. Pas un centimètre carré n'échappa à ma fouille. La recherche du magot m'aura coûté une quantité de suées et un max d'ampoules aux mains. Au bout du compte, j'ai exhumé la totalité des bocaux. On aurait pu croire au passage d'une horde de sangliers dans une truffière à l'automne. Après avoir compté et recompté, j'en avais pour des années à vivre de mes rentes. Des années à lire.

— Comme quoi, souffla mon père dans mon oreille avant de hisser la grande voile, quand tu veux, tu peux, une pelle ne te fait pas peur.

Il hésitait entre me féliciter ou me flanquer une rouste. J'ai attendu, le dos courbé, mais rien n'est venu. Alors j'ai camouflé le pactole dans un grand sac en toile.

La semaine suivante, ça n'a pas fait un pli, j'ai vendu la ferme. Ce ne fut pas une vraie surprise parce que c'était une bonne affaire, parce que chacun savait qu'elle produisait de la qualité et dépensait très peu. Sa réputation bénie des dieux m'envoyait des acquéreurs, en veux-tu, en voilà. J'ai discuté le bout de gras en célébrant la bravoure de mon père.

Son ombre s'interposait entre les acheteurs et moi. Il protestait, tiraillé entre son impuissance et mes dons de négociateur. J'ai maîtrisé la tractation comme un pro de l'immobilier. Au final, personne n'a mégoté. J'ai fait gonfler du triple les billets des bocaux.

— Pas mal !

C'était sa voix. Il me félicitait. La première fois qu'il me félicitait.

— Tout ce qu'on y sème y prend racine, ai-je argumenté en dernier lieu. Et, cerise sur le gâteau, les bœufs mouchetés sont de bon service. Je vous les donne. Y a qu'à les suivre, ils se dirigent tout seuls.

— On ne va pas s'embêter avec des bêtes contagieuses, m'ont rétorqué les acquéreurs. Demain, les bœufs prendront le chemin de l'abattoir. Demain, on va chez le mécanicien acheter un tracteur.

Là, j'ai marqué un temps d'arrêt. C'était vraiment la fin du troisième bras de la paysannerie française. Et de la fortune qu'il pouvait rapporter. Un instant, je me suis senti furieux et dans la peau d'un traître. Nos bêtes m'avaient toujours accompagné et souvent consolé.

Mais la grisaille au fond de mon cœur ne dura pas. Très vite, je me suis senti vengé. Très vite, je me suis souvenu des menaces de mon père :

— Si ce n'est pas toi qui prends la suite, les successeurs n'ont pas fini d'en voir. Chaque fois qu'ils marcheront sur ma tombe, une tuile leur tombera sur la tête.

Il avait tout prévu. Ma capitulation et la vente de la ferme. Tout. Sauf ce qui arriva.

J'ai découvert les pitbulls sur le tard, alors que nous étions en route, dans une Peugeot 203, pour la signature chez le notaire. Les molosses des nouveaux propriétaires étaient pourvus de dents d'alligator et de museaux renifleurs à faire pâlir les chiens de la douane.

Un pressentiment m'accablait. Je voyais la curée arriver. Je voyais s'éparpiller aux quatre coins les os de mon père.

Tandis que la voiture des acquéreurs nous emportait signer, je me suis retourné. Par la lunette arrière, j'ai vu débouler les molosses. Ils fonçaient derrière le corps de ferme. J'ai aussitôt pensé que les mauvaises graines n'auraient pas le temps de germer. J'ai activé la manivelle et baissé la fenêtre. Des aboiements de morfalous me parvenaient alors qu'on était déjà loin. Je les imaginais s'arracher les morceaux. J'ai remonté la fenêtre et entamé la conversation. J'ai parlé de la pluie, du beau temps et de mon père parti trop tôt.

Qu'aurais-je pu faire d'autre ? Le trahir ?

Le notaire m'impressionna.

Toute ma lignée de laboureurs à bœufs passa par sa bouche comme si c'était la sienne. Il déclinait une flopée de laborieux, créés sur le modèle des privations, de l'endurance et de l'accumulation des terres. À l'écouter, ils étaient tous taillés du même bois et branchés sur la même longueur d'onde. Les morts passaient le relais aux vivants. Leur territoire s'élargissait comme si cela allait de soi.

L'histoire ne disait pas sous quelle impulsion, ou quelle misère, ma lignée brigua d'être les fermiers les mieux lotis du coin. Cette soif d'agrandissement s'était incrustée dans l'esprit et les muscles de mon père. Mais elle m'avait ignoré.

Je croisais et décroisais mes jambes et regardais par la fenêtre. Dans la bouche de l'officier public, j'étais le vilain petit canard. Ce changement de mains l'indisposait et je me sentais de plus en plus mal à l'aise.

Il était temps que cela cesse.

Là-bas, derrière le corps de ferme, ce devait être la panique à bord. J'imaginais le festin des cerbères et la terreur de mon père. Le drame en cours me paralysait. Les acheteurs m'ont tenu la main jusqu'à la dernière signature. Autrement, j'aurais baissé les bras et je serais à ce jour à la tête d'une ferme en décrépitude.

J'ai quitté l'étude notariale en panique, la fourche de Noël à l'épaule, et décidé à embrocher le premier cabot venu. Qu'elle serve au moins à venger celui qui l'avait fabriquée.

En chemin, je me disais que rien n'était moins sûr que l'avenir des morts quand ils quittent le cimetière. C'était comme après un bombardement. Leurs os se faisaient invariablement rattraper par les chiens.

14

Les épousailles

1965

Grégoire enterra son père deux ans après le mien. La tâche lui tomba lourdement sur le dos. Mais il était taillé de naissance pour brasser des barriques. Et il maniait le sécateur d'une adresse de chirurgien que son crayon d'ardoise avait toujours ignorée. Outre un fin palais, son père lui avait légué le secret des assemblages.

Il réclamait régulièrement mes services de gratte-papier. Sous ma plume, il passa des amourettes enfantines aux émois enfiévrés d'un jeune homme. Ses gémissements sur mon épaule trahissaient le désordre intérieur d'un soupirant exsangue :

— Mon obstination paiera, me disait-il, tu seras mon témoin et mon garçon d'honneur.

Il pensait prendre femme, mais pas n'importe laquelle. Il était temps pour lui d'une conclusion. Ses envolées épistolaires sentaient le rabâchage. Il eut la prétention de croire que ses vignes suffiraient à séduire Rosaline. Il lui fit la cour avec ses papiers d'héritage. Lui dessina l'étendue de son territoire et l'emmena faire un tour en sulky. Une voiture à cheval achetée pour l'occasion. Il se vanta, en chemin, d'être le meilleur parti du coin. À genoux, sur le marchepied, il demanda officiellement sa main.

Elle réclama du temps. Elle apprenait, loin de nous, son métier d'institutrice. Au bord de mer, à La Rochelle.

Diplôme en poche, elle revint au village et remplaça notre vieux maître, comme on s'y attendait, avec la foi d'une débutante.

Qu'elle donne une suite favorable à la demande en mariage m'aurait surpris. Elle ne m'avait jamais caché son dédain pour Grégoire. D'un mot bien placé, elle aurait pu mettre fin à ses divagations épistolaires. Seulement voilà, repousser le viticulteur de vive voix exigeait d'elle des efforts infaisables. Elle s'y était toujours refusée. C'était dans sa nature de ne jamais froisser quiconque. Elle répugnait de faire de la peine à autrui et préféra laisser courir plutôt qu'annoncer son refus. Elle comptait sur l'épreuve du temps pour effriter la passion de Grégoire :

— Il finira par se lasser !

Au contraire de le décourager, le silence de Rosaline avivait ses espoirs. Il la voulait pour femme, elle seule et pas une autre. Il y croyait dur comme fer et se fendit d'une bague de fiançailles. Il jouait des éclats du diamant sous nos yeux. Au marché, il n'était jamais loin de son jupon et lui envoyait des œillades. S'il avait eu des plumes au cou, son jabot en aurait pris trois tours de taille.

Nous l'entraînions au bistroquet pour lui tirer la date des épousailles. Il se prêtait au jeu et se laissait volontiers tourmenter. Nous étions à l'époque une tripotée de jeunes gens, fabriqués à foison après la Deuxième Guerre mondiale. Nous devions notre arrivée sur Terre au retour triomphant de nos pères. Et c'était bien ainsi. La terre réclamait des bras. Après des années de disette, nos pères mettaient un point d'honneur à nourrir le pays.

Nos jambes de vingt ans se languissaient d'être emportées dans le tourbillon de la noce. La fête promettait. Il avait tout prévu, jusqu'au costume du marié, taillé sur mesure, en fine étoffe de laine bleu marine.

Nous compulsions la liste des invitées. Le choix des demoiselles d'honneur occupait nos soirées. Je sélectionnais les corsages les mieux garnis. J'avais déjà un faible très fortement marqué pour les seins généreux.

Quand Rosaline donna sa préférence au fils du berger, nous en fûmes tous groggy. Grégoire en resta la gueule tordue tout un mois. L'étonnement nous vint de notre grande naïveté. Nous n'avions jamais suspecté le gardien du troupeau sur les rangs. On le disait hautain, préférant la compagnie des brebis. Il avait bien caché son jeu.

À la publication des bans, Grégoire dégueula sous le panneau d'affichage. Puis il courut dans son chai se passer l'envie de décapiter son rival. Il entreprit de fendre ses barriques. Lorsque je suis arrivé, une partie de son vin se répandait au sol à gros bouillons.

Une bagarre nous fit rouler à terre. J'ai arraché la hache de ses mains et l'ai dissimulée sur une poutre, loin de ses déraisons. Puis j'ai étouffé son désarroi dans mes bras. Quand enfin il s'apaisa, j'ai épongé à pleins seaux son vin et ses larmes mêlées.

À l'échange des alliances, le prie-Dieu de Grégoire racla les dalles puis s'écroula dans un boucan d'enfer. Les têtes se retournèrent d'un mouvement identique. On remarqua les difficultés du viticulteur à remettre la chaise sur pieds. Mais du coup, personne n'a vu le berger passer l'anneau en cuivre au doigt de Rosaline. À croire que la chute de la chaise, à ce moment crucial de la cérémonie, fut combinée par le contrevenant lui-même.

Au banquet, il sauva les apparences et arrosa la noce à ses frais. De son vin le meilleur. Il mit un point d'honneur à le servir lui-même en abondance. Il eut un franc succès. Tant que le robinet pissa, on lui tourna autour. Les verres s'entrechoquaient à son avenir :

— Une de perdue, dix de retrouvées !

Grégoire faisait contre mauvaise fortune bon cœur. On avait de la peine pour lui et de l'admiration pour ses largesses. Après avoir rincé les boit-sans-soif, il me tira par la manche :

— Viens par là, Simon.

Au passage, il rafla une assiette de choux à la crème.

— On continue les lettres à Rosaline, dit-il, personne n'en saura rien, et sûrement pas le berger. Jure-le.

Il s'empiffrait et s'essuyait les lèvres avec la pochette rouge soyeux de son habit de marié. Son costard classieux, coupé sur mesure. Il enfournait chou après chou dans sa bouche de traviole. Il bavait et s'étouffait sous mes yeux. Son teint congestionné virait au bleu malade. J'ai craint qu'il ne succombe à une fausse route.

Alors j'ai juré.

Mais pas seulement. J'ai dit qu'un berger et son troupeau n'arriveraient jamais à la hauteur d'un viticulteur et sa vigne. J'ai dit que la bourse d'un berger ne serait jamais aussi bien garnie que le portefeuille d'un viticulteur. J'ai même ajouté qu'il avait encore toutes ses chances puisqu'une alliance en cuivre ne garantissait pas la fidélité de la mariée.

J'ai dit tout ce que j'ai pu trouver pour adoucir sa peine. Ça me débectait de balancer des trucs pareils. Je trahissais le berger. Je brisais ma promesse de le défendre quoiqu'il arrive, d'être son protecteur à vie, de lui rendre au centuple son intervention dans la cour de récréation. Ma déloyauté me dégoûtait. L'avantage passait au viticulteur. Il me serrait contre lui. Déclamait qu'il m'aimait ainsi, de son côté, tous nos litiges oubliés. Mes joues s'enflammaient du pourpre des trahisons.

J'avais espéré, de ce mariage, la fin de son envolée épistolaire. Mais il voulait se jeter dans la rivière. Je n'avais plus le courage de rien ni la force de penser après mon infidélité au berger. J'ai traversé un grand moment de mollesse et j'ai dit une phrase de trop :

— Après tout, pourquoi pas, t'as pas tout dit dans tes lettres.

Il me colla une bise de comparse à la vie à la mort.

— Viens, j'ai dit pour le distraire, la bouffe est bonne, profitons-en.

— Non merci, j'ai l'appétit coupé.

— Alors, viens, on va danser.

Il se pendit à mon cou et je l'ai entraîné sur un air d'accordéon. Au premier tour de valse, on s'est emmêlé les pinceaux et on s'est étalé dans une odeur de terre humide. Je m'accrochais aux pissenlits et louvoyais comme un ver de terre cramponné à un autre ver de terre. On avait notre compte. De nous voir gigoter dans l'herbe, toute la noce riait et s'en foutait. Elle savait qu'on n'irait pas plus loin.

Plus tard, j'ai su que Félicien avait cloué le bec aux grogneurs en clamant qu'il fallait bien que jeunesse se passe.

15

De l'illusion en barre

1965

Mon choix de vie me condamnait au ban de la société. J'avais le goût à rien, un penchant bien accroché pour l'isolement et une sérieuse tendance à déprimer, à cultiver le spleen. Je m'enfermais à double tour.

C'est là, dans ma retraite aux fonds des bois que Rosaline passait me voir. Elle s'évertuait à me sortir de l'ornière. Elle apportait dans son cabas de quoi rompre le cou à ma morosité, de quoi passer mon temps à lire. Mais elle avait beau donner de sa personne, le marasme me dévorait tout entier.

Elle cultivait une lueur d'espoir cependant.

Mes rêves avaient grandi comme un pied de nez à ma déprime. Mes ambitions d'étagères, dans ma chambre d'enfant, s'imposaient maintenant grandeur nature. Je visais large, beaucoup plus large. Je fantasmais sur une bibliothèque pour tous. Un lieu d'échanges et de rencontres en quelque sorte. J'aurais tellement voulu passer à autre chose et m'impliquer, tellement voulu renverser ma réputation de bon à rien.

Mais à ce stade, ce n'était que des mots. Des projets à l'état de projets, une illusion, un mirage, un leurre. Le chai de Grégoire s'acharnait à ma perte et dévoyait mes desseins. Je noyais mes nobles ambitions dans l'attirance de son vin et j'écoutais, sans y croire, l'institutrice me dessiner un avenir meilleur.

Un jour, elle fit livrer chez moi son stock de livres. Une montagne en tous genres. À quoi jouait-elle ?

— Je te les donne, ils sont à toi, cela fera un sérieux fonds de départ.

Ce qui me paraissait improbable était soudain à ma portée. Grâce à ce don miraculeux, j'allais pouvoir réaliser mon rêve. Je le touchais presque des doigts. Il me semblait soudain si réel qu'il ne pouvait plus m'échapper.

Je me suis jeté à l'eau, j'ai abattu de la besogne. Classé. Répertorié. Le travail avançait vite. Les boîtes se remplissaient de fiches à une cadence phénoménale. Les pages veloutées fleuraient le bonbon rose. Je sombrais dans un océan de délices.

Rosaline me soutenait dans la mesure où je reprenais goût à la vie. Je m'abandonnais sans réserve à son empire. Elle s'enthousiasmait pour la bibliothèque parce que c'était ma décision. Elle vérifiait de toutes ses forces la solidité de mes intentions. Elle croyait en moi plus que moi-même. J'étais grassement payé de son amitié et ce cadeau miraculeux, en tout bien tout honneur, suffisait à mon bonheur. Avec elle à mes côtés, je brisais des barricades. J'étais à la frontière d'un monde nouveau, tout disposé à en franchir le seuil. L'institutrice misait sur mon avenir alors qu'ici, dans ce pays de laboureurs, pas un bouton de culotte n'aurait tenu le pari.

L'autorisation municipale se faisait désirer cependant. Plus la réponse tardait, plus je doutais d'un agrément. Mais Rosaline argumentait toujours avec ce sourire singulier qui me faisait croire au miracle.

Le berger son époux nous prêtait main-forte. Sa complaisance silencieuse me faisait douter de lui parfois. Mais d'autres fois, je le découvrais accroché au projet et ressentais la mystérieuse intuition de sa bonté. Il charria mille ouvrages. Ou peut-être deux-mille. Je n'ai jamais compté. Il les grimpait en pile dans son grenier en attendant le bon vouloir du maire.

L'entente entre sa femme et moi ne le dérangeait pas. Faut dire qu'à mon sujet, il avait l'esprit tranquille. J'étais le plus dévoué de ses débiteurs. En vrai, je lui devais une vie et je lui vouais une reconnaissance infinie. En signe de gratitude, après les noces, j'avais refusé de poursuivre le jeu malsain de Grégoire. Je l'avais renvoyé à ses chimères en refusant de prendre la plume pour étaler ses divagations d'amoureux trahi. Les lettres à Rosaline, c'était de l'histoire ancienne.

Je ne courais pas après l'amitié du berger. Non. C'était trop demander à un taiseux doublé d'un solitaire. Je limitais mes ambitions à éponger mes arriérés. J'étais à l'affût de ses moindres désirs. Mais les occasions ne se présentaient pas. Le bougre s'arrangeait toujours à se suffire à lui-même. Et je me sentais de plus en plus redevable. J'aurais tellement voulu m'acquitter de ma dette.

L'institutrice prétendait que le métier de berger était le plus beau métier du monde. Mais elle avait beau grimper son mari au pinacle, je le sentais empreint d'un embarras, d'une sorte de complexe d'infériorité. J'ai vidé mon sac. Je ne m'y attendais pas et Rosaline m'avoua, contrainte, l'illettrisme du berger :

— Je vais bientôt y remédier. L'apprentissage de la lecture est au programme. Le berger est disposé à s'éduquer. La bibliothèque lui tient à cœur autant qu'à nous.

J'ai ressenti le besoin de m'asseoir, je ne m'y attendais pas. Comment deux êtres si dissemblables avaient-ils pu s'accorder ? Je réalisais, en cet instant, la puissance de leur amour. Cet homme auprès de qui je ressemblais à un rustre accompli, auprès de qui ma courte stature disparaissait de la scène, cet homme-là dont j'espérais le jugement favorable n'avait jamais ouvert un livre. Toutefois, il se pliait en quatre pour la future bibliothèque. Son dévouement accentua mon sentiment de gratitude. J'ai puisé dans son abnégation l'endurance qu'il me fallait pour continuer.

Puis Rosaline changea de sujet :

— Tu as meilleure mine dans mes bouquins que dans les verres de ton ami Grégoire.

Elle s'en félicitait.

La future bibliothèque colonisait mes gestes et mes pensées. Le chai n'exerçait plus sur moi le même attrait. Grégoire déployait à ma vue une tronche de condamné. Il me reprochait d'avoir rompu nos arrangements et en cherchait la raison. Mais ma complicité avec l'institutrice lui échappait.

Motus.

Je me gardais d'une parole de trop, il aurait pu en prendre ombrage. Ou l'interpréter de travers. Ou exploser. Il ignorait cette ambition qui m'éloignait de lui.

Et moi, porté par le délire d'une bibliothèque pour tous, je jouais le parfait imbécile. Je comprimais toute sorte de jubilation qui aurait pu me dénoncer.

La fréquentation de Rosaline conférait à ma vie une élégance qui s'évapora du jour au lendemain.

Un samedi de novembre.

À son enterrement.

Depuis qu'elle n'est plus là, je suis une ardoise grise biffée d'un coup de chiffon sale. Un tas d'insignifiance. L'aventure n'aura pas lieu. Tant mieux ! C'était de l'illusion en barre.

Personne ne connaîtra jamais cette arrogance qui redorait mon existence. Mon projet se serait fracassé sur une opposition féroce. Ici, dans ce petit pays de France, on me déteste. Je suis le prototype du paresseux, un alcoolique doublé d'un fainéant, l'exemple parfait du tire-au-flanc. Un pâle individu affecté d'une bouche inutile. On raconte que les enfants me jettent des pierres et que je sens mauvais.

Mais c'est entièrement faux.

Depuis ce drame, je pleure à sec. Et le soir je débloque. Je vois des rats partout. Ils grignotent les livres de Rosaline et ils me narguent. Qu'importe ! Qu'ils se goinfrent à satiété, je n'irai pas me battre. Aucun sous-entendu sur le projet ne sortira jamais de ma bouche. Les motifs déplaisants sur mon compte sont suffisamment nombreux comme ça. Inutile d'en rajouter. Sinon, si on savait, si on connaissait mon délire, on ne me louperait pas :

— La lecture, c'est une occupation de paresseux. On n'a pas le temps de flemmarder. On doit labourer, ensemencer et récolter. C'est pas comme toi. Toi, tu fous rien, tu bois.

Combien de fois ai-je entendu ce refrain !

Dès lors, à quoi bon me plaindre ! Plaider pour une bibliothèque cimenterait la détestable image qu'on a de moi. Au premier mot lâché, on m'incriminerait d'invention pure et simple. Et l'on briserait une chaise sur mon dos pour faire cesser mes jérémiades.

16

Anguille sous roche

1965

Sans cette satanée rupture d'anévrisme qui terrassa la belle institutrice dans sa cuisine, je ne serais pas là où je suis, coincé dans mes vieilles habitudes. Me revoilà fragile. Mon pote Grégoire est devenu ma canne, ma seule raison de vivre.

Quand il remet sur le tapis la fin de Rosaline, j'écluse au rythme infernal de l'oubli. Je tends mon verre dès qu'il est vide. Lui aussi, il est sonné. On a du mal à s'en remettre et on se serre les coudes. On trinque à la santé de la morte. Vivante ou morte, on la respecte tout pareil. Son port de reine nous hante. Ensemble, nous la faisons revivre. Elle occupe entre nous la place privilégiée des abonnés absents.

Je n'ai que lui pour parler d'elle. Il n'a que moi pour se confier. Il est le lien qui me rattache à son souvenir. Je suis le réceptacle de ses épanchements. Jamais il ne m'a fait mystère de son amour. Nous sommes liés par ce secret et la folie d'avoir entretenu cette flamme. À croire que j'ai bien joué mon rôle d'intermédiaire. Le bougre y a cru jusqu'au bout et il y croit encore.

Il a accaparé le souvenir de la morte. Elle est sa chose, sa possession. Personne en sa présence n'a le droit d'en parler. Sauf moi. Quoique ce soit délicat de s'immiscer ! Je prends des gants. Je préfère éviter le sujet, car ses lamentations étouffent les miennes.

Le mariage de Rosaline et du berger l'avait carrément démoli. La disparition brutale de l'institutrice l'a achevé. Sa lucidité en a pris un sacré coup. Je crains qu'il ne file un très mauvais coton et je me sens coupable. Coupable d'avoir pris un plaisir égoïste à le mener en bateau. À lui faire croire à une réciprocité amoureuse. Mais à quoi bon avouer ma trahison ? Il ne me croirait pas. L'amour de Rosaline pour lui est ancré dans son cerveau plus solidement qu'un cargo de marchandises à dix bittes d'amarrage :

— Ce n'est pas Dieu possible, répète-t-il sans fin, disparaître comme cela ! Si ce n'est pas de l'injustice, Simon, qu'est-ce que c'est ? Je vais te dire : c'est un putain de crime parfait.

— Pardon ?

— Tu as bien entendu. Un putain de crime parfait !

Des crises d'angoisse perturbaient ses journées. Il s'était mis martel en tête et accusait le toubib d'être chapeauté d'une tête farcie d'incompétence :

— Le toubib est un abruti de première. Il a trop vite conclu à une fatalité, à une hérédité familiale. Et nos putains de gendarmes, ces deux gros fainéants, n'ont pas levé le sourcil, ils l'ont cru sur parole. Ils ont classé le dossier sans regarder la morte. Des fois que le doute les aurait pris ! Hein, Simon ! Des fois qu'il aurait fallu rajouter des points d'interrogation dans leur rapport de merde. La pauvre chérie a hérité des trois foutus minables sur le marché.

Quand le viticulteur démarre comme ça, dans la colère toute crue, des mots cruels fusent de sa bouche. Son sang lui bat aux tempes et ses joues prennent la couleur froissée des pétales de coquelicots sous des doigts énervés. Mais ses propos sont clairs :

— Y a pas pire tragédie que mourir à vingt ans ! D'autant que Rosaline était d'une culture et d'une gentillesse sans pareilles. Crois-moi, Simon, y a anguille sous roche.

— Tu exagères.

— Je maintiens, il y a anguille sous roche.

Il lève le poing quand il aperçoit les pandores et il les apostrophe. Parfois, il prend des risques. Il les accroche par la tunique et martèle son idée :

— Hé ! les bleus, faudrait peut-être approfondir, ne pas se fier au diagnostic pourri d'un charlatan. Si le berger était intervenu à temps, il aurait pu la sauver. Mais le salaud l'a regardée crever sur les carreaux de sa cuisine. Il est resté les bras ballants.

— Laisse tomber, Grégoire, un anévrisme abdominal, c'est imparable. Y a eu hémorragie et personne à ses côtés. Tu te racontes des histoires.

— Hémorragie, peut-être, mais faut pas se raconter de bobards. Faut regarder à qui profite la mort.

Il dit qu'à leur place, il aurait creusé la question. Il dit que c'est impossible une mort si bête. Que l'institutrice était la vie même et qu'elle avait une santé de fer. Qu'elle aurait pu s'en remettre si le berger avait appelé les secours.

— On ne peut jamais prévoir, Grégoire, on ne choisit ni le moment ni la formule. Faut te faire une raison.

Mais il insiste. Il affirme que le berger n'a pas levé le petit doigt. Il insinue que ce salopard en béret se serait frotté les mains au-dessus du corps sans vie de l'institutrice. Je le questionne :

— Au nom de quoi cette certitude ?

— C'est comme si j'y étais. Il faut chercher la vérité du côté des moutons !

À ce stade, les bleus se marrent. Ils connaissent le coco et son indécrottable jalousie :

— T'es pas honnête avec tes sentiments, Grégoire. T'as pas digéré les épousailles de Rosaline et du berger. Leurs noces te sont restées sur l'estomac.

— Si elle m'avait marié au lieu de convoler avec cet égorgeur de moutons, elle serait encore en vie.

— Tu ne referas pas l'histoire. Tu auras beau brasser des tonnes d'aigreurs, tu ne peux plus rien pour elle.

— Détrompez-vous ! Je peux mettre le berger à genoux et lui faire cracher la vérité. Bande d'incapables !

Entre nous, le viticulteur a de la chance. Nos moustachus sont des gentils. Ils sont imperméables aux mots qui fâchent. Ils laissent passer l'orage en suçotant leur anisette. D'ailleurs, je m'interroge : que comprennent-ils à l'outrage ? De quoi est composée la sauce qui circule dans leurs veines ? Maintes fois, j'ai essayé sur eux des mots pénibles à encaisser. Et c'est à peine si j'en ai récolté le battement d'un cil. Juste un revers de manche :

— Dégage, Simon, tu nous fatigues à la longue !

À force de revenir sur le sujet, Grégoire a réveillé ma suspicion. Il est plutôt du genre teigneux. Il farfouille dans la vie du berger avec son groin de sanglier jaloux. Il cherche à débusquer quelque chose d'anormal :

— Avant de mourir, la malheureuse a entrevu la couleur de la trahison.

S'il ne le dit pas cent fois, il ne le dit pas une fois. Il est sous l'emprise d'une passion qui fermente et il succombe à une jalousie post-mortem. Une haine atroce le dévore à la moelle. Il est dans l'égarement, dans une douleur cruelle et il explose. Il sombre dans une démence inapaisable et se débat en vain.

Ses déraisons me troublent. Pour ma part, je suis persuadé du contraire, je prône l'innocence de son rival :

— Tu fais fausse route, Grégoire, le berger se serait sacrifié pour Rosaline. Il l'adorait et c'était réciproque. S'il avait pu faire un seul geste, il en aurait fait mille.

Entre nos deux points de vue, une mésentente larvée circule. Je soutiens que le berger et sa bergère s'aimaient tendrement.

Je me méfie des dispositions du viticulteur à travestir la vérité. J'aimerais ne plus l'entendre. Il jette le trouble autour de lui et bave comme un bouledogue. Je passe le plus clair de mon temps à démonter ses arguments. Mais mon opposition frontale lui sert de mur de rebond. Il en rajoute. Je me demande jusqu'où son animosité le mènera.

17

Un chien de ma chienne

1965

L'autre jour, après un réveil difficile, une faim de loup m'a fait rejeter mon édredon.

Vu l'humidité grasse de ma peau et ses émanations douteuses, j'en ai conclu deux nuits à me rouler au lit dans mes humeurs. Une barre au front dénonçait les effets pervers d'une cuite monumentale.

Dans mon garde-manger, une tomate pourrie gouttait sur une laitue flétrie. Peu ravie de ce shampoing visqueux, la salade offusquée suintait sa chlorophylle poisseuse sur un rogaton salpêtreux. J'ai balancé ces détritus aux poules puis j'ai claqué la porte. Elle ne fermait pas comme il faut. J'ai rafistolé le pêne à la va-vite et repoussé sa réparation à plus tard.

Une odeur de pain chaud m'entraînait sur le chemin de la boulangerie. L'envie de me faire servir par les mains blanches de ma princesse aiguillonnait mes jambes. Depuis l'école, ses longs doigts farineux requinquaient mon moral. J'accélérais. En entrant, j'ai beuglé :

— Bonjour, ma princesse ! Une miche bien cuite comme d'habitude.

J'avais doublé la file d'attente. Des laboureurs crottés impatients de caler leurs estomacs avec de la mie de pain tout juste sortie du four. Des voix s'élevaient. Elles râlaient après ce malappris qui brûlait la politesse aux premiers arrivés. Avant que je ne débarque, la journée avait bien commencé pour eux. Mon enterrement déliait les langues.

La fille du boulanger me tendit ma commande. Mon arrivée lui avait décroché un sourire de princesse. Sous la bavette de son tablier blanc battait un cœur d'artichaut. Elle avait de l'indulgence envers les gens de mon espèce et me servait bon poids. Dès que je tournais les talons, elle effaçait mon ardoise :

— Tout le monde te croyait mort, Simon. Ton ami Grégoire est passé ce matin. Il cherchait des volontaires pour t'enterrer. Il ne va pas tarder à revenir, il a oublié son pain d'deux.

Mon entrée en fanfaronnade avait neutralisé l'emballement général. Suffisait de piocher dans les bouches contrariées pour mesurer la déception. Vu son ampleur dans la queue, je me suis fendu d'un simulacre. Un chapeau de plumes imaginaire au bout du bras, j'ai singé une révérence de nobliau et le regret d'avoir raté mon suicide au pinard :

— Pardon de vous décevoir, Messeigneurs, la prochaine fois, j'éviterai la boulangerie. J'irai tout droit frapper aux portes de l'enfer.

Deux jours sans manger m'avaient ramolli. Mon équilibre était précaire. Dans la foulée, ma tête a emporté mon corps et je me suis étalé de tout mon long. La honte, quoi ! La grosse honte ! Des rires de bossus accompagnèrent ma remontée. Je gigotais comme un asticot à l'hameçon et me sentais rougir comme une fillette, prise la main dans un bocal de caramels à un centime.

À ce moment précis, Grégoire fit son entrée. De me voir face à lui, ça l'a renversé. Il s'est jeté sur moi et m'a tâté comme une bonne pâte. Il a reniflé dans mon cou, étudié le blanc de mon œil, pincé mes joues et appelé trois fois par mon prénom :

— Simon ? Simon ? Simon, c'est toi ?

C'était bien moi et j'avais hâte qu'il en finisse. Il puait la vinasse. Des auréoles sous ses aisselles imprégnaient les carreaux gris de sa chemise en flanelle et dégageaient un relent froid de fin du monde. Enfin, il me lâcha et s'épongea la nuque :

— Hier soir, j'ai abîmé mon poing contre ta porte. Deux jours sans nouvelles ! T'étais barricadé et je m'attendais au pire. J'ai forcé le pêne à la masse. T'as pas bronché. T'avais déjà l'oreille éteinte du mec qui n'est pas loin du bout de sa route. T'avais chargé la mule, tu délirais. T'apostrophais tes ancêtres et t'étais pas tendre avec eux. Tu réglais tes comptes sur plusieurs générations.

— Peut-être bien. Peut-être suis-je plus combatif dans mes cauchemars que dans la vie.

— J'ai débouché une bonne bouteille pour trinquer à ton décollage. Sur la route de l'enfer, les bistroquets doivent manquer à l'appel. Mais le bruit du bouchon qui saute ne t'a pas fait frémir d'un cil.

J'étais perplexe. La plainte du bouchon qu'on tire aurait dû soulever ma paupière, mais je ne conservais aucun souvenir de son gémissement. La visite de

Grégoire sentait le chafouin. Elle dissimulait une autre vérité :

— Tu te paies ma fiole, Grégoire. Un bras que tu voulais m'amadouer et te faire pardonner ton rôle de salaud dans la cour de récréation.

— Simon, pourquoi tu reviens là-dessus ? C'est de l'histoire ancienne, j'étais un gosse. Y a pas de quoi en faire un plat.

— Un gosse, oui, mais un sale gosse, un salopiot sans vergogne. J'ai failli y laisser la peau.

— L'eau a coulé depuis. Depuis, tu t'rinces la gueule à mes frais pour pas un rond.

— Ton vin n'effacera jamais ta cruauté au tronc du marronnier. J'en souffre encore à m'en dérégler le point de vue. Tu auras beau me servir à outrance, mon pardon n'est pas pour demain.

Piqué au vif, Grégoire tourna les talons en oubliant encore son pain de deux sur le comptoir.

En toute honnêteté, plus rien ne justifiait que je lui batte froid. Sinon, le trait pervers d'une rancœur indissoluble. Je m'accrochais à un illogisme implacable. Grégoire avait beau dire et faire, je lui gardais un chien de ma chienne. Ce n'était pas faute, pourtant, qu'il se soit excusé. Ni faute de me traiter comme son meilleur ami. Ou faute de multiplier ses largesses. Si je devais compter les séjours gratis dans son chai, il s'était rattrapé au centuple. Ses verres de vin me retenaient au bord du précipice.

Après son départ, les clients de la boulangerie me gratifièrent de bourrades de camionneurs. Ma résistance à la mort les démontait. Ils auraient bien aimé connaître ma recette :

— T'as encore posé un lapin à la faucheuse, t'as un secret, Simon ?

Tandis qu'ils me charriaient de bras en bras, je mourais de faim. Je rêvais d'étaler une couche de beurre cru sur une tartine de pain chaud. Je me suis débattu comme un beau diable. Trois boutons à ma chemise ont sauté. Des ricanements m'ont poursuivi et une rondelle de nacre a ricoché contre ma nuque. Je ne me suis pas retourné, ils étaient capables des pires singeries.

De retour à la maison, j'ai beurré une montagne de tartines et les ai dévorées. Puis j'ai remonté de la cave une bouteille sans étiquette. Embouteillée par mes soins. Je l'ai coincée entre mes cuisses et j'ai vrillé la mèche du tire-bouchon. Le liège résista un peu, mais pas longtemps. Entre un bouchon et moi, inutile de se perdre en conjectures, le vainqueur c'est toujours moi. J'ai laissé respirer la bouteille sur la pierre de l'évier. Puis j'ai fait partir le feu dans l'âtre. Sur un coin de table, j'ai préparé une soupe au chou et aux oreilles de cochon.

J'ai rempli ma calotte d'une louche débordante et fumante. J'étais l'unique client devant ma cheminée. Silence total, à part le crépitement des tisons et le raclement de ma cuillère. La panse bien remplie, je me suis enfoncé dans mon fauteuil d'héritage. Tranquille. Pour une longue sieste, pour une demi-mort. Un pas vers l'anéantissement. Mais impossible.

18

Mon fauteuil d'héritage

1965

En vérité, je crèche à une demi-lieue des barriques de Grégoire. Sur le chemin rocailleux qui mène à la bergerie. Ma masure est imprégnée du parfum des feuilles mortes. Une pichenette et elle s'éboule. J'hésite à m'appuyer dessus. Qu'est-ce qui me dit que je ne vais pas me ramasser une tonne de gravats sur le paletot ? Un lierre de vive constitution dévore ses murs et c'est comme ça qu'elle tient.

Mes persiennes sont persillées de vrillettes. De rares écailles vert bouteille indiquent leur couleur d'origine. Par-derrière, impossible d'y accéder. Un entrelacs de ronces emprisonne un bric-à-brac infâme. Il est où mon pinceau dans tout ce bazar ?

Derrière la porte, une grande pièce carrelée, rouge tomette, qui m'aide à traverser la vie et me tient lieu de tout. Au mur, un robinet. Le seul point d'eau relié au puits par une pompe à main. Sous l'évier, derrière un rideau en toile à matelas, une étagère. Sur l'étagère, une batterie de casseroles cabossées. Ce satané rideau accroche quand on le tire. Y a vraiment de quoi s'énerver.

Je le soupçonne de protéger du jour des cancrelats qui vivent là, derrière.

En vis-à-vis, ma cheminée et ses braises rougeoyantes. Rougeoyantes, quel que soit le temps. Mon chaudron sur son trépied vous arracherait la peau des doigts si vous aviez le malheur de soulever le couvercle avant que je vous prévienne qu'il brûle. Une garbure y mijote à longueur de journée.

Dessous, une cave.

Avant toute autre chose, avant même d'accrocher ma casquette à la patère, je soulève la trappe et tâtonne à ma droite. Je tourne l'interrupteur en porcelaine blanche. D'un coup d'œil à moitié marches, je vérifie les allumettes. Je garde un œil sur elles matin et soir. J'en ai glissé partout dans les fentes. Elles me servent de témoins. Jusqu'à présent, pas de crainte à avoir, les allumettes tiennent bon, je suis tranquille. Mais tout de même, sait-on jamais, je me prépare. Personne n'est à l'abri d'un mouvement de terrain. En cas d'alerte, je serai le premier averti. Une allumette au sol et je n'hésiterai pas, je déménagerai mes bouteilles dans l'instant.

Au bout des marches, mes clayettes regorgent de vieux millésimes. De quoi m'abrutir des mois si le cafard me prend. Je connais par cœur leurs étiquettes grignotées. Une trace de doigt, une autre que la mienne, me dresserait les cheveux sur la tête. Et une manquante me ferait avaler ma langue d'émotion. Si leur compte venait à se modifier en mon absence, j'en perdrais la raison. Tout le monde est averti :

— Mieux vaudrait que je ne mette pas la main au collet du rigolo qui s'amuserait à ce sale tour.

Je l'ai dit comme ça, tout énervé et les canines découvertes, au comptoir du bistroquet. Le jour où des chiens merdeux semblaient en caresser l'idée.

Au fond, à droite, la porte qui couine, c'est ma chambre. J'y fais revivre Rosaline. Je chavire sur l'édredon lorsque j'arrive à temps et mes larmes se répandent.

Face aux braises, un fauteuil décharné.

C'est mon fauteuil d'héritage. On se le passe de père en fils depuis la nuit des temps. Je l'ai transporté sur mon dos, de la ferme jusqu'ici. Sinon, il m'aurait fait des histoires.

Son velours frappé est aussi raide qu'une peau de rhinocéros. Je m'y coule en confiance comme une pâte à cake dans son moule beurré avant de cuire. Je mijote en toute sécurité dans la sueur forte de mes ancêtres. Dans leur parfum sauvage de rhum réchauffé.

On pourrait croire que le flemmard est au bout du rouleau. Plus d'un le mènerait à la décharge. Juste ciel ! Personne n'est à la veille d'imaginer que c'est un moraliste de la première heure. Sombrer dans ses bras, c'est comme tomber dans la rectitude. C'est se confronter à sa conscience. Il a l'art et la manière de vous faire réviser votre jugement. Les fous furieux de mon sang s'y sont pris des leçons mémorables.

Nous deux, on fait la paire. Je suis le premier de la branche qu'il supporte à peu près. Et certainement le dernier. Après moi, plus personne à redresser. Il prendra sans conteste le chemin des ordures. Alors, autant en profiter. Sa mémoire est phénoménale, d'une fiabilité supérieure à la mienne. Pour l'avoir pratiquée à bon compte, je peux certifier qu'elle est digne d'intérêt. Plus crédible en tout cas que les souvenirs foireux qui encombrent mes neurones.

Ces derniers temps, allez savoir pourquoi, il me bassine. Il ne jure que par Rosaline. Rosaline par-ci et Rosaline par-là. Il voudrait que je me lance dans la bagarre. Il voudrait que j'ouvre une bibliothèque au village.

À quoi joue-t-il ?

Il est plus opiniâtre qu'un jardinier novice sur des parcelles incultes. Il dit que le bonheur n'est pas près de me rattraper. Comme si le contexte haineux lui était inconnu. Comme si on attendait après moi comme après le messie. C'est tout l'inverse. À croire qu'il veut ma peau et qu'il n'est plus de mon côté. Alors je fais des bonds et je l'accuse de vouloir me lâcher dans la fosse aux lions.

Avant, il était différent, il tenait des propos rassurants. Mais il a bien changé. À propos de la bibliothèque, il a tout faux. Il sort de ses attributions et s'attaque à du lourd. Il m'envoie tout droit dans le mur.

Du coup, quand il insiste, je sors de mes gonds.

L'autre jour, il est revenu sur le sujet. Alors, je me suis relevé, très en colère. Il perturbait ma sieste. J'ai balancé mon pied dans son dossier de crevard et j'ai claqué la porte. M'énerver n'est pourtant pas dans mes manières.

Quelques minutes plus tard, je suis revenu à des intentions pacifiques et me suis excusé. Il m'a tendu ses bras. Mais bougre de têtu, il rebondissait sur la bibliothèque comme s'il n'y avait que ça dans la vie.

Je ne l'écoutais plus.

Mais plus question de m'assoupir. Je regardais mes mains lisses et blanches, exemptes d'une blessure ou d'une épine empoisonnée sous l'ongle. À cause de lui, à cause de son entêtement, pas manqué, Rosaline a refait surface. Mais pas comme il l'aurait voulu. Pas au travers de la bibliothèque. Plutôt au travers du berger, son époux. L'étrange comportement du Veuf à l'enterrement de l'institutrice me revenait.

DEUXIÈME PARTIE

19

Le Veuf

1965

À l'enterrement de Rosaline, on eut beaucoup de mal à retenir le Veuf. Il se plaquait de tout son long sur la boîte en sapin. Quatre bras musclés le retenaient malaisément par la ceinture. Un long gémissement sans fin sanguinolait de sa bouche grande ouverte.

J'ai préféré me boucher les oreilles. Je ne me souviens plus de l'heure ni de quoi que ce soit à propos du temps. Ou si j'étais chaussé ou quoi. Une tempête en mon cœur broyait toute sorte de conscience. J'aurais voulu sombrer dans le cocon abêtissant de l'insensibilité.

Le Veuf jouait au cimetière l'ultime tragédie, une œuvre de cris et de pleurs. Je me lamentais de ne rien pouvoir faire. J'aurais voulu le soulager, prendre à mon compte une part de son chagrin. Lui dire que sa souffrance était aussi la mienne.

Tant d'affliction au grand jour préoccupait la société.

Au lieu de s'atténuer avec les jours, la peine du Veuf enflait et s'engouffrait à travers le village, furieuse comme l'eau de la fontaine municipale après le dégel.

Peut-être encore plus enragée. Elle s'insinuait dans tous les interstices, passait les portes et les fenêtres et les conduits de cheminées. Elle marquait son parcours d'un goût âpre aux palais. Des élans de tristesse accaparaient les causeries. Le temps dédié aux bavardages s'étirait dans les rues où l'on s'émouvait d'un homme pleurant à chaudes larmes. Un homme qui se cassait les ongles au marbre. Un homme crevant d'amour pour une morte.

Les ménagères, remuées de fond en comble, pressaient leurs yeux de leurs torchons. En gants latex et tabliers de vaisselle, elles sortaient des cuisines et empruntaient le chemin du cimetière. Leurs têtes à ressort apparaissaient, disparaissaient derrière le mur d'enceinte. Sous leurs yeux chavirés, la chevelure du Veuf vira du brun de sa jeunesse au gris de son chagrin. Sans beaucoup se tromper, on prédisait qu'une infortune guettait le malheureux :

— Le pauvre homme a perdu la raison !

— Avez-vous vu comme il grisonne ?

— Un si bel homme ! Si jeune et déjà marqué par la vie.

— À cette vitesse, il passera pas l'hiver.

Le village s'apprêtait donc à une issue fatale. Les noirs manteaux de deuil s'aéraient dans le vent.

Pendant ce temps, le Veuf couvrait de roses la tombe de Rosaline. Il déposait chaque matin une fière douzaine de roses fraîches. Et en dépit de la décence, il tombait à genoux et inondait de larmes le tas de fleurs phénoménal.

Ces épanchements, chaque jour redoublés, finirent par agacer les ménagères. Le temps des pleurs était passé et l'époux endeuillé se métamorphosait en geignard absolu. Une faiblesse qu'il n'était pas bon de montrer lorsqu'on était un homme. Un homme fort et bien bâti de surcroît.

— Il en fait trop !

— Sa conscience le travaille !

— Il a quelque chose à se faire pardonner.

Ces saillies empoisonnées, derrière le mur d'enceinte, échouèrent dans son oreille. D'une main pleine de cailloux, agrémentée de quelques mots grossiers et de menaces, le pleurnichard envoya paître le troupeau. Les ménagères crièrent au loup et décampèrent.

Je ne fus ni surpris de l'agacement du Veuf ni des propos scandalisés dans les rangs des fuyardes. De vives craintes firent le tour du village. Le Veuf passa, en peu de temps, de l'homme le plus à plaindre au portrait raccourci d'une bête sauvage. À son passage, les femmes louvoyaient et ne posaient sur lui que des regards apeurés.

Privées des abords du cimetière, elles jacassaient maintenant au lavoir, théâtre séculaire des persiflages ordinaires. Les papotages allaient bon train. À toute heure on y trouvait des indignées agenouillées, frappant le linge comme sur le dos d'un acariâtre.

Souvent, je m'appuyais en face, à la margelle du puits, lâchant une pierre et me penchant. Guettant le floc des profondeurs. J'étais à bonne distance, tournant le dos aux pipoteuses. La chaîne du puits guidait à mon oreille l'écho des paroles incendiaires. Tandis que les savons moussaient, la répartie s'organisait. Des bulles couraient dans les remous et dispersaient dans l'air les germes d'une rébellion. La suspicion enflait. Les roses du Veuf s'y taillaient la part belle :

— Pourquoi autant de roses ?

— C'est pas normal, ce déballage.

— Des roses Baccara, bonté divine, voyez-vous ça !

— De pleines pelletées ! Une fortune pour une morte !

— Il y a du louche sous les roses !

Un brin de jalousie échauffait les esprits.

D'un pas de détective, la troupe reprit gaillardement le chemin du cimetière. Le tas de fleurs fanées formait une montagne. La plaque de marbre disparaissait sous un amas de pétales rabougris. Le bouquet du jour, d'une fraîcheur magnifique, narguait les yeux qui se posaient dessus. Tant d'attention coûteuse pour une morte offusquait les vivantes. Le gaspillage leur sortait par les yeux comme si c'était leurs bourses. Elles en avaient leur claque de ces pleurnicheries sans fin et de ces attentions ruineuses. Il était temps que cela cesse ou que ça serve à quelque chose.

— Autant en profiter !

— Oui, c'est ça, autant les prendre et les mettre dans nos vases.

Des roses si belles, à leur portée, les rendaient moitié folles. Le vol des roses grossissait dans leurs têtes. Collées les unes aux autres dans des chuchotements discrets, elles se montaient le bourrichon et étudiaient le bon moment pour passer à l'action. Quand la dernière réticence s'envola, et que les plus hardies s'aventurèrent, une illuminée effrayée par l'enfer hurla au sacrilège. Les ménagères se signèrent et reportèrent leur indélicatesse à des heures mieux venues.

— Le Veuf ne perd rien pour attendre !

20

Le grand secret

1965

Dans un coin de ma tête, la morte me suppliait d'aider son amoureux à remonter la pente. Elle n'avait pas besoin de se donner tout ce mal. J'étais déjà acquis à cette cause et j'attendais le bon moment. Le surveiller me demandait peu d'efforts. Ses allées et venues se limitaient au cimetière. Je le regardais passer à travers mes persiennes. Puis revenir le soir accompagné de Félicien.

Le garde champêtre l'avait pris sous son aile. Il n'y avait rien d'étonnant. Félicien était un bon samaritain. Il le raccompagnait chez lui à la fermeture du cimetière. La marche du Veuf était entravée de boulets. Il peinait à lever ses semelles et butait sur les pierres. Parfois, les deux comparses se reposaient sur l'herbe un peu plus loin. Puis Félicien encourageait son compagnon à repartir à l'aide de consolations dérisoires. Il le soutenait en pliant comme un vieil éléphant d'Asie au bout du rouleau.

Je soupirais dans mon coin comme une pauvre femme. J'aurais voulu me rendre utile, prêter main-forte à Félicien. À deux, la charge aurait été moins lourde.

Mais la crainte de les indisposer me retenait. Et je me demandais combien de temps encore le garde champêtre résisterait à ce grand corps fourbu. Il déclinait, il avait fait son temps. Il remâchait à tout bout de champ son dégoût de la vie. Il serinait qu'il ne cracherait pas sur la retraite et qu'il ne faudrait pas compter sur lui pour faire de la rallonge.

Malgré ses rouspétances et ses ronchonnements, il se pliait en quatre pour satisfaire à toutes les exigences. C'était un touche-à-tout, l'homme à tout faire de Saint-Ignace-les-Benoits, l'homme providentiel. Sous sa houlette, jamais campagne n'aura été si bien entretenue. Il parcourait les chemins creux avec sa panoplie d'urgence : sécateur et faucille ; scie et marteau ; son tournevis qui dépassait de sa poche ; son couteau suisse et son tire-bouchon toujours prêts. Et sa brouette à roue en bois.

Il sarclait et bricolait dans tous les coins infects. Les matières gluantes ne le rebutaient pas. C'était son terrain de jeu favori. Ses mains furetaient dans tous les trous. Il avait des tentacules au bout des doigts. Il débouchait les canalisations, remplaçait les joints, raclait les puits perdus et descendait dans les fosses à purin. Depuis la mécanisation des champs, il tripotait dans les moteurs. Je lui soupçonnais une fascination pour le côté puant et crasseux de la vie. Mais je me gardais bien d'une remarque désobligeante. Il aurait pu s'en offusquer et me tirer la tronche.

Le dimanche après la messe, il battait du tambour et criait les nouvelles officielles.

Sans sa bienveillance et sa débrouillardise, tout aurait fichu le camp. Nul doute qu'il laissera un vide gros comme une maison bombardée quand il prendra sa retraite.

Nos relations étaient régies par une harmonie de bon aloi. On avait de l'attachement l'un pour l'autre. Mais il en faisait plus pour moi que moi pour lui. S'il n'avait pas été de cette trempe, à rendre service sans compter, y a belle lurette que les fossés pleins d'eau m'auraient englouti corps et âme. Combien de fois m'a-t-il tiré par les pieds, jeté dans sa brouette et déposé au sec ? Inutile de compter. De tels gestes s'évaluent à leur humilité. Et à la patience qu'il faut pour les recommencer sans jamais se lasser :

— Mon garçon, ça te passera avant que ça me reprenne.

Il s'en tirait toujours avec des indulgences, n'était pas homme à donner des leçons. Pas homme à exiger des contreparties. En cas de besoin, je pouvais compter sur lui et n'étais pas le seul. Il cédait à tous. Même aux demandes les plus délicates. Tous ici lui devaient un fier service de sourd et muet. Si on le questionnait, il endossait le costume du champion de la mémoire qui flanche. Il se vantait d'être bavard comme une tombe et aussi disponible que le robinet à flux perdu de la fontaine municipale. Sa générosité me laissait un tantinet perplexe. Je cherchais son intérêt, mais ne le trouvais pas.

Un jour pourtant, il y eut du nouveau. Le retour du cimetière avait pris une tournure embarrassante. Le Veuf suppliait Félicien de je ne sais quoi au juste. Le garde champêtre se récriait et ne lui cédait en rien. Les propos vifs baissaient au croisement de ma porte. Des éclats de la querelle m'atteignaient sans que je puisse en démêler deux mots. Leur violence m'éclairait cependant sur la sensibilité du sujet. Cette joute verbale serait restée du charabia si, par un soir plus animé qu'un autre, Félicien n'avait pas pris la mouche juste devant ma porte :

— Ça suffit, berger, t'es tombé sur la tête. Ne compte pas sur moi pour faire ce sale boulot. Cette affaire ne me plaît pas du tout. Trouve un autre pinpin. Si tant est qu'un seul accepte de te prêter main-forte.

Ce veto, quoique très explicite, ne m'éclairait pas davantage. En revanche, le refus inhabituel du garde champêtre avait tout lieu de me surprendre. Il trahissait sa réputation de bonne poire. Sa complaisance légendaire souffrait de quelques déraillements. Plus il s'entêtait et plus le Veuf s'affaissait.

Le lendemain, je me suis montré sur le seuil, bardé de bonnes intentions. J'envisageais de proposer mon aide. Ce fut une très mauvaise idée. Le Veuf et le garde champêtre se liguèrent contre moi. J'avais réussi cependant à les rabibocher sur mon dos :

— Occupe-toi de tes oignons et fais comme si tu ne nous avais pas vus.

J'ai claqué la porte. Ulcéré qu'on me renvoie cruellement à mes pénates. Mais non sans répartie :

— Débrouillez-vous avec votre grand secret, je ne veux pas le connaître.

Dans ma marmite en fonte, un brouet mijotait. Je n'avais pas le cœur d'y toucher. Cette histoire me coupait l'appétit. Sous mes fesses, mon fauteuil s'agitait. À peine si j'y prêtais attention. J'étais préoccupé par le dédain des deux belligérants. Je m'interrogeais sur ce que j'avais pu dire ou faire pour mériter cette cruelle indifférence. Mon vieux briscard sous mes fesses insistait. Il n'avait rien perdu de la querelle et ses remarques finirent par m'émouvoir :

— Quelque chose ne tourne pas rond, Simon. Le Veuf a besoin de secours. Depuis le temps que tu en brûles d'envie, c'est l'occasion rêvée de lui prouver ta gratitude.

Ces encouragements brisèrent mes dernières résistances. Je me suis endormi avec la ferme intention de creuser la question.

21

T'as vu ta mine !

1965

À la première heure du lendemain, j'étais sur pieds. Bien décidé à démêler l'embrouille. L'école un jeudi se prêtait à merveille à mon plan. Félicien commençait sa journée par nettoyer la classe. Lorsque j'ai poussé la porte, il astiquait les pupitres. Il les frottait comme si des traces répugnantes s'étaient incrustées dans la nuit. Ce faisant, il ronchonnait. Il traitait le Veuf de mécréant. Avant de m'annoncer, j'ai balayé les lieux du regard. Il n'y avait pas de changement notoire.

J'ai laissé dériver ma pensée sur mon enfance. Et de fil en aiguille sur mon pupitre. J'ai voulu vérifier l'inscription : « Ici, Simon le con a vécu ». Un anonyme l'avait gravé à l'encre de chine pendant que d'autres me ligotaient au tronc du marronnier. Sous mon ardoise, à la rentrée, je dissimulais l'épitaphe. Je me suis rapproché. Elle avait disparu. L'œuvre de Rosaline sans nul doute. Ou une attention de Félicien. Je me suis assis à ma place. Mes jambes ne passaient pas. J'ai insisté. Le bois a craqué sous l'effort et Félicien s'est retourné.

Avant qu'il ne m'invite à déguerpir, j'ai annoncé la couleur :

— Dis-moi Félicien, qu'est-ce qu'il te veut, le Veuf ?

— Si c'est pour ça que t'es venu, tu peux repartir d'où tu viens.

— Y a un problème entre vous ?

— Y avait.

— Comment ça, y avait ?

— Y a plus, le Veuf s'est redressé. Il marche tout seul. C'est une affaire réglée.

— Depuis quand ?

— Pas plus tard que cette nuit.

— Cette nuit ? Qu'avez-vous fait cette nuit ?

— Rien.

— Si je peux aider tout de même ?

— Y a plus de problème, je te dis, on n'a pas besoin de toi.

— Et c'était quoi, le problème ?

— Un truc que tu n'sauras jamais. Tu m'croirais pas d'ailleurs. Tiens, prends le manche et frotte. Comme ça, t'arrêteras de t'intéresser à nous.

Il me tendit le balai-brosse. Celui qui servait à décoller la crasse du plancher. Il jeta un seau d'eau javellisée sous mes pieds et me regarda faire. À sa manière de me reluquer, en faisant la grimace, j'ai réalisé ma chemise sale, mes souliers comme des savates, mes cheveux gras et ma barbe de dix jours. Cet examen sans concession accentuait ma maladresse.

— Dans cette classe, il manque une sainte, j'ai dit, en me débarrassant du manche contre le mur. Et en m'y appuyant à mon tour.

C'était la première fois depuis le drame que je revenais sur les lieux. Félicien avait beau briquer dans les recoins, la bonté de Rosaline persistait et imprégnait tout ce qu'elle avait touché. Et bien évidemment, sa conscience professionnelle l'avait conduite à tout manipuler.

Félicien reprit le frottoir :

— Depuis qu'elle est partie, on pourrait croire que le Veuf, c'est toi. T'as vu ta mine ?

— Qu'est-ce qu'elle a, ma mine ?

— Heureusement que l'institutrice ne te voit pas dans cet état ! On dirait un pouilleux. Allez ouste ! dégage de ma vue et cours chez toi t'astiquer la couenne.

Il me força à reculer en repoussant l'eau sale sous mes semelles. Son visage était aussi verrouillé que lorsqu'il s'opposait au Veuf. Il m'évacua d'un geste large avec autant de force que si ses mains et ses pieds s'étaient mêlés de me jeter dehors.

À la grille, je me suis retourné. Félicien me faisait signe de l'attendre. J'ai amorcé un sourire. Je voyais la confession arriver. Mais à mesure qu'il s'approchait, comme un char à l'assaut d'un fantassin, j'ai tout de suite réalisé que je ne m'en sortirai pas indemne.

— Simon, j'ai un conseil à te donner. Le Veuf et moi, on veut que tu fasses comme d'habitude.

— C'est-à-dire ?

— Si on t'interroge, tu endosses ta panoplie du parfait petit idiot. Tu ne nous as jamais vus ensemble.

— En somme, tu n'as rien à m'apprendre.

— Juste un détail. Arrête de tourner autour de nous.

Je suis rentré à la maison en shootant dans les pierres. En me demandant pourquoi personne ne me faisait confiance. Je me sentais tellement inutile et si peu conforme aux souhaits de Rosaline.

22

Le complot

1965

Mon fauteuil m'attendait. Il piaffait d'impatience. J'ai joué l'idiot de service, celui qui n'avait pas remarqué combien la curiosité l'animait. Si je m'étais confié, il m'aurait traité de brèle. Des doutes m'agitaient. Le Veuf était-il vraiment sorti d'affaire ? Une vérification s'imposait.

En attendant le retour du cimetière, j'ai procédé au rituel. J'ai étalé sur la table une serviette de toilette à la trame usagée. J'ai déposé au centre mon savon à barbe, mon blaireau et j'ai déplié, précautionneusement, le coupe-chou du paternel. Celui au manche en corne et à la lame d'un tueur. J'ai appuyé mon miroir de table contre une bouteille vide et je me suis regardé. Dieu du ciel ! Il y avait de la besogne.

Je ne me suis pas loupé. Un filet de sang courait de mon menton à mon cou.

Puis j'ai procédé aux ablutions dans la cuvette en émail. Celle des pieds de mon père. Morceau par morceau, en changeant l'eau à mesure. J'ai enfilé des vêtements propres. L'odeur de la savonnette Palmolive m'a ressuscité. Cela tenait à peu de choses, à ce bouquet de frais qui sourdait de ma peau, à mon visage rasé de près et à mes boucles qui gonflaient.

J'étais récuré de fond en comble, mais pas du tout rassuré.

J'ai annulé mon rendez-vous au chai. Je ne suis pas descendu dans ma cave non plus. Une absence d'une minute, une seconde de distraction et le passage du Veuf pouvait m'échapper. J'étais juché sur des charbons ardents. Je déambulais de la porte à la fenêtre, de la fenêtre à la porte.

Pour plus de sûreté, je me suis accroupi sur le seuil, dans la position du guetteur. Main en visière, pupilles en gyrophare et respiration bloquée. J'avais du mal à me figurer le Veuf ressuscité en une nuit. Il me fallait le voir pour le croire.

À l'heure habituelle, les deux compères se pointèrent. Copains comme cochons. Comme si la bagarre des mots entre eux n'avait jamais existé. Ils me saluèrent d'un petit signe de tête fort sympathique. Je leur ai rendu leur politesse. Diantrement soulagé, bien qu'étonné qu'ils aient remisé leur dispute d'un coup de baguette magique.

Félicien ne m'avait pas servi du baratin. Je m'étais rongé les sangs pour rien. Le Veuf marchait la tête haute. Un semblant de dignité le faisait avancer.

J'ai regagné mes pénates, réconcilié avec le monde.

Mais en m'assoupissant, je me suis emmêlé dans les rouages d'une nuit agitée. Mes cauchemars ne me laissaient aucun répit. La notion de trêve leur échappait complètement. Des silhouettes ombrageuses tentaient d'achever le Veuf à coups de pelles. La bataille se déroulait au cimetière. Près de la tombe de Rosaline. Le berger résistait et envoyait valdinguer ses agresseurs par-dessus les stèles. Il se démenait, mais perdait du terrain. Des combattants couverts de loques bondissaient des caveaux. Un défilé de macchabées essayait d'attenter à sa vie. Je me suis jeté dans la mêlée.

Au réveil j'étais fourbu. Mon édredon en boule portait les traces de la bataille nocturne. J'ai fait ni une ni deux, j'ai sauté de mon lit et suis sorti vérifier l'absurdité de mes cauchemars. Mon passage au chai fut de courte durée. Le viticulteur était de bonne humeur ce jour-là. Il tenta de me retenir avec des pitreries. Mais il aurait pu chanter l'*Ave Maria*, en caleçon et à califourchon sur ses barriques, il ne m'aurait pas retenu.

Une force ingouvernable m'entraînait au cimetière.

Le Veuf était déjà là. Il arrachait les herbes autour de Rosaline et ratissait le sol. Le monticule de roses fanées avait pris le chemin des ordures. Sur la dalle en marbre rose, douze roses Baccara au cou de girafe dressaient leur arrogance. Mon regard scruta les alentours. Pas une ombre à l'affût, aucune pelle aux abords.

Pendant que je luttais avec mon édredon, une poudre magique s'était répandue au cimetière. Le Veuf semblait avoir atteint l'état de grâce. Le contraste était stupéfiant et des images me revenaient : deux porteurs pour la défunte, si légère dans sa boîte, et deux autres bougres pour soutenir le berger. J'entendais encore les cris du malheureux que l'on traînait. Le bout de ses souliers raclait le sol.

Maintenant, il polissait le marbre et je crois bien qu'il chantonnait. Un joyeux gazouillis. J'ai repéré un rouge-gorge sur la croix. Son ménage terminé, le berger s'installa sur le banc d'en face. Un murmure continuel s'échappait de ses lèvres. J'eus beau tirer sur mon cou, il me manquait quinze mètres de mou. Jusqu'à ce qu'une brise, on ne peut plus indiscrète, me livrât le contenu du soliloque :

— Bientôt, plus rien ne nous séparera ma belle.

Que voulait-il dire par là ? Mettre fin à ses jours ? Cela ne faisait plus de doute.

Les suppliques du Veuf et les hésitations de Félicien prenaient tout leur sens. Dans mes efforts pour deviner la cause de la querelle, je m'étais éloigné de la tragédie en marche. Aider un malheureux à boire le bouillon de onze heures, pour rejoindre sa dulcinée, ne se faisait pas de gaieté de cœur. Mais Félicien avait fini par céder. Sa capitulation n'était pas du tout à mon goût. Mes aisselles, plus rapides que mon cerveau à s'alarmer, imprégnaient ma chemise de la sueur froide de l'épouvante.

Sans autre forme de procès, j'ai pris la décision de m'opposer à ce complot funeste. Et la meilleure manière de le contrer, n'était-elle pas de m'attacher aux deux belligérants comme à mon ombre ?

Le Veuf déplia sur ses genoux une nappe à carreaux rouges et blancs. Il sortit de son panier un sandwich de docker long comme mon bras. Garni d'une tomme de brebis affinée par ses soins. Il mordait à pleines dents. L'idée de rejoindre Rosaline décuplait son appétit. L'odeur chatouillait mes narines. Si je m'étais montré, nul doute qu'il aurait partagé. Mais j'ai envoyé ma fringale sombrer au fond de mon estomac. Sauver le Veuf contre son gré nécessitait une discrétion absolue. Une détermination de combattant soutenue par mon obsession, rendre au centuple l'intervention du petit berger dans la cour de récréation.

En m'exhortant à disparaître de leur vie, Félicien avait planté son conseil dans du mauvais terreau. J'ai escorté les deux complices, du lever au coucher. J'avais de l'expérience en filature et ils n'y ont vu que du feu.

Mais calme plat.

Ils vaquaient dans une entente sereine et se comportaient dignement. Pas plus de longs couteaux que de corde au cou ou d'assassinat en vue. Quand ils se croisaient, ils se bornaient à des formules de politesse. À la longue, une distance entre eux s'était creusée. Que pouvaient-ils se dire quand ils entamaient la conversation ? Un silence pesant les encombrait comme si un souvenir gênant les empêtrait.

Bientôt, le Veuf limita ses visites au cimetière au vendredi matin.

Le temps peaufinait tranquillement sa renaissance. Mais ce n'était qu'apparence. Au contact des autres, son caractère flambait. Il s'enfonçait dans l'isolement et j'étais bien placé pour témoigner qu'il ne s'arrangeait guère.

23

La dame blanche

1965

J'aime ce moment délicat quand les rapaces quittent les grands arbres. L'air est peuplé de frôlements feutrés, de vols lents et ouatés. Une peur naissante me donne des frissons. Je suis intrigué par des yeux lumineux et par des chuintements. Malheur aux campagnols, les chouettes ouvrent de grands yeux.

À cette heure crépusculaire, le vin de Grégoire m'ouvre des horizons psychédéliques. Je flotte entre deux eaux et je vacille. Je crois deviner Rosaline et entendre mon père.

La lune dispersait à mes pieds des taches chatoyantes. J'ai relevé la tête et j'ai fixé un point au loin. J'ai vu s'éteindre une lumière. Le berger se couche plus tôt que moi. À cette heure, quand l'obscurité m'enveloppe, je n'ai rien d'autre à faire que lui dédier ma pensée.

Après moi il est le dernier au bout du chemin.

C'est heureux qu'on habite loin de tout. Pour toquer à nos portes, faut se farcir trois kilomètres d'ornières. À telle enseigne, nous sommes tranquilles. Personne ne vient fourrer son nez chez nous.

Sa bergerie m'a toujours impressionné.

C'est loin d'être une cabane de berger comme celles des transhumances. Une porte cochère crève la façade d'un trou sinistre. Au-dessus du tympan ouvragé s'élève un étage à meneaux. De part et d'autre s'étirent des fenêtres calfeutrées. Les combles sont percés de lucarnes à crémaillère. Si étroites et si hautes que les voleurs n'y pensent guère. Quand le soleil affiche sa pleine mesure, ces fenestrons renvoient des scintillements jusque chez moi.

De moi, qui suis le plus proche de lui, le Veuf ne risque rien. Ma masure est aussi silencieuse que moi. J'y lis ou bien j'y cuve. Inutile de frapper, je n'y suis pour personne.

J'aime regarder de son côté.

Une girouette crève le ciel. C'est un coq en fer qui ne connaît rien au métier. Il est figé en direction du poulailler. Il reluque la volaille et ses enfilades de poussins depuis des temps immémoriaux. Aucune bourrasque n'a jamais réussi à le détourner de sa contemplation. Il se demande comment atterrir en douceur sur une rousse à plumes. Mais il a peur du vide et à l'idée de rater sa cible, il est bloqué. S'il y a quelqu'un, quelque part, plus long que moi à se décider, c'est le coq en fer sur le toit du Veuf. Il surplombe une couverture en ardoise vieille de trois siècles. Au bas mot. Les écailles de schistes crissent au moindre coup de vent. Ce concert me hérisse le poil. L'intervention d'un ardoisier ne serait pas superflue. Mais inutile d'insister, le Veuf est on ne peut plus catégorique :

— Pas question qu'un rafistoleur vienne triturer ma toiture.

Maintenant qu'il est seul, c'est pire encore. Sa bougonnerie ne connaît pas de limites. Il se retranche chez lui comme dans un château fort. Moi, il me supporte si on veut, je suis son voisin silencieux.

Depuis sa nouvelle solitude, il s'est enfin décidé à réparer son toit. Il grimpe tous les matins remettre de l'ordre là-haut. Il donne du marteau à tout va et souvent je l'entends juronner. Au point du jour, les coups d'assette traversent mes murs et me réveillent.

Le vendredi matin, Dieu merci, je dors tranquille.

C'est le jour des roses. Le jour de l'hommage à Rosaline. Le vendredi aux aurores, je connais sa routine. Il attrape l'autocar pour Quimbrion. Quimbrion, chef-lieu de canton. Il va chez le fleuriste où sa commande l'attend. Une douzaine de roses Baccara du jardinier Meilland. Un secret pour personne. Les plus belles et les plus chères du marché. Le bruit court qu'à ce rythme il va se ruiner. Les langues s'en donnent à cœur joie et disent qu'on n'a pas idée de dépenser sans compter, qu'il aura cherché ce qui lui pend au bout du nez : une bourse raplapla.

Il profite de cette sortie hebdomadaire pour remplir son panier. Je m'interroge. Je me demande pourquoi autant d'emplettes. Et quelles emplettes ? Il vit depuis toujours en autarcie. À part son pain quotidien, il pourrait tenir une guerre avec son potager et son verger, ses poules en liberté, ses canards dans la mare, ses lapins au clapier, ses pièges dans le bois, ses trous à truites, ses champignons à la rosée et ses brebis dans les pâturages.

Il y a peu, je me suis décidé. Le contenu de son panier m'interpellait. Que pouvait-il acheter avec autant de régularité ? Mystère. La curiosité me poussait dans les jambes. Un vendredi, je me suis pointé au retour du car, à l'arrêt du cimetière. Il est apparu à la porte en accordéon, gigantesque, son bouquet de roses à une main et son panier à l'autre. J'ai fait mine de l'aider et j'ai tendu ma main vers son panier. Mais il l'a saisie et l'a broyée.

Vexé par cette douleur injuste, j'ai fait demi-tour, décidé à ne plus jamais le revoir.

Le lendemain j'avais changé d'avis.

Il tapait sur son toit plus fort que d'habitude. D'une cadence de casseur de cailloux. Ce raffut du diable me paraissait étrange et je lui soupçonnais une difficulté. J'ai lâché mon livre. Vu le boucan, impossible de me concentrer sur l'histoire du mec que personne ne peut piffrer – tout comme moi – et qui s'en prend des vertes et des pas mûres – tout comme moi. Ses calculs pour s'en sortir me captivaient et suscitaient en même temps une certaine perplexité. J'ai écorné la page à l'endroit où le pauvre diable se faisait humilier.

J'ai emprunté le chemin du Veuf.

Je me sentais d'humeur à élever une deuxième tour Eiffel. D'humeur à lui rendre au centuple son intervention dans la cour de récréation. L'occasion se présentait enfin. Jusque-là, son obstination à ne compter que sur lui-même me renvoyait inexorablement au fond honni de mon être, à mon incapacité notoire. Ce faisant, il ne mesurait pas ma peine. Il empoisonnait mes nuits à cause de cette fierté qui ne le quittait pas. Et une image s'imposait dans mes rêves, de plus en plus palpable et de plus en plus insoutenable : le petit berger empalé sur une pointe de défense me suppliant de le sauver.

Je me suis rapproché, entretenant l'infime espoir qu'il veuille me prendre à son service. Le cou tendu vers le sommet, les mains en porte-voix, j'ai réclamé l'échelle à nœuds. Il se laissa glisser par la descente des eaux de pluie. Ses yeux mangeaient ses joues. Ses lèvres épousaient la marque de ses dents. Son nouvel état de mort-vivant ne manqua pas de m'inquiéter. Il me salua de deux doigts à la tempe. Un signe de respect entre nous :

— Salut, Simon. Ces ardoises ont fait leur temps, elles sont poreuses et leurs crochets sont mangés par la rouille. C'est un chantier de titan. Tout seul, il y en a pour des mois et des mois.

L'opportunité de payer ma dette se présentait enfin. J'ai cru honnêtement qu'il me tendait la perche et j'ai sauté sur l'occasion :

— À deux, on mettra moitié moins de temps. Pour toi, berger, ce sera gratuit, je te dois une vie.

On l'aurait dit soudain piqué par un frelon. Il blêmit et me cracha une espèce de venin :

— Hors de question que tu t'aventures là-haut. Tu glisserais et te romprais les os. Tu bois trop, Simon, ton équilibre est précaire. Si je t'ai sauvé de la mort une fois dans le temps, ce n'est pas pour t'achever aujourd'hui.

Son rejet implacable m'a brisé le cœur. Je ne lui inspirais pas confiance et il avait raison. Mes jambes n'étaient pas fiables et sur un toit c'était craignos. Certes, sa froideur n'était pas une nouveauté, elle témoignait de nos relations de voisinage quelque peu distanciées. Mais jamais de cette manière si radicale, jamais de cette brutalité glaciale avec ces mots tueurs. Le Veuf était, à l'ordinaire, un homme respectueux, il préférait l'évitement aux mots qui fâchent. J'étais perplexe en vérité et je lui soupçonnais une raison supérieure :

— Il y a autre chose, berger.

J'ai attendu patiemment qu'il se livre et je n'ai pas perdu mon temps. Mais j'étais loin d'imaginer ce qu'il allait me confier :

— Une chouette effraie, blessée au ventre, s'est réfugiée sous mon toit. Je la protège des intempéries et je la soigne. Elle est craintive. Si un autre que moi s'aventurait là-haut, elle s'envolerait et crèverait dans les bois.

Il fabriquait un nid douillet pour un oiseau de nuit à l'agonie. Je n'étais pas loin de penser que les gros yeux de la chouette l'avaient ensorcelé. Qu'à travers elle, il voyait l'institutrice réincarnée. Ses mots embarrassés le dénoncèrent :

— Elle est belle, tu sais. Elle porte un masque blanc en forme de cœur. Elle ne saigne plus, j'ai arrêté l'hémorragie.

Il s'arrêta net. Il semblait déjà regretter de m'en avoir trop dit. Chez nous, la croyance est tenace. On dit que les chouettes effraies dans les greniers appellent les morts à se venger des vivants. Si cela venait à se savoir, la rumeur d'une dame blanche sous le toit de la bergerie mettrait le village en ébullition.

— Qu'adviendra-t-il, Simon, si le bruit court qu'une dame blanche se refait une santé au grenier ?

— Je te le donne en mille, berger, un bataillon d'aigris envahira ta maison. Sans frapper et sans se déchausser. Des laboureurs crottés, armés de pétoires, grimperont là-haut et c'en sera fini de ta dame blanche. Ils l'achèveront sans état d'âme et cloueront son cadavre à la porte de l'école. Le souvenir de Rosaline distille de la mauvaise conscience. Ils ne savent toujours pas tenir un livre à l'endroit.

— Alors, garde le secret, Simon. S'il te plaît, jure-le.

Une vague promesse, aussi ténue qu'un souffle de moribond, s'échappa de mes lèvres. La confession du Veuf m'avait coupé l'envie de traînailler dans le coin. J'ai regardé par-dessus mon épaule. Ce n'était pas certain que la chouette effraie nous ramène Rosaline. Ce pouvait être un rancunier de ma famille. J'habite si près du Veuf. Je n'avais nulle envie de voir mon paternel me talonner, lui, ou un autre aigri de sa clique de laborieux. J'ai préféré rebrousser chemin avant qu'une ombre malveillante me reproche ma vie de fainéant.

Alors que je tournais les talons, le Veuf me rattrapa :

— Simon, tu as manqué de conviction. Je ne supporterai pas que la faucheuse enlève Rosaline une deuxième fois.

— C'est juré, ai-je promis pour m'en débarrasser. Personne ne le saura.

Assommé par sa déclaration, je l'ai regardé s'éloigner. Il avait le pas lourd et moi, les pieds englués dans un scénario catastrophe. Nous étions deux pauvres gars, vivant l'un près de l'autre, et torturés de même par le départ de Rosaline. Sa réincarnation en dame blanche me remplissait d'épouvante tandis qu'il y trouvait la paix. Son attachement à l'oiseau de proie le maintenait en vie bien mieux que toutes mes tentatives avortées. Bien mieux que toutes mes esquisses pour le tirer du fond du trou.

Le concept n'était pas si mauvais en somme.

Par un tour de magie incroyable, en lui offrant une chouette effraie à s'occuper, Rosaline réussissait là où moi, le mortel, j'avais échoué. Le couple recomposé partageait sous les combles un bonheur insolite.

24

Les trois sœurs

1966

On n'avait encore jamais vu ça, un froid glacial de cette carrure, une froidure à trucider les bœufs sur place et à paralyser les tracteurs. La rage des laboureurs butait contre une terre trop dure à travailler. Et ça durait. Les larmes du Veuf tournaient en larmes de glace. Ses roses ne passaient pas la nuit. Les pétales sur la tombe s'émiettaient en paillettes de givre.

Devant les cheminées, les chiens occupaient le terrain. Ils ronflaient à longueur de journée. Les hommes entretenaient les feux avec des buffadous. Les flammes carburaient, mais ne suffisaient pas à réchauffer les logements. Les ménagères s'enroulaient dans des châles et l'on ne savait plus qui était celle qui passait par les rues le dos courbé. Au coucher, elles bassinaient les draps et y glissaient des briques chaudes. À la veillée, elles tricotaient pour les enfants des gants et des chaussons de nuit. Les poules pondaient dans les cuisines. Une ménagerie sans nom survivait au milieu des familles tandis que les poireaux gelaient sur pied.

Les assoiffés se retrouvaient au bistroquet pour tromper la journée. Une odeur d'anisette les tirait par le nez à l'heure de l'apéro. On les voyait se hâter en longeant les maisons, engoncés, le nez dans leurs cache-cols et traçant dans la même direction. Ils compensaient le manque d'exercice en s'enfilant des jaunes. Comme ils n'avaient pas mieux à faire, ils se payaient le Veuf :

— À boire, patron ! Le berger est en train de s'écrouler et on ne va pas le plaindre !

— Non content d'avoir volé la plus belle, il l'a conduite au cimetière.

— Ah, c'était bien la peine !

— Ses pleurs nous portent sur le système !

— S'il continue, on va l'aider à rejoindre Rosaline.

— Direct dans les bras de l'institutrice.

— Terminus ! Le modèle de la sobriété va descendre dans le trou rejoindre la perfection.

Par un après-midi de plus à ne pas mettre les chiens dehors, les toussotements d'une Dauphine troublèrent le désœuvrement général. Des tours de manivelle s'évertuaient à relancer une mécanique poussive. Quelque chose de nouveau se passait rue du Four.

Les hommes lâchèrent le bistroquet et les ménagères leur ménage. Je me suis couvert de plusieurs couches, comme un oignon, et j'ai bravé le vent. Le froid pelait mes joues et je soufflais du chaud dans mes moufles. Nous nous sommes retrouvés sur le trottoir au coude à coude. On battait la semelle et on reluquait dans les plis de nos cache-cols ce qui nous arrivait de l'inconnu.

Trois jeunes femmes, maquillées comme des greluches, s'extirpaient d'un taxi parisien. Elles étiraient de longues jambes bas-nylonnées et des talons aiguilles. Le chauffeur sortit du coffre des valises en carton bouclées à la va-vite. Des fanfreluches débordaient. Il déposa les bagages devant le onze, devant une porte barricadée de toute éternité. On n'aurait jamais cru la voir s'ouvrir un jour sur un tel arrivage. La touche des nouvelles occupantes jurait avec l'aspect rongé de la maisonnette. Nos pensées s'accordaient pour noter le contraste. Le taudis n'était pas préparé à recevoir des dentelles et des talons aiguilles. Et l'on se demandait, en tapant la semelle, comment l'ensemble s'accommoderait, combien de temps une telle disparité résisterait. Mais une autre question, plus urgente, évinçait toutes les autres :

— Que venaient-elles faire ici, ces allumeuses accoutrées de la sorte ?

Les nouvelles arrivées jaugeaient les alentours d'un regard circulaire. Sur le trottoir d'en face, des mines patibulaires les détaillaient de haut en bas. Entre elles et nous, montaient des caniveaux les fumées chaudes des eaux de lessiveuses. Elles nous envoyèrent des baisers. Personne ne répondit à la provocation. Il y avait fort à parier que des complications couvaient sous les tisons du diable.

Le lendemain, les hommes se relayèrent. Planqués dans leurs manteaux, ils surveillaient la rue du Four. La clef du onze dormait dans la serrure et personne ne sortait.

Un jour, des voilages apparurent aux fenêtres. Des ombres s'agitaient derrière. De temps à autre, un pan s'écartait. Une remontée subite de la température libéra par les fenêtres entrouvertes une odeur de sent-bon. Grisés par ces senteurs nouvelles, les hommes sifflaient et balançaient des cailloux aux volets.

En réponse, une main manucurée placarda sur la porte d'entrée un acte de propriété. Nous étions bel et bien prévenus. Contents ou pas, il nous faudrait vivre avec ce voisinage enrubanné. L'acte révélait en outre que l'aînée s'appelait Germaine, la cadette Madeleine, et que la plus jeune des trois portait le doux prénom d'Amélie. Elles étaient sœurs de sang du côté de leur mère. Mais aussi dissemblables qu'il est possible de l'être en sortant d'un même ventre.

Germaine la rousse était frisée et tavelée de taches de rousseur. Une masse de cheveux noirs roulait sur les épaules de Madeleine. Les gros seins de la petite Amélie me retournaient les sens. Quand j'ai posé mes yeux dans l'échancrure de son corsage, je l'ai aimée tout de suite et j'ai su dans l'instant que mon cœur saignerait.

Les trois sœurs prirent le temps de se faire accepter. Elles se coulèrent dans le paysage comme dans l'eau chaude d'une baignoire. Tout doucement d'abord, les orteils en premier et le reste en suivant. Elles sillonnaient le village en talons aiguilles, en balançant leurs derrières et en envoyant des sourires à la pelle. Elles s'appliquaient à saluer tout le monde et à tenter des amitiés en vain.

Leur présence nous devint vite familière.

On les considérait comme des sœurettes frivoles, revenues de la capitale se refaire une santé. Mais on se méfiait tout de même. On ne savait toujours pas d'où elles sortaient ni pourquoi elles avaient atterri là. Pourquoi chez nous ? Moi, je ne m'en souciais guère. Elles pouvaient sortir des bas-fonds et y avoir mené des inconduites, qui étais-je pour leur jeter la pierre ? Elles me convenaient telles quelles, talons aiguilles et fanfreluches. Elles égayaient mes journées et je les acceptais comme un cadeau du ciel.

À un je ne sais pas quoi dans ses façons, Amélie différait de ses sœurs. Ses gros seins me faisaient tirer la langue et ressortir des yeux de merlan frit. J'ai tenté ma chance. Mais elle me rabroua vertement. Elle nourrissait des préjugés sur moi et s'était forgé une opinion tranchée. Elle me traitait d'ivrogne et de chiffe molle. Comment lui en vouloir ? Elle arrivait et écoutait les racontars.

Pour la bagatelle, Madeleine était moins regardante. Mais comparée à Amélie, elle me laissait de marbre. Quant à Germaine, n'en parlons pas, elle faisait deux fois ma taille et le triple de mon poids. Quand elle s'avançait vers moi, en m'ouvrant ses bras de catcheur, je me carapatais comme un lapin qui aurait vu passer un chasseur.

Quand les laboureurs chevauchaient leurs tracteurs, les ménagères en profitaient. Elles jetaient leurs yeux par-dessus le muret de la courette des sœurs. De fines dentelles s'égouttaient au fil à linge. Jamais les ménagères n'en avaient vu d'aussi affriolantes.

— Que viennent-elles faire ici avec ces dentelles rouges ?

— Et ces dentelles noires ?

Personne n'a jamais réussi à percer le mystère de leur installation chez nous. Ce n'était pas faute de s'être interrogé : pourquoi chez nous ? Pourquoi à Saint-Ignace-les-Benoits ? Si on les questionnait, les sœurs mentaient ou se moquaient. Entre leurs facéties et les bruits qui couraient, c'était très compliqué de se faire une opinion.

De toutes les hypothèses, le potin qui tenait la vedette touchait à leur vie conjugale. On les disait mariées aux trois frères Rossini. Un trio à la réputation sulfureuse. Quand ils enfourchaient leurs bécanes, il ne faisait pas bon se trouver sur leur route. Les bastos s'encastraient au petit bonheur la chance et les boutiquiers ouvraient de force leurs tiroirs-caisses. Depuis trois ans, les frères Rossini défrayaient la chronique. Les gendarmes et les échotiers les suivaient à la trace.

Ces derniers temps, on n'entendait plus parler d'eux. Ils s'étaient rangés de la circulation. Leur disparition coïncidait avec l'arrivée des trois sœurs. Nous, on flippait à mort. On les soupçonnait d'être à la recherche de leurs moitiés et on craignait de les voir débarquer le fusil à l'épaule. Alors on surveillait nos arrières. Au bruit d'une mobylette, on plongeait dans les fossés.

Mais je doutais de faire un jour leur connaissance. S'ils étaient encore vivants, y a belle lurette qu'ils nous auraient débarrassés de l'encombrant paquet à trois culs de la rue du Four. Je soupçonnais les sœurs d'avoir arrangé leurs affaires. Elles n'étaient pas du genre à se laisser tabasser toute leur vie. Ma main à couper qu'elles avaient dessoudé leurs marlous. Puis qu'elles les avaient cuisinés en mille-feuille et à la chaux vive dans un trou quelque part.

Chez nous, c'est l'endroit idéal pour échapper à la justice. Le village souffre d'un oubli monumental. Sur la carte Michelin, il bénéficie d'un emplacement inexistant.

On a beau vouloir le repérer à la loupe, il persiste dans l'anonymat.

Pourtant, ce foutu territoire, disparu des localisations géographiques, c'est chez moi et j'y tiens. Je ne me verrais pas vivre ailleurs. Ni boire ou lire dans un autre village. L'arrivée des sœurs, c'était la preuve qu'on existait et qu'on pouvait nous trouver avec un peu de débrouillardise ou par erreur.

Fallait pas être sorti de la cuisse de Jupiter pour deviner leur activité. Elles se déshabillaient dans les granges, dans les remises à outils ou dans les chemins creux. Partout, sauf dans les granges, les remises à outils et les chemins creux de Saint-Ignace-les-Benoits. Elles protégeaient leur nid douillet des fréquentations importunes et se déplaçaient à solex. Leur carnet de rendez-vous était plus chargé que celui du toubib. Leurs soins plus efficaces que les cachetons de cet amateur de furoncles.

Les ménagères digéraient mal ce voisinage enrubanné. Elles se relayaient sur le morceau. Le lait dans leurs casseroles n'avait jamais connu de surveillance plus attentive. Le pain des sœurs était déjà dans toutes les bouches avant qu'elles aient mordu dedans. Leur soupière dévoilait son contenu avant que le couvercle laisse échapper le fumet. Leur poubelle en fer était régulièrement visitée. Mais les fureteuses ne récoltaient que des broutilles.

Tout cela sentait le pipi de chat et alimentait les ragots. Les sœurs étaient difficiles à serrer, car elles avaient plus d'un tour dans leur sac. C'étaient de vraies professionnelles de l'embistrouille. Leur discrétion équivalait à neuf années d'études sur la définition de ce mot.

25

La sortie de Madeleine

1966

J'aime fouiner le soir quand tout le monde est au lit. Je me faufile dans les ruelles à petits pas glissés. La nuit est pleine de trouvailles. Il y a des choses intéressantes à découvrir. Des ombres circulent à la même heure que moi et cette compagnie silencieuse m'ensorcelle. Je savoure le côté singulier du mystère.

Un jour, j'ai talonné une ombre.

J'avais cru voir des boucles s'agiter. C'était la forme évanescente de mon père. Il m'a conduit rue du Four, dans le quartier des sœurs. Des voix s'échappaient de leur courette. J'ai retiré du muret le moellon qui branle à la hauteur de mon œil droit. Entre ces quatre murs, des fleurs du jasmin rivalisaient avec une explosion de chèvrefeuille. J'aurais donné toutes mes économies pour qu'on m'invite une soirée dans cet endroit crépusculaire.

La nuit, grosse de nuages, me soustrayait à la vigilance de la lune et aux moustaches indélicates des chats errants. La chaleur plombait l'atmosphère. Les sœurs s'éventaient à l'aide de vieux calendriers des postes et retroussaient leurs jupes. J'apercevais leurs dentelles. Des bouteilles de cidre encombraient la table du jardin et un candélabre à trois branches dispersait une odeur de bon Dieu. Les filles succombaient aux bulles et aux malices du jus de pommes fermenté. Elles se croyaient seules au monde. Sauf le chat, votre honneur, qui passait et repassait sa queue sur leurs mollets. Que n'avais-je pas été, à ce moment, un gros matou tigré aux miaulements lascifs ?

N'osant battre des cils ou respirer, je braquais mon œil sur Amélie. Elle prêtait une oreille attentive aux bavardages de ses sœurs. Ici ou ailleurs, le Veuf occupait confusément les esprits. Je suis resté sans voix. Madeleine envisageait de le séduire :

— Le berger a besoin de tendresse, clamait-elle de sa voix rocailleuse.

Son timbre éraillé se reconnaissait sans erreur à ses intonations de bastringue. La solitude du Veuf l'excitait.

— Je me fais fort de découvrir pourquoi il se claquemure.

Le programme de Madeleine émoustillait ses sœurs.

À force de délicieuses contractures, elles couraient pisser dans la cabane du fond. Leur gaieté secouait ma tendance naturelle à m'ombrager. Après tout, Madeleine et ses charmes allaient peut-être réussir là où je m'étais planté.

Un chat-huant les rappela à l'ordre. Le rapace en avait sa claque de ce remue-ménage nocturne. Les mulots attendaient des heures plus sereines pour sortir de leurs trous et ses oisillons réclamaient. Les sœurs le regardèrent planer et se rapprocher d'elles.

— C'est l'heure du coucher, ordonna Madeleine, en mouchant les chandelles de ses doigts qu'elle venait de sucer. Demain, je pars de bonne heure à la chasse, le Veuf achète son pain à l'ouverture.

Elles ramassèrent les bouteilles vides et les portèrent, en les cognant, dans le coin des poubelles. Leur trajet de femmes pompettes les rendait sourdes à leur tintouin. Les volets des voisins s'entrouvrirent et des insultes jaillirent. Le doute m'a envahi. Les répliques de Madeleine manquaient de distinction.

J'ai sorti mon œil du trou avec la certitude qu'elle se prendrait une veste le lendemain. S'il y avait eu un pendard à mes côtés, j'aurais parié ma cave contre la sienne que les filets de la libertine remonteraient à vide.

Je fus le premier sur les lieux. Les rideaux de fer, brut de fonderie, rayaient la nuit finissante. Puis les coqs et les cloches s'y mirent à leur tour. Les alarmes des réveils Jaz vibraient sur les tables de chevet et les mâchoires se décrochaient. Le village n'était plus en cet instant qu'un grand bâillement collectif. Des jambes poilues sortaient des draps et des bras nus rabattaient les volets.

Je me sentais léger comme une plume. Une sorte de béatitude amortissait mes pas. Des brumes filandreuses abandonnaient au jour naissant les promesses d'une touffeur orageuse. Dans ces vapeurs douillettes, je saluais les lève-tôt à grand renfort de casquette.

On me crut définitivement dérangé.

Ce n'était pas dans mes façons d'être enjoué sans raison. Pas si tôt et, à vrai dire, jamais. J'étais plutôt connu pour me fabriquer des acidités au lever, pour avoir la sale manie d'envoyer balader les passants. Ce jour-là, je me laissais porter par un ravissement fortuit. Je souriais aux anges et j'arpentais le trottoir en attendant Madeleine.

Une franche animation grossissait. Les clientes, tôt levées, s'engouffraient chez les boutiquiers. À peine debout, ces ménagères embrayaient d'arrache-pied. Des foulards en cotonnade, noués serrés, aplatissaient la bosse de leurs chignons dessous. Elles se donnaient l'allure de femmes très occupées. Elles avaient retourné leurs chaussettes sur la tige de leurs bottillons du catalogue de La Redoute. La boue de nos chemins, et nos trottoirs défoncés ne leur laissaient pas d'autre choix qu'en chausser de semblables. Vert bouteille, en caoutchouc et aux semelles plantées de dents noires. Le pas lourd, elles s'en accommodaient et ne dérivaient jamais d'un regard. Elles avaient d'autres chats à fouetter. Comme des fulgurances de tartes aux pommes, de poulets à plumer, de cols de chemises à retourner, de planchers à astiquer ou de boulets de charbon à enfourner.

Je déambulais au gré des bousculades et mon humeur tranquille en énerva plus d'une :

— Bouge ton cul, freluquet !

À la hauteur de la mercière, devant une montagne de pelotes gris moucheté, un petit groupe s'agglutinait. Le spectacle avait débuté sans m'attendre. La montée en voix de Madeleine coupait les empressées dans leur élan. Le Veuf s'indignait :

— Je n'ai pas besoin d'une marieuse à mes trousses.

En robe légère, Madeleine lui servait un kilomètre de gesticulations. Grandie par ses talons démesurés, la gredine le privait de toute échappatoire. Elle agitait ses bras en déroulant sa voix cassée. Le public la badait :

— Invite-moi chez toi, berger, l'appâtait-elle, tout en faisant valser ses hanches et sautiller ses seins. Tu ne le regretteras pas !

Elle déployait la constance d'une femelle obstinée. Il fallait que tout le monde l'entende et la regarde. Un poudrin de lavande royale, Roger et Gallet, accompagnait ses pantomimes. Le spectacle se colorait de rires et la honte anesthésiait sa proie. Madeleine tentait de l'entraîner mais le Veuf résistait. En dernier recours, elle fit une sortie remarquable :

— Ouvre les yeux, berger, ton institutrice n'est plus qu'un tas d'os !

Au rappel de Rosaline, un éclat de folie brisa la retenue du Veuf. Il attrapa l'importune au poignet et le tordit pour qu'elle imprime, sans délai, son refus de le suivre. Les ménagères hilares, oubliant leurs courses urgentes, assistaient à l'anicroche. Le spectacle valait qu'elles se posent une minute. La matinée prenait un tour inespéré. L'aguicheuse ployait sous la force du Veuf.

Soudain, un cri de bête pétrifia les badaudes. Le hurlement se propagea de boutique en boutique et les clientes à l'intérieur vinrent grossir la foule sur le trottoir. Elles arrivèrent à temps pour voir le Veuf attraper Madeleine par son jupon et l'envoyer valdinguer contre la vitrine de la mercière. La pauvre fille, sonnée, retomba à genoux. Une belle égratignure saignait. Mais c'était plus grave pour son moral, elle écrasait des larmes.

Les femmes en fichu commentaient l'empoignade. Le temps ne comptait plus. Elles auraient bien aimé, elles aussi, botter le cul à cette pouffiasse. Depuis le temps qu'elles en rêvaient :

— Il aurait dû t'éclater la tronche. Pas de quartier pour des pimbêches comme toi.

L'enfièvrement atteignait des sommets. La mercière déboula. Sa vitrine avait failli exploser et elle ne s'en remettait pas. Elle dégagea l'éclopée d'une bourrade, tira de ses jupes une longue aiguille à tricoter et piqua la libertine au fondement.

— File en enfer, sale garce, ou va traîner tes fesses ailleurs. Qui s'y frotte s'y pique, lança-t-elle en menaçant l'assemblée de son arme.

Je ressentais un sentiment nouveau, proche de la pitié. En vérité, celle qui venait de perdre la bataille n'était pas une méchante fille. Et le Veuf pas davantage un homme violent. Loin de là. La morosité remplaça ce singulier bonheur qui m'avait ébloui les minutes précédentes. La rue redevenait hostile et la mélancolie au fond de moi avait repris ses droits.

26

Je peux changer

1966

Plus ennuyé que moi, évidemment, il y avait le Veuf. Ses traits s'étaient durcis. Il ne répondait plus, deux doigts à son béret, à mes salutations.

À la maison, mon vieux briscard brillait par son indifférence. Notre belle entente pâtissait de nos bouderies. On ne vivait plus en bonne intelligence. La dernière fois, une barrière entre nous s'était dressée :

— Puisque tu ne me fais plus confiance, Simon, débrouille-toi tout seul.

Je l'ignorais à mon tour.

Dès qu'il l'ouvrait, il yoyottait, il ressassait la bibliothèque. Sa rengaine tournait à l'obsession. Franchement, il me courait sur le haricot et mon humeur de chien se dégradait. Après le repas, au lieu d'une sieste ou d'une conversation aimable entre ses bras, je m'étendais sur mon lit. De tout mon long sur l'édredon. Les ronchonnements de la vieille baderne ne passaient pas ma porte. Les bras sous ma tête, je fixais le plafond. Les mouches au plafonnier me distrayaient.

En temps normal, elles logeaient chez le Veuf. Plus précisément dans l'enclos des brebis. Mais de temps à autre, elles s'arrogeaient un droit de cité chez moi. Ma chambre était pour ainsi dire leur résidence secondaire. Elles bourdonnaient ici en toute sécurité comme dans ma chambre d'enfant. Du temps où je logeais chez mon père et où j'avais appris à décrypter le frottement de leurs ailes. Je connaissais leur langage. Elles me considéraient sans valeur et j'étais à leurs yeux un humain malhabile, incapable de les chasser d'un coup de torchon. En vrai, dans leur cervelle de mouche à merde, je comptais pour du beurre. J'en profitais pour tendre l'oreille.

Leurs causeries tournaient autour du Veuf. Le berger occupait le terrain comme si le monde se réduisait à un seul homme. Elles en avaient gros sur le cœur parce que l'accès aux combles leur était interdit. Alors qu'avant, si je me souviens bien, elles y voletaient en toute liberté. Cette restriction les rendait folles. Mon plafond se tapissait des chiures de leur contrariété. Leurs carapaces passaient par tous les tons du vert. Preuve de leur grand désarroi.

Y a pas à dire, c'était de vraies mouches à merde, fidèles à leur destin. La plaie de la chouette les attirait. Mais le Veuf ne l'entendait pas de cette oreille. Il avait rempli de bourre les interstices, déroulé des bandes de papier tue-mouches et balisé de pièges l'accès aux combles.

Quand soudain un poing s'est énervé à ma fenêtre. Le béret du Veuf se détachait derrière mes vitres. Les mouches se sont collées au plafond.

— Bonjour, Simon ! Chaque jour à la même heure une pluie de gravillons écorche mes volets. Tu n'aurais pas une petite idée par hasard ?

— Ce sont les sœurs Rossini. Elles font le siège de ta bergerie.

— Que me veulent-elles ?

— Te distraire.

— Tu peux aller leur dire qu'elles se fatiguent pour rien. Si elles reviennent, je sors ma carabine à plombs.

— À ton service, berger, j'y cours de ce pas.

Je m'y suis rendu illico. Pour entrevoir la petite Amélie, j'aurais transporté la mort en personne sur mon dos. J'ai frappé au portillon. Il s'ouvrit sur la demoiselle souriante.

— Simon, tu tombes à pic, j'ai besoin d'aide. Mes sœurs m'ont consignée à la lessive. Je priais justement pour qu'une bonne âme passe par là et te voilà !

Par chance, j'étais arrivé le premier.

L'eau savonneuse bullait dans la bassine. La lavandière se pelait les doigts en frottant. De gais remous aspergeaient ses pieds nus. Elle me réclamait des brocs d'eau claire à l'infini. J'actionnais la pompe à main en guignant ses mollets, à peine ombrés d'un duvet de première communiante.

Tandis qu'elle s'appliquait, ses seins ballottaient au rythme endiablé de ses bras. Elle me concédait l'autorisation de rincer ses dessous et de les égoutter au fil à linge. Les pinces en bois me sautaient au visage et Amélie pouffait.

N'y tenant plus, je lui offris ma vie à la servir.

— Je prendrai soin de toi, je ferai ta lessive.

— Un homme comme toi, c'est la honte assurée, me dégrisa-t-elle aussitôt. Que sais-tu faire, à part t'enfiler verre après verre ?

Je la trouvais injuste. Mon amour était sincère, mais il lui échappait comme le savon dans l'eau de la bassine. J'étais un abonné de ses sarcasmes.

Elle n'avait pas tout à fait tort cela dit. Pour tout et rien, je m'y prenais en dépit du bon sens. Mes états de service les plus populaires se résumaient à mes séjours peu reluisants dans les fossés. Et à la fréquentation du chai de Grégoire. Un être méprisable aux yeux des sœurs, un jaloux et un faiseur d'embrouilles.

Sans parler de mon penchant pour la lecture. Ma passion des livres souffrait d'une réputation exécrable. Si je m'en étais vanté, elle n'aurait pas tenu la bataille. Mieux valait ne pas m'en recommander.

J'ai choisi de me taire.

La lessive tirait sur sa fin et les seins d'Amélie s'apaisaient. Elle les essuyait à l'aide d'une serviette de toilette rose, brodée d'un liseré à fleurs. Remonté par le spectacle, j'ai retenté ma chance du ton d'un homme sûr de son fait :

— Je peux changer, tu sais, on pourrait vivre ensemble.

Madeleine et Germaine choisirent ce moment délicat pour envahir la cour. J'étais si bien parti pourtant ! Elles se dressèrent entre leur petite sœur et ma proposition de vie en concubinage :

— Ne le prends pas mal, Simon, mais regarde-toi, tu n'entres pas dans nos critères. À l'opposé, le Veuf est parfait. Il pourrait nous sortir de l'ornière. Amélie, c'est notre fer de lance. Nous, on fait simplement le travail de déblaiement.

— Vous faites fausse route, les filles. D'après Grégoire, le berger serait malfaisant.

— Grégoire délire. Il n'est pas fréquentable. Il voit le mal partout, il ferait battre des montagnes.

— Et si le Veuf vous envoyait balader ? S'il s'énervait ? S'il sortait sa carabine à plomb ?

— Si ça foire, on fait nos valises.

— Vous comptez nous quitter ?

— Sans hésitation. On a fait le tour de ce village rétrograde. À moins que le Veuf nous retienne.

— C'est lourd à supporter trois femmes à la maison. Il refusera.

— C'est à voir. Sa maison pourrait abriter un régiment. Il y a de la place et du boulot pour trois. Trois femmes à son service ne seraient pas de trop. On connaît nos atouts et ses faiblesses, il se laissera convaincre.

— Il n'ouvrira pas sa porte.

— Qu'importe sa porte ! Nous avons réfléchi. On le séduira dans l'autocar.

Les trois sœurs me dégoûtaient. Pour des obstinées, c'était des obstinées. Elles n'avaient que le Veuf en bouche et me fichaient la honte.

Elles ouvrirent le portillon et me désignèrent la sortie du menton. Elles me lourdaient. J'ai accroché une dernière pince au fil à linge, reluqué une dernière fois les dentelles rouges d'Amélie et j'ai tiré ma révérence en ignorant ses remerciements.

27

Le deuxième bouquet de roses

1966

Le soir même, j'y suis revenu. J'ai enlevé la pierre qui branle à la hauteur de mon œil droit et j'ai dressé l'oreille.

Le jour des roses se prêtait à merveille à leur plan. C'était connu de tous, le vendredi matin, le Veuf grimpait dans l'autocar pour Quimbrion. Les filles avaient prévu de le séduire dans l'habitacle. Le calcul n'était pas si mauvais, leur proie ne pourrait pas s'échapper.

Le vendredi suivant, je me suis pointé à l'arrêt le premier. J'ai regardé les sœurs s'avancer d'un pas de conquérantes. Leurs talons s'accommodaient tant bien que mal des ornières. Elles étaient vêtues d'exubérance et maquillées à outrance. Elles jouaient leur va-tout et s'étaient mises en frais. Des choucroutes sur leurs têtes se dressaient à grand renfort de laque Elnett Satin. Une bombe entière avait dû y passer.

— En route pour Quimbrion. Quimbrion, chef-lieu de canton, scandait le chauffeur en poinçonnant les tickets.

Amélie grimpa derrière le Veuf. Elle me fit l'honneur de ses chevilles élégantes. À certains détails tout en finesse, elle sortait du lot. J'aurais aimé la complimenter. Les mots se bousculaient dans ma tête, mais une gêne les réprimait. J'ai imaginé ses dessous. J'en avais étendu des ribambelles au fil à linge. Les satinés raflaient ma préférence. Elle m'a souri pile au moment où je la déshabillais du regard.

Je me suis installé à la place que personne ne se dispute, la place des derniers arrivés, là où la vue est bouchée par le fauteuil en skaï noir du chauffeur. Là où y a rien à voir et rien à dire. Seulement à prendre son mal en patience.

Les trois poules caquetantes, aux yeux charbonneux, s'étalaient sur la banquette du fond. Personne n'osa s'asseoir à côté d'elles. Elles comptaient bien là-dessus pour manœuvrer à leur aise. On n'entendait qu'elles dans le fond. Et patati et patata et que je t'éclate de rire pour rien. Leurs longues jambes bas-nylonnées s'étiraient dans l'allée. Elles sombraient dans la vulgarité. Leur parfum Roger et Gallet se mêlait à la transpiration des autres voyageurs. Les fenêtres coulissaient. Les passagers s'éventaient et l'agacement commençait à monter.

J'étais trop loin pour leur crier que leur coquetterie de femmes faciles les desservait. Elles s'exposaient à un déménagement précipité et c'était bien la dernière chose que je voulais voir arriver. J'ai tenté le tout pour le tout et je me suis levé.

J'ai mis un temps fou à m'extraire de mon siège.

Vingt kilomètres de lacets, de trous et de bosses séparaient Saint-Ignace-les-Benoits de Quimbrion. Pour couronner le tout, le chauffeur se prenait pour un as du volant. Ça bringuebalait dans l'autocar comme dans une lessiveuse. Les secousses me renvoyaient m'asseoir. Je m'agrippais aux sièges. Leurs occupants me regardaient venir d'un sale œil. Ils pointaient leurs coudes dans l'allée. La remontée fut d'autant plus ardue, qu'en me voyant tanguer, les sœurs se tenaient les côtes de rire :

— Le vin de Grégoire te joue des tours, Simon, t'as pas dessaoulé depuis hier !

Le Veuf, à mon approche, me gratifia d'une indifférence remarquable. Le tournant le plus raide se pointa à l'exact moment où je croisais sa place. Vous n'allez pas me croire, je me suis retrouvé assis sur ses genoux. Les sœurs se retenaient de mouiller leurs culottes. Madeleine se précipita pour me tirer d'embarras. Elle en profita pour planter son sourire rouge baiser dans la rétine du Veuf. Je m'en souviens précisément, car il a détourné la tête si brusquement que j'ai cru qu'il s'était pris le poing de la libertine dans la figure.

À Quimbrion, chef-lieu de canton, l'autocar libère ses passagers place Colbert. La place Colbert, c'est le point central, le point névralgique vers où convergent toutes les artères. Y a des vitrines plein les rues. Et des nouveautés plein les vitrines.

Le vendredi matin, jour de marché, les marchandises prolifèrent. Les camelots sont à la noce. On y trouve principalement ce qu'il serait impossible d'imaginer si on ne le voyait pas fonctionner. Le terrain est fertile. Les paysannes du cru succombent aux arnaques en espérant améliorer leur servitude.

Pour ne citer qu'un seul exemple, elles ont remisé au placard le panier à salade en fil de fer contre une essoreuse à manivelle. Depuis, c'est le comble. Une des scènes de la vie quotidienne y a beaucoup perdu au change. Les ménagères ne sortent plus dans les jardins essorer leur salade. Leurs seins ne dansent plus, emportés par le manège de leurs bras vigoureux. Ce charmant tableau a disparu du paysage. Si c'est ça, la modernité, je m'insurge.

Entre autres vitrines superflues, la boutique du fleuriste occupe une place de choix. Malheur à qui franchit son seuil ! Monsieur Lafleur, le bien nommé, est un baratineur doublé d'un séducteur. Il est balaise pour embobiner son monde. Il arpente sa boutique en tablier vert à bavette. Attifé d'un chapeau de paille et d'un arrosoir en zinc. Sa tenue de travail, c'est son argument de vente. Ainsi vêtu, il accroche une clientèle de pigeons. Il abuse des sentiments avec la symbolique des fleurs. C'est un fieffé coquin. Les chalands ressortent de sa boutique avec une facture gratinée. Quand j'en croise un, un homme amoureux par exemple, son sourire de benêt me démonte. Il tient son bouquet à bout de bras comme si c'était son propre nourrisson qui venait de pisser dans sa couche. Et avec ça, il a les yeux bordés de reconnaissance.

Avec le Veuf, le marchand de fleurs s'est taillé son meilleur coup de l'année. Une rente à vie. Le berger était tombé dans l'arnaque aux roses Baccara. Cela me démoralisait. Avant, il n'était pas porté sur la dépense. Il était passé d'un être fort à un être vulnérable et avait adopté le comportement d'un gaspilleur. Je me demandais comment ce pleure-misère avait pu laisser un piège aussi grossier se refermer sur lui.

Le retour fut plus calme.

La leçon de l'indifférence avait porté ses fruits. Les trois sœurs roupillaient sur la banquette du fond. Elles avaient perdu leur pari et, à mon grand dam, elles bouclaient leurs valises dans leurs têtes.

Le veuf protégeait son panier. Il l'avait calé sur le siège d'à côté. Côté fenêtre. Impossible d'en voir le contenu. Sa nappe à carreaux rouges et blancs recouvrait ses emplettes. Sur la nappe, son bouquet de roses irradiait. Les fleurs dispersaient dans l'habitacle une note de séduction royale. Personne ne s'aventura à lui demander si la place était libre. Quand il descendit à l'arrêt du cimetière, chacun rangea ses coudes. Quoi que l'on pensât, du bien ou du mal, cela ne faisait pas de différence, la constance du Veuf le vendredi matin forçait l'admiration.

Les trois sœurs lui emboîtèrent le pas et moi, par la même occasion, j'ai filé le train à ce beau monde. Quelques enjambées plus loin, avant que nos chemins bifurquent, une minitornade nous encercla. Des débris se plaquèrent sur les chignons laqués des sœurs et leurs jupons se soulevèrent. Ma casquette s'envola. Je partis à sa poursuite tandis que le Veuf courait après sa nappe à carreaux. À mesure qu'il s'en rapprochait, des diablesses de rafales la repoussaient. Ce faisant, il s'éloignait de son panier. Le bouquet dans ses bras subissait de funestes secousses. Deux têtes rouges roulèrent au sol.

Les trois sœurs, voyant le Veuf dans la difficulté, voulurent se racheter. C'était leur dernière chance de le séduire. Elles se précipitèrent pour lui rapporter son panier. Mais ce qu'elles découvrirent à l'intérieur les immobilisa dans leur élan.

Je me suis approché, poussé par un vif intérêt. Et, à mon tour, j'eus beaucoup de mal à réaliser. Dans le panier du Veuf, en compagnie d'un sandwich de docker long comme mon bras, un deuxième bouquet de roses Baccara nous provoquait de son mépris rouge brasier.

28

La gloire du viticulteur

1966

Des interrogations plein la bouche, les sœurs m'interpellèrent :

— Pour qui, ce deuxième bouquet de roses ?

Je n'ai pas pu émettre un son. Le berger entretenait un jardin secret à ma barbe et les sœurs se sentaient humiliées. Une concurrente de taille leur avait brûlé la politesse et elles m'en voulaient à mort de ne pas les avoir tuyautées.

Comment aurais-je pu ? Moi, le plus proche et le plus à l'affût, je n'y avais vu que du feu. Je méritais le grade peu reluisant de triple sot. Et de menteur pathologique. Au titre de voisin, je m'évertuais à dire que le berger succombait au désespoir. En somme, j'avais inventé des fariboles et, à leurs yeux, je ne comptais plus.

Elles décidèrent de s'en remettre à Grégoire.

Ses allégations sonnaient juste maintenant. Il avait mis le doigt sur une étrange vérité et les sœurs allaient lui en apporter la confirmation. Le berger était un sacré filou et il avait berné son monde. Il manœuvrait sur deux fronts à la fois avec deux bouquets de roses. L'un, qu'il déposait au cimetière et l'autre, qu'il ramenait à la bergerie.

Pour l'offrir à qui ?

Les sœurs voulaient en avoir le cœur net. Un détour par le chai s'imposait. La découverte du deuxième bouquet de roses leur offrait l'assurance d'être accueillies à bras ouverts.

Lorsqu'elles débarquèrent au pas de charge, le viticulteur était à sa besogne. Il rinçait ses barriques et pataugeait dans une flaque d'eau rougie. Il ferma la vanne de son robinet d'eau et s'essuya les mains à son torchon noir de vinasse. La présence des Rossini, qui boudaient son chai ordinairement et ne se gênaient pas pour en médire, l'informait à juste titre d'un déplacement des lignes en sa faveur.

Les sœurs crachèrent sans attendre le motif de leur irruption.

Le viticulteur afficha aussitôt le contentement d'un homme qui avait tout compris avant les autres. Il sentait son heure de gloire revenir et déployait un sourire victorieux. D'un geste d'empereur romain, il calma les trois goules enfiévrées :

— N'en dites pas davantage, Mesdames, depuis le temps que je le clame, le berger est un butor. L'heure est aux règlements de comptes et je vais m'offrir ce plaisir.

J'allais m'insurger lorsque Grégoire me coupa l'herbe sous le pied et m'obligea à témoigner :

— Tu l'as vu toi aussi ?

— Quoi ?

— Ne fais pas le mariole.

— Si j'ai vu un deuxième bouquet de roses ? C'est ta question ?

— Oui, un deuxième bouquet de roses. Tu l'as vu, oui ou non ?

— Dans le fond du panier du Veuf ?

— Oui, dans le fond du panier du Veuf. Arrête de tourner autour du pot !

— Eh bien oui, je l'ai vu, et alors ! Qu'est-ce que ça prouve ?

— C'que tu peux être borné !

Il irradiait.

Les sœurs conspuaient le Veuf. Leur ressentiment n'avait d'égal que leur humiliation. Elles se sentaient dégradées et demandaient réparation. Le viticulteur sortit une bouteille d'un tas de sarments fagotés et fit péter le bouchon :

— Tenez, voilà pour vous calmer, dit-il en tendant le flacon, je n'en ai pas pour longtemps et je reviens vers vous aiguiser mes couteaux.

Tandis qu'on prenait soin d'apprécier le nectar, Grégoire sulfitait ses barriques. Les vapeurs de soufre irritaient ses bronches. Mais il n'en avait cure, il y était habitué. Il éternuait, se raclait la gorge et crachait dans sa guenille noire de vinasse comme s'il était tout seul. Peut-être même en faisait-il davantage pour manifester sa joie.

Pour une fois, les sœurs ne firent pas la fine bouche. Elles dégustèrent et se félicitèrent d'avoir forcé sa porte :

— Il est si aimable, répétaient-elles, et son vin si plaisant. On s'est trompées sur son compte.

Quand Grégoire nous rejoignit, il prétendit asseoir sa légitimité et s'attribua d'emblée le rôle de donneur d'ordres. Sa première directive affriola les sœurs :

— Pour qui, ces roses ?

La simple pensée d'une remplaçante à Rosaline m'insupportait. La solidité du couple avait longtemps contribué à me tenir debout. Remettre en cause cet équilibre était au-dessus de mes forces. Mon infatigable besoin de prendre le parti du Veuf commençait à prendre l'eau. Qu'allait-il me rester pour sauver mon amour-propre ?

L'après-midi passa à repérer la friponne. Je me suis contenté d'écouter. Les ménagères subirent un épouillage en règle à tour de rôle. Sans résultat probant cependant. Pas une ne sortait du lot plus qu'une autre. La coupable, s'il en était, adoptait le comportement d'une ingénue. La rouée s'annonçait difficile à démasquer et la chasse promettait.

Grégoire se lassa à la fin.

La traque l'avait conduit dans un cul-de-sac. Les femmes n'étaient pas son point fort et en parler pendant des heures l'insupportait. Il commençait à trouver le temps long, changea son fusil d'épaule et proposa de s'attaquer directement au Veuf :

— On s'embourbe, conclut-il. Celle qui nous préoccupe ne mérite pas qu'on s'éternise sur son cas, elle n'est que roupie de sansonnet. Quand on tiendra le Veuf, on la tiendra.

— Oui, c'est ça, acquiescèrent les sœurs d'une même voix, attaquons-nous d'abord au berger.

Grégoire jubilait.

Je ne lui avais jamais connu cette attitude de vainqueur. Il sortait de lui-même, arrondissait ses gestes et enchantait ses mots. C'était un être transformé, un vainqueur lumineux réchauffé par un feu intérieur. Depuis les noces de Rosaline, une colère contenue l'empêchait de sourire. J'avais cru longtemps que la gaieté ne coulerait plus jamais dans ses veines. Mais une simple allusion à un deuxième bouquet de roses l'avait extirpé de la froide posture où il se terrait.

Les sœurs lui offraient un cadeau du ciel.

Sa réputation de jaloux indécrottable allait disparaître comme neige au soleil et ses admirateurs reviendraient. Il se réjouissait de chauffer à nouveau l'auditoire dans son chai comme avant. Il se voyait déjà haranguer l'assemblée et la convaincre d'acculer le Veuf aux aveux. Porté par ce bouillonnement intérieur, il s'approcha de moi :

— Ce putain de berger ne mérite pas ta considération.

Il me parlait comme à un gosse et m'attribuait le statut de nigaud absolu. Celui du cruchon qui ne comprend rien à rien et a besoin d'un ami proche pour lui ouvrir les yeux. Le deuxième bouquet de roses donnait de l'eau à son moulin et il tenta de changer mon regard :

— Il est temps de te défaire d'une promesse chimérique. Ton allégeance au berger souffre d'un aveuglement sévère, il vient de prouver sa bassesse. Plus rien ne nous sépare, nous deux, on fait la paire, tu comptes beaucoup pour moi.

Je n'ai rien répondu parce que d'une part, je n'en avais aucune envie et d'autre part, me taire me permettait de réfléchir. Mon silence le trompa et il m'a cru acquis à sa cause. Il piétinait mes convictions et me donnait des leçons :

— Le Veuf ne mérite pas ta soumission. Tu t'es trompé de cible. Tu es atteint à mon égard d'une rancœur excessive.

Je me suis contenté d'écouter et de remâcher la question en silence. Croyant m'avoir conquis, et rassuré de me savoir de son côté, Grégoire renvoya les sœurs à leur ménage. Non sans les avoir vivement remerciées et après leur avoir offert quelques bouteilles.

Rendez-vous fut pris le lendemain pour démarrer les hostilités.

Si quelque chose de positif émergeait de cette aventure, c'était le report du déménagement des sœurs et l'assurance de les revoir.

Nous fûmes bientôt seuls.

À cause de la présence des sœurs, Grégoire s'était retenu. Maintenant sans témoin, il prenait une nouvelle direction, il déraillait et ma docilité l'encourageait. Il me livra un pan de sa vie secrète. Jamais je ne l'aurais cru si perturbé.

— Il n'y a que toi pour me comprendre, à toi, je peux le dire.

C'est dur de le trahir, mais il sombrait dans la démence. Il s'était donné à la morte comme on se donne à Dieu, en lui jurant fidélité et obéissance. Ses propos défiaient les lois de l'adoration. Je n'aurais pas été surpris de trouver dans sa chambre un autel au culte de l'institutrice. Avec un prie-Dieu, des bougies allumées et des roses rouges dans un vase.

J'ai tenté de le raisonner et mal m'en a pris.

Il explosa, me considérant soudain comme son ennemi juré. Son teint vira au sang noir empoisonné et il dégoupilla des paroles de vengeur :

— À cause d'une sombre histoire de cul, le berger n'a rien fait pour sauver Rosaline. Pas un geste. Aucune compassion. Le berger, c'est la cruauté même, le diable en personne, c'est la noirceur de la trahison sous une peau de mouton blanc. L'anévrisme est arrivé à point nommé. Que pouvait-il espérer de mieux ? La chute de Rosaline sur les carreaux de sa cuisine était inespérée. Une libertine attendait que la place se libère. La preuve ! S'il croit s'en sortir avec des roses à profusion sur la tombe et des torrents pleurs, il se trompe de combat. Maintenant qu'on l'a démasqué, il va payer. Je lui ferais rendre gorge personnellement. Je l'ai promis à Rosaline et je fais brûler un cierge chaque jour pour lui prouver ma détermination.

Grégoire s'échauffait la bile et ne se sentait plus de haine. Il jurait que le Veuf vivait ses dernières heures de liberté et que le deuxième bouquet de roses allait précipiter sa fin :

— Je vais rendre justice à Rosaline.

Je n'ai pas osé le toussotement de trop qui l'aurait fait disjoncter davantage.

29

La chasse à la sorcière

1966

Le lendemain Grégoire nous entraîna d'un bon pas au village, le timbre puissant, rempli de l'assurance d'avoir eu raison contre tous. À la première porte, il tira la sonnette et cracha le deuxième bouquet de roses :

— Ce félon nous prend pour des balourds. Il nous fait croire à son amour de dingue pour une morte alors qu'il batifole.

À l'invitation d'entrer, Grégoire refusa. Il se faisait un devoir et une joie de colporter lui-même la nouvelle.

— Plus vite l'affaire sera connue, et plus vite je forcerai le berger à mettre un genou à terre.

L'attention qu'on lui prêtait agitait son ego et lui donnait des ailes. J'avais du mal à le suivre. J'aurais aimé faire demi-tour et je faisais l'inverse. Je filais le train aux sœurs et au viticulteur avec mon souffle de contrarié.

Après deux autres portes, aux occupantes tout aussi étonnées qu'indignées, nous dûmes cesser le colportage. On s'était fait voler la vedette. La nouvelle avait couru plus vite que nos jambes. À peine la première avertie, la dernière au bout du village était déjà dans la confidence.

Il régnait dans nos rues un rameutage au tam-tam, une sorte de téléphone arabe qui coiffait sur le poteau toute autre forme de diffusion.

À l'annonce, les foyers s'étaient vidés.

En tendant l'oreille, on repéra la direction à prendre. Des éclats de voix nous entraînèrent d'un bon pas au lavoir, le lieu incontournable de tous les exutoires. Le deuxième bouquet de roses enflammait les propos.

Une gourgandine, dont on ignorait tout, tenait le haut du panier. Chacune croyait en bonne conscience connaître la coupable. De vieilles rancunes ressortaient des mémoires. Dans ce méli-mélo de flèches empoisonnées, les esprits s'échauffaient. Les lavandières en cheveux s'accusaient mutuellement de libertinage et la cabale enflait. On s'avisait à juste titre qu'une polissonne sévissait au village et qu'elle raflait les roses.

Dans cette confusion de propos délirants, Grégoire cherchait à s'imposer :

— Mesdames, vous tenez le bon bout. Une gourgandine sévit à votre barbe, mais l'attraper en vous crêpant le chignon relève d'un entêtement puéril. C'est une futée, une rouée. La faire sortir du bois exige de la malice. Le mieux serait de se fier à l'effet de surprise. Une embuscade est une arme redoutable. Si on l'accable, le Veuf crachera le morceau. Faisons le siège de la bergerie avant qu'il ne s'enferme à double tour.

Mais le viticulteur s'époumonait pour rien, il avait perdu la maîtrise du chahut. Les ménagères avaient la tête ailleurs. Une seule question les démangeait : pour qui ce deuxième bouquet de roses ?

Déjà, on me forçait à avouer. Des mains me chahutaient comme si je protégeais une friponne. Déjà, les sœurs regrettaient d'être venues. Des doigts défrisaient leurs choucroutes. Des bottillons de caoutchouc s'attaquaient à leurs mollets. Grégoire essuyait un procès en mauvaise intention. On l'accusait d'ouvrir son chai aux rendez-vous galants. Il s'offusquait et ses objections se retournaient contre moi. On me reprochait de gérer mon existence en dépit du bon sens :

— Tu es loin d'être le modèle de la décence, Simon, alors pourquoi tu la ramènes ?

Les ménagères voulaient nous faire cracher un nom. Elles s'accrochaient à ce qu'elles attrapaient et mes boucles en faisaient directement les frais. Si j'avais détenu la première lettre d'un prénom, je l'aurais donnée en pâture. Je ne savais plus où j'étais ni si ma chevelure m'appartenait encore.

Nous fûmes sauvés in extremis par une idée géniale. L'imagination du viticulteur tomba à point nommé. Il proposa une chasse à la sorcière. De séduisantes perspectives galvanisèrent la compagnie. Le coupe-gorge se desserra et les ardeurs se dénouèrent. Grégoire avait repris le flambeau :

— Réfléchissons au lieu de s'emballer.

Les ménagères jurèrent leur bonne foi. Les unes après les autres, elles déroulèrent ouï-dire et suspicions, des racontars et un salmigondis de cancans. Mais l'unanimité sur un nom se faisait désirer.

Un détail cependant fit l'unanimité. Et je me demandais comment cette particularité aussi insignifiante avait pu retenir l'attention. Fallait croire que les femmes de Saint-Ignace-les-Benoits n'avaient rien d'autre à se mettre sous la dent.

Cette bagatelle, quoi qu'il en soit, jeta le trouble et scinda les femmes en deux camps ennemis. Au prétexte qu'un nez de courte taille est de facto l'emblème des femmes de petite vertu, les ménagères aux gros tarins accusaient un petit nez troussé de se cacher derrière tout ça.

Le raisonnement restait à démontrer. Les femmes mirent les hommes à l'épreuve. Petits nez contre gros nez, elles passèrent et repassèrent sous les fenêtres du bistroquet. Le doute n'était plus permis. Les cavaleurs interpellaient les petits nez troussés et dédaignaient les gros tarins.

Par chance, la nature sur ce point avait été généreuse. Les pifs turgescents étaient légion. Ce qui s'apparentait, jusqu'à présent, à une tare de naissance se transforma en avantage. Les mal dotées se mirent à cajoler le phare qui les enlaidissait. Ces pics valaient dorénavant qu'on les respecte comme l'étendard de la fidélité, le signe incontestable de la loyauté conjugale. La confrérie des gros tarins organisa des battues. Sus aux petits nez troussés.

Pour avoir eu le nez creux contre tous, Grégoire inspirait la confiance. Le soir, les gros tarins accouraient au rapport. Le viticulteur offrait des verres de vin à ces visiteuses quotidiennes. Les pifs rougissaient de plaisir.

Je prêtais une attention soutenue aux avancées de la cabale. Les comptes rendus ne manquaient pas de piquant. Les chasseresses, en bandes organisées, balançaient des cailloux aux carreaux des petits nez troussés. À leur passage, les portes se verrouillaient. Dans les logis, marqués d'une croix blanche, les maris soupçonnaient leur moitié d'user à leur insu de leurs jolis museaux. Les doutes envenimaient les relations conjugales et la vaisselle, aux murs, s'éclatait en morceaux.

La conspiration ne lâchait pas la bride et les fouilles redoublaient. On cherchait des preuves irréfutables comme des pétales rabougris. Les pelles-bêches retournaient les plates-bandes et s'attaquaient aux tas de détritus. La nuit, les naseaux de service humaient les feux de cheminée. Le bruit courait qu'une combustion nocturne de roses Baccara dégagerait une forte odeur de tromperie. Mais peau de balle et balai de crin, la proie ne sortait pas du bois. Elle était de loin plus rusée que les gros nez qui croyaient la serrer.

Pendant que les laideronnes ratissaient le terrain, les laboureurs en mal de vin gratis noyaient leur inquiétude dans le chai de Grégoire. Le viticulteur exultait. Après avoir poussé les ménagères à la curée, il attrapa les hommes par leur côté cupide et ouvrit les paris. Il mit en gage une caisse de son vin le meilleur. L'occasion de rire de bon cœur n'était pas si courante. Il s'agissait de découvrir avant les femmes le petit nez troussé qui semait la pagaille.

Après une élimination drastique des plus sages, les avis s'accordèrent. Un prénom comportait à lui seul les ingrédients d'une fautive. Il s'agissait de Désirée la rousse. Les accusateurs pointaient sa peau laiteuse, ses taches de rousseur, son air de sainte-nitouche et son ombre rasante. Tandis que d'autres incriminaient sa croupe éléphantesque, son métabolisme en feu et son petit nez mutin.

— Où s'en va-t-elle comme ça, de bon matin, en tortillant du popotin sur ses échasses ?

Des rires gras dénonçaient des envies d'y toucher. Des mains obscènes singeaient de folles étreintes en serrant fort le vide. Cette femelle-là emporta l'unanimité des paris. Sauf un.

Drapé dans les plis de l'offense, Raoul, l'époux de la jolie rousse monta sur ses ergots et jura qu'on ne le prendrait plus à des paris stupides. Il attrapa la sortie tandis que son voisin l'asticotait :

— Tu pars lui demander des comptes ?

— Que Grégoire aille se faire foutre avec sa caisse de vin ! lança l'époux blessé. Ma femme est innocente. En revanche, je ne jurerais pas de la moralité des vôtres. Derrière un gros tarin peut se cacher une catin. Comprenne qui voudra !

Sa mine en disait long.

Et comme c'était le facteur, comme il en connaissait plus long que large sur l'étendue de sa tournée à vélo, la remarque d'une catin au gros tarin refroidit l'assemblée.

Les hommes, troublés par la pique du facteur, firent semblant de s'en contreficher en se gavant d'histoires de mecs. Des propos égrillards nimbèrent Saint-Ignace-les-Benoits d'un halo licencieux.

Mais comment faisaient-ils ?

Au retour des champs, fourbus et crottés, plus rien d'humain ne les différenciait. Ils filaient au bistroquet se redresser la colonne. Je n'aurais pas misé deux sous sur leurs dispositions sexuelles après des perfusions à l'anisette. Pourtant, là, devant moi, les laboureurs se glorifiaient d'histoires de cul et s'en proclamaient les héros. De jour comme de nuit, ils grimpaient sur la femelle d'un autre et rebondissaient de prouesse en prouesse. À les croire, ils étaient tous montés comme des bourrins. En plus de ce gourdin dans l'entrejambe, ils jouissaient d'un plaisir éternel. Où trouvaient-ils le temps et la vigueur de faire tout ce qu'ils racontaient ?

Ma virilité se raccourcissait à l'écoute de leurs performances dithyrambiques. Je découvrais un monde dépravé et ne me sentais pas à la hauteur. Certainement pas à ma place parmi ces énergumènes qui couraient le guilledou, comptabilisaient les records et allongeaient la liste de leurs conquêtes. J'ai préféré déguerpir avant de fondre d'humiliation. Avant de me liquéfier en une chose molle et minuscule, répandue au sol sous un tas de vêtements nauséabonds.

Alors que je poussai la porte, un rai de lumière perça la rétine de Grégoire. Si je m'étais douté d'une éclaircie à ce moment, j'aurais filé par-derrière. Mais, trop tard, le viticulteur avait épinglé mon intention de fuir. Il me rattrapa d'un rire gras :

— Simon, reviens ! Ce ne sont que des vantards. Ils n'en ont pas fait le centième et ne le feront jamais.

Ça m'a fait du bien d'entendre ça. Vraiment beaucoup de bien. En vrai, ça m'a ressuscité. Ma vigueur reprit du service. Avant de les quitter, je les ai traités de fanfarons et de couilles molles, de pisse-vinaigre et de tout ce qui me passait d'injurieux par la tête. De beaux menteurs aussi. Je ne les ai pas ménagés quitte à recevoir une raclée en retour. Mais aucun poing ne m'éclata la lèvre. Mes insultes glissaient. Les bravaches masquaient de rires gras la peur primitive d'une catin au gros tarin dans leurs lits.

30

La leçon par le vide

1966

Une rusée, dont on ignorait tout, avait succombé au sortilège des roses. Faute de l'avoir épinglée, les femmes s'interrogeaient :

— Était-elle vraiment la seule à profiter des roses ?

Le deuxième bouquet de roses empoisonnait l'atmosphère d'une probable tromperie à grande échelle. Pour caresser une Baccara, rien qu'une fois dans leur vie, les ménagères se savaient prêtes à tout et reportaient leur convoitise sur leurs voisines. Elles épluchaient chaque mot, chaque regard, chaque déplacement. L'atmosphère dans les rues pesait un sac de suspicions. Les villageoises trottaient menues en rasant les façades. Où allaient-elles comme ça avec leurs têtes de fouine ?

Se sentant tous cocus plus ou moins, les hommes noyaient leur inquiétude dans le chai de Grégoire. Qu'avaient-ils eu besoin de chanter à tout vent qu'ils grimpaient à chaque coin de rue sur la femelle d'un autre ? Leur vantardise les desservait. Les épouses en avaient eu des échos et répliquaient à l'hôtel du cul tourné. Le viticulteur profita de leur mise au rancart pour faire flamber leur désir de vengeance et orchestrer la cabale. Il envenimait les esprits en traçant au vitriol le portrait du fautif, le portrait de l'homme qu'il haïssait le plus au monde.

— Méfiez-vous du berger, c'est un faux jeton. Il tranche le cou de ses agneaux avec son long couteau et après, il regrette. Il chiale comme une fontaine, comme sur la tombe de Rosaline.

Je l'ai interrompu :

— Grégoire, ressaisis-toi, tu dis n'importe quoi. C'est son rôle de berger d'égorger ses agneaux. Personne ici n'a jamais dédaigné sa viande ou ses fromages. Il faut se lever de bonne heure pour être servi. Tes rapprochements perfides sont tout bonnement méprisables. Que veux-tu insinuer ? Qu'il pleure sur la tombe des larmes de crocodile ?

Le prendre à défaut ne l'a pas désarmé. Le viticulteur retomba sur ses pieds en tirant de son chapeau le garde champêtre :

— Je le soupçonne d'avoir Félicien pour complice.

— Complice de quoi ?

— Il couvre la débauche du berger.

— Quelle débauche ?

— Ils traînent souvent ensemble et c'est louche, ils complotent.

Que l'accointance entre les deux comparses soit entachée d'un crime ne m'était pas venu à l'esprit. Le berger réunissait encore à mes yeux toutes les nuances de l'honnêteté. L'entrevoir sous l'angle de l'infidélité ou de l'assassin aux mains propres m'était tout bonnement inconcevable. Il était mon socle, ma vie supportable.

Tout sauf un être révocable. Je refusais de voir en lui les accusations de Grégoire.

De même pour Félicien. Il occupait dans mon cœur une place tout aussi remarquable. Celle de l'homme généreux, de l'homme aux mains d'or. Les deux réunis ne pouvaient pas avoir conçu dans mon esprit un plan aussi pervers.

Grégoire me jaugeait :

— Ne me dis pas, Simon, qu'en habitant si près du Veuf, tu n'as jamais rien vu ? Jamais rien entendu ? Ma tête sur le billot que tu caches un secret.

J'ai recouvert d'une chape de plomb le passage des deux comparses sous mes fenêtres. Leur brouillerie comme leur rabibochage. Pourquoi jeter de l'huile sur le feu ? Le viticulteur se serait hâté d'interpréter mes révélations en dépit du bon sens. J'ai changé d'appui et joué à l'idiot de service. Comme me l'avait recommandé Félicien et comme je savais si bien le faire.

— Non, non, je n'ai rien vu, je n'ai rien entendu.

Pendues aux lèvres de Grégoire, les trois sœurs n'en perdaient pas un mot.

De fines dentelles dépassaient de leurs jupes, les bretelles glissaient de leurs épaules. On suffoquait. La saison n'avait jamais été aussi chaude. Les barriques transpiraient elles aussi. Les sœurs épongeaient la sueur entre leurs seins. Amélie ne m'avait jamais paru si désirable. Habillée de lingerie qui dépassait, ses talons à la main, ses pieds nus épousant la terre battue du chai, elle était à mon goût. Un bouton s'était détaché de son chemisier liberty. Maintenant, il bâillait et m'offrait le débordement d'une chair blanche à souhait. Sous la lumière criarde du néon, je côtoyais de près le songe qui colorait mes nuits.

Germaine et Madeleine pleurnichaient :

— On a englouti nos sous pour séduire un homme méprisable. On n'est pas très fute-futes, on s'est trompées de cible. Nos dentelles sont condamnées à moisir dans le noir.

Ce n'était pas la première fois qu'elles voyaient tout en noir. Par habitude, j'égayais leur humeur avec des pitreries et des singeries de comédien. Faute d'être utile à autre chose, je servais au moins à remonter leur moral. Elles n'abandonnaient ce rôle qu'à moi, car à l'inverse des autres, je n'exigeais aucune faveur en retour.

Mais, ce jour-là, j'ai tombé l'armure. Je me suis autorisé à réclamer une compensation :

— Avec moi, les dentelles d'Amélie ne moisiront pas dans le tiroir d'une commode.

Ma proposition les dérida. L'une d'elles avait un amoureux transi et ce n'était pas si mal tout compte fait. Mais tout bonnement impossible. Mes pantomimes n'avaient servi qu'à renforcer leur jugement calamiteux sur moi.

À mille lieues des manigances dans son dos, le Veuf poursuivait son train-train.

Le vendredi matin, il attrapait l'autocar pour Quimbrion. Au retour, il descendait à l'arrêt du cimetière, déposait sur la tombe son bouquet de roses fraîches, se posait sur le banc d'en face, dévorait son sandwich de docker long comme mon bras et palabrait avec la morte. Puis il rentrait chez lui en emportant dans son panier son deuxième bouquet de roses.

Sa désinvolture indisposait la société. Il n'y avait rien de plus blessant qu'ignorer la conjuration contre lui. Le village complotait, mais le siège de la bergerie sombra faute de courageux. Une répartie cinglante n'était pas à exclure. La carrure du berger lui avait forgé la réputation d'un tigre à dents de sabre. En cas d'échauffourée, une cuisante défaite n'était pas à exclure. Les intrépides se débinaient. D'autant que pour les dissuader, j'avais fait allusion à la carabine à plombs du berger et à son adresse au tir aux canards :

— Il tire en fermant les yeux et fait mouche à l'oreille.

Pendant que l'on tergiversait, la gourgandine courait toujours.

Il était temps pour tous que cela cesse. Saint-Ignace-les-Benoits devenait invivable. Les épouses s'emmaillotaient la nuit. Les hommes s'en collaient des verres dans le gosier en représailles. Le soir, en allant se coucher, ils n'étaient pas solides sur leurs jambes. Souvent, la dernière marche de l'escalier était inatteignable. Ils dormaient où ils tombaient.

Grégoire faisait des calculs dans son chai. Il n'avait pas dit son dernier mot et se tordait l'esprit :

— Puisqu'il n'y a plus de braves pour l'attaquer chez lui, on le coincera chez nous en territoire connu. On le poussera aux abois, on lui fera du chantage : un nom contre un gigot. Il n'aura pas d'autre choix qu'avouer et repartir avec sa marchandise. Avouer ou périr.

Le viticulteur emporta l'adhésion.

Le marché du samedi matin se prêtait à merveille au traquenard.

La décision d'ignorer le berger s'appliquait à tous et à moi y compris. Moi, le plus rétif. On m'attacha à la cheville par une longe à chien au tronc du catalpa. Sous le couvert du feuillu, je voyais le Veuf se tasser et je haranguais les chalands :

— Un deuxième bouquet de roses ne prouve rien. Dédaigner sa marchandise est une grave erreur. Vous m'avez entravé le pied, mais c'est à votre cou que vous avez passé la corde.

Les aiguilles du clocheton tournaient vers la fin du marché. Le berger creusa un trou à l'emplacement de son étal et y jeta sa viande. La leçon par le vide avait porté ses fruits. Mais pas dans le sens espéré. Faute de chalands, le samedi suivant, le Veuf brilla par son absence. Sa capitulation laissa les villageois sur leur faim. À vouloir jouer aux malins, ils avaient perdu la bataille. Les côtelettes croustillantes et les tomes de brebis hantaient leurs estomacs.

On me suggéra de l'épier parce que j'étais le mieux placé.

Qu'aurais-je pu dire à part qu'il se cloîtrait et que rien ne filtrait de ses volets rabattus ? Mes comptes rendus sonnaient aussi creux que le procès-verbal d'un gendarme. Je me suis bien gardé d'un traître mot sur les percussions du marteau. La chouette effraie, dans le grenier du Veuf, ne regardait personne.

Je me demandais tout de même si les livres de Rosaline faisaient bon ménage avec l'oiseau blessé. Dans un coin de ma tête, ils me reprochaient de les avoir bercés indûment de lecteurs assidus. Combien de couches de fiente les recouvraient maintenant ? Leurs lamentations réveillaient mes ambitions perdues et la bibliothèque fantôme ressurgissait à intervalles réguliers.

Au village, on ne donnait pas cher de la peau du berger. On le soupçonnait de dissimuler un squelette sous sa peau de mouton blanc. C'était mal le connaître. Ses réserves auraient rempli les ventres affamés d'un régiment en guerre. On disait aussi que sa cagnotte se ratinait. Qu'il n'aurait bientôt plus un kopeck pour acheter des roses et on pariait là-dessus. Et l'on attendait de pied ferme son retour au marché du samedi matin : un nom contre un gigot.

Le jour de vérité approchait. C'était le jour des roses.

D'après les pronostics, le Veuf ne monterait pas ce vendredi dans l'autocar pour Quimbrion. On pariait que sa bourse était vide et certains affirmaient que le fleuriste ne faisait pas crédit, qu'une pancarte le précisait dans sa vitrine.

Je n'étais pas du même avis et m'étais préparé à lui filer le train. Depuis deux jours, je gambergeais, un questionnement m'empêchait de dormir. Le deuxième bouquet de roses existait-il vraiment ? N'était-il pas le fruit d'une illusion collective ? Je doutais de mon propre regard et m'accrochais à la possibilité d'avoir eu la berlue. Ou d'avoir négligé une manipulation des sœurs.

Le berger grimpa, à l'heure dite, dans l'autocar pour Quimbrion. Plus raide et résolu que jamais. L'isolement lui avait taillé un tuteur d'indifférence. Rien dans son apparence ne donnait à penser qu'il était affamé ou bien désargenté.

31

La boutique du fleuriste

1966

À Quimbrion, chef-lieu de canton, j'ai emboîté le pas du Veuf.

Il filait en direction de la boutique du fleuriste. J'avais du mal à garder la distance. Par chance, son béret dépassait. S'il s'était retourné, il m'aurait découvert, bataillant des coudes à sa poursuite.

Au moment de traverser, il coupa à travers la circulation en brandissant son bâton. Il confondait une avenue grouillante avec un troupeau de brebis récalcitrantes. Un concert de klaxons le rappela à l'ordre. Il rossa le capot d'un taxi, cogna le pare-chocs avant d'une quatre-chevaux et brutalisa la portière du livreur de lait.

J'ai attendu le passage au vert. J'ai vu à temps le fleuriste s'effacer d'une courbette de portier de grand hôtel. Il éleva la voix :

— C'est toujours un plaisir de vous recevoir, cher Monsieur.

Ignorant l'affectation du fleuriste, le Veuf s'engouffra dans la boutique. J'ai chipé sur le trottoir un bouquet de violettes dans un récipient en fer blanc. Et j'ai poussé la porte battante. On ne me vit ni entrer ni disparaître dans la forêt de plantes vertes. Le feuillage d'un grand caoutchouc m'absorbait tout entier.

Le fleuriste sautillait comme un lutin heureux. Le Veuf raflait toute son attention. À l'entrée d'une femme en tailleur, un pot d'azalée dans les bras, il lui signifia d'un signe de l'attendre dehors. La cliente s'avança vers la sortie. Mais, au dernier moment, elle bifurqua vers le carré des plantes grasses. La scène dans la boutique l'intéressait. La curieuse ne me voyait pas, à l'opposé, noyé dans la verdure.

Le fleuriste disparut dans sa réserve et revint, les bras chargés de vingt-quatre roses Baccara. Il les portait de mille précautions. La preuve me sautait au visage : deux bouquets ! Je me suis pincé pour y croire.

— Elles sont magnifiques, s'exclama la cliente qui n'avait pas pu se retenir. Madame votre épouse a bien de la chance.

Elle émergea des cactus et se rapprocha des roses. Sous l'emprise des Baccara, les femmes prenaient tous les risques. Le fleuriste était parvenu à garder son sang-froid. Il ferma le bec à la curieuse d'un regard noir et d'un ton sec :

— La vie privée de mes clients ne vous regarde pas, chère Madame. La discrétion est une valeur que je respecte et je vous prie d'en faire autant.

Puis il emmaillota les roses d'une délicatesse d'une sage-femme. C'était un spectacle de le regarder faire. Son travail terminé, le Veuf déposa un bouquet dans son panier, le recouvrit de sa nappe à carreaux rouges et blancs et coinça l'autre sous son bras.

— J'aurais une dernière requête, dit-il.

— Tout ce que vous voulez, berger.

— Il est possible que je sois retenu vendredi prochain.

— Préférez-vous que je vous livre ?

— Si vous ne me voyez pas vendredi matin, livrez ma commande sans faute le samedi matin. À cette adresse.

Il griffonna l'adresse sur un bout de papier.

— Encore un service, s'il vous plaît.

— Tout ce que vous voulez, berger.

— Si je ne viens pas, ce sera douze bouquets de douze Baccaras.

— Douze bouquets de douze ? Ai-je bien entendu ?

— Oui, vous m'avez bien compris.

— Cent quarante-quatre roses ?

— Cent quarante-quatre roses. Les plus belles et les plus fraîches de la collection Meilland.

— Du jour au lendemain, ce sera difficile. Mais en y mettant le prix, le trajet peut se faire en une nuit.

— Pas une de moins, fleuriste, pas une de plus. Voici de quoi régler et payer tous les frais.

Le Veuf sortit de sa musette une liasse de billets. Le fleuriste s'en empara et compta :

— Vous serez servi comme un roi, berger.

Et comme si le Veuf était effectivement un roi, il le précéda et ouvrit la porte battante en se fendant d'une révérence d'esclave.

La porte refermée, la cliente se précipita :

— C'est un miracle, cet homme est un miracle. Il habite où ?

Le fleuriste déplia le bout de papier.

— Saint-Ignace-les-Benoits.

— C'est où ?

— Sa bergerie est au bout d'un cul-de-sac. Sur la route après le virage. Regarde, Lisette, il a griffonné un plan.

— Je pourrais venir ?

— Tout doux, ce n'est pas encore fait.

— C'est tout comme, il ne reviendra pas, il avait une voix étrange.

— Exact. Il avait la voix énamourée des futurs mariés. Je la reconnaîtrais entre mille. Il fallait bien que ça arrive un jour. Depuis le temps qu'il fait sa cour avec des Baccara, ça n'a que trop duré. Maintenant il passe à l'action, il l'épouse.

Le fleuriste glissa la liasse de billets dans son tiroir-caisse. Le veuf ne s'était pas moqué de lui, il avait réglé douze vendredis d'avance, plus deux vendredis de rabe pour le dérangement.

— J'espère que la mariée le mérite, s'interrogea le fleuriste. Je me demande s'il reviendra une fois l'affaire conclue.

— T'imagines le berger sans sa pelisse, en costume et en nœud pap ?

— C'est un bel homme, ça devrait le faire.

— Pourvu qu'on le reconnaisse !

— Allons, calme-toi, nous n'y sommes pas encore.

C'était plutôt à moi de me calmer. Le fleuriste s'y connaissait, il baignait dans les mariages et dans les enterrements. Sa déduction sonnait juste. Une commande de cent quarante-quatre roses parlait d'elle-même. D'ailleurs, il prédisait que le bouquet final servirait à décorer la chambre nuptiale :

— Les futurs mariés en font toute une affaire. Ils ne sont pas à une dépense près pour séduire la mariée pendant la nuit de noces.

Je retombai bien bas.

Si le fleuriste n'avait pas été troublé lui-même par cette commande extraordinaire, il m'aurait surpris en train de triturer ses violettes. Un sang bleu tachait mes doigts. Quand il entra dans son arrière-boutique, je me suis enfui en bousculant ses tulipes. Le pot de faïence vernissée se fracassa sur le dallage et l'eau des fleurs éclaboussa mes souliers.

À l'arrêt de l'autocar, le Veuf fouillait la poussière du bout de ses semelles. Je guettais son regard pour l'informer que j'avais percé son secret. Mais quand il relevait la tête, ses yeux me perçaient sans me voir. Il était seul au monde dans un bonheur que j'imaginais grand.

Au cimetière, je l'ai laissé aller à sa tombe, à sa vulgaire tromperie. J'ai bifurqué en direction de Félicien. Sur le trajet, j'avais eu le tout loisir de ruminer. Le garde champêtre me devait une franche explication.

Mais depuis quelque temps, il s'enfermait. Le bruit courait qu'il était mal en point. Je n'avais pas d'autre choix que frapper à sa porte. Quelques jours plus tôt, j'avais repoussé une visite de courtoisie par crainte d'être refoulé. Proserpine, son épouse, faisait le tri des visiteurs. Je ne possédais aucun atout pour forcer le barrage. La grosse dondon ne me portait pas dans son cœur et Félicien me battait froid. Notre dernière entrevue sentait encore le soufre.

Mais cette fois-ci, j'étais déterminé. Je suis passé par ma cave et j'ai fourré une bouteille dans ma poche, en espérant qu'elle m'aide à lui tirer les vers du nez. Mais je ne m'attendais pas à le trouver dans cet état.

32

Ni brûlé ni enterré

1966

— Qu'est-ce que tu fous chez moi, sale canaille ?

C'était l'accueil aimable de Proserpine. La question fusait d'une haie de lauriers-sauce. Ne la voyant pas, j'en avais profité. La porte du jardin était entrebâillée et je m'étais faufilé en douce dans sa cuisine. La grosse dondon m'avait surpris en flagrant délit de violation de domicile.

Le temps qu'elle s'arrache à sa haie, j'ai camouflé le renflement de ma bouteille. Elle se débarrassa au clou de la casquette de Félicien. À peine si je l'ai reconnue sans sa perruque. Sa bouille me faisait penser à la face de lune de Joseph Rouletabille. Même bobine replète et même teint tomate aux joues. À part ce côté moche, la dame du garde champêtre ne ressemblait en rien au célèbre détective. Elle ne brillait pas par son intelligence, mais d'un autre côté, je me méfiais, elle était du genre coriace.

— Je veux parler à Félicien

— L'est pas en état.

— Tu l'enfermes ?

— Y pourrait pas descendre, y meurt dans son lit.

— Comment ça, il meurt ? Je dois lui parler.

— Tu lui parleras en enfer.

— Pourquoi en enfer ?

— Y veut pas être enterré et encore moins brûlé. À ce petit jeu, y gagnera seulement les portes de l'enfer.

— Il veut quoi au juste ?

— Y veut pas me quitter. Y veut que j'garde son cercueil au grenier.

— Un retour d'affection peut-être !

— Tu parles ! Y me réserve toujours de la mauvaise volonté. Mais là, y a qu'èque' chose qui cloche. J'dis qu'cette embrouille, c'est du pipeau. J'dis qu'y a un truc qui m'dépasse, un truc pas catholique.

— Laisse-moi passer, douce Proserpine. S'il me fait des confidences, je te dirai tout.

Elle hésita puis s'effaça. Ma proposition lui offrait une chance infime de savoir ce que tramait son époux.

— T'as dix minutes. Pas plus, j'attends une visite. Le curé Jean veut entendre sa confession. Faut pas le fatiguer ni l'énerver, il est à cran, il attend le Veuf et ce salaud ne vient pas. Ne cherche pas sous le lit, j'ai ramassé les bouteilles. Manquerait plus qu'y descende en enfer beurré comme un p'tit Lu. Y f'rait mauvaise impression et Lucifer ne s'en remettrait pas.

J'ai frappé à la porte. D'abord doucement puis fermement.

— C'est qui ?

— C'est moi.

— Le berger ?

— Non. C'est moi, Simon.

— Barre-toi, j'attends le berger.

Je suis entré quand même. Félicien remonta sa couverture.

— Barre-toi, je te dis, j'attends le berger.

— Qu'est-ce que tu lui veux, au berger ?

— Je veux savoir si ça avance, si je peux mourir tranquille.

— Ça avance, il va bientôt se marier, il a commandé un buisson de roses.

— Un quoi ?

— Fais pas l'innocent, je sais tout.

— Tu sais quoi ?

— Qu'il y a une autre femme dans la vie du Veuf et qu'il va l'épouser.

— C'est qui ?

— C'est justement pour ça que je suis là, pour savoir.

— J'm'en fous, je meurs, va chercher le Veuf.

— Pas avant de savoir.

— Mais savoir quoi ?

— Le nom de la gourgandine. Et si c'est vrai que tu couvres la débauche du Veuf. C'est Grégoire qui fait courir le bruit.

— Proserpiiiiine, Proserpiiiiine ?

— Quoi encore ?

— Vire Simon, il cache une bouteille dans sa poche.

Un galop de pachyderme grimpa l'escalier. Le temps de glisser ladite bouteille sous les draps de Félicien et la poignée de la porte se ficha dans la tapisserie aux petites fleurs fanées.

— Tu peux me fouiller, Proserpine, j'ai pas de bouteille. Mais tu as raison, Félicien ne va pas bien, il délire, il raconte n'importe quoi.

Tandis que je levais les bras pour la fouille, Félicien calait la bouteille entre ses cuisses. Sa précipitation à la cacher me rassura. Il jouait la comédie de la mort. Sans cela, je me serais précipité chez le Veuf.

— Je ne vais pas salir mes mains sur toi, rugit la grosse dondon, mais reviens pas, t'as pas ta place ici.

Je me suis faufilé entre elle et le chambranle. En rentrant mon ventre et en retenant ma respiration. Elle sentait l'oignon frit. Nos bedaines se frôlèrent et j'ai cru qu'une méduse m'attaquait. J'entendis Félicien ricaner. Alors que j'atteignais la dernière marche, il cria :

— Ça presse, Simon, va dire au Veuf que je vais lâcher prise. Jure-le !

Je n'ai rien juré du tout. J'ai dégueulé ma déception dans les plates-bandes de Proserpine. Elle m'a surpris en train d'arroser ses dahlias.

— Y a rien à tirer de toi, Simon, encore bourré ! On n'peut pas t'faire confiance, tu souilles la nature partout où tu passes.

Oui, j'étais bourré, bourré de n'avoir pas d'ami, bourré d'être repoussé par Félicien et parce que la confiance entre nous avait fichu le camp. Oui, j'étais bourré de désillusions et pas qu'un peu.

Mon fauteuil attendait mon retour de Quimbrion :

— Tu en as mis du temps !

Je n'ai rien lâché du tout. Autrement le garde champêtre en aurait pris pour son grade. J'en avais gros sur la patate et ça se voyait. J'avais ma tête des mauvais jours. Ce n'était pas le moment de m'asticoter. Le crevard le sentait et il n'a pas insisté, il attendait que ça vienne tout seul.

Dans l'encadrement de la fenêtre, j'ai vu passer le Veuf. Il revenait d'un bon pas du cimetière. Son panier dissimulait le deuxième bouquet de roses. Je fus frappé d'une illumination. Mon fauteuil avait eu raison de patienter, tout est sorti en vrac :

— Le bouquet du vendredi matin, sur la tombe de Rosaline, c'est un attrape-couillon. Il sert à détourner l'attention. Une autre femme, bien vivante celle-là, attend patiemment son bouquet de roses. Je la soupçonne de loger clandestinement à la bergerie. Mais le plan du Veuf ne marche plus. On l'a découvert et il le sait, alors il brûle les étapes, il l'épouse.

— Qui est-ce ?

— Qu'importe son nom. En lançant une chasse à la sorcière, Grégoire s'est trompé de cible. Il a du souci à se faire. Il a provoqué des scènes de ménage inutilement. Celle qu'on recherche n'est pas du village. Elle loge à la bergerie et le Veuf est acculé, il va devoir régulariser la situation.

Ça se bousculait dans ma tête.

Je devais m'attendre à la visite du berger. Question de politesse et de bon voisinage. Ma présence derrière la plante à caoutchouc n'avait pas échappé à l'œil perçant du Veuf. Bientôt, il viendrait m'annoncer son mariage. J'espérais seulement qu'il ne pousserait pas l'hypocrisie à m'inviter aux noces. Je le détestais déjà et lui trouvai tous les défauts du monde.

Mon fauteuil n'était pas de mon avis. Sa condition d'objet immobile décuplait sa clairvoyance et souvent il prédisait l'indevinable. Mais plus question de me taire. Un flot de paroles injurieuses s'échappait de ma bouche et le Veuf en faisait les frais. Je cassais du sucre sur son dos quand on frappa à ma porte.

C'était lui.

33

La brouette pleine de livres

1966

Très vite, j'ai su que le Veuf n'était pas venu m'annoncer son mariage. Il poussait une brouette pleine de livres.

— Ce sont les livres de Rosaline, dit-il.

Mon regard passa de son béret aux livres, des livres à son béret de berger enfoncé jusqu'aux oreilles. Le tapotement saccadé de sa semelle sur la marche dénonçait une certaine impatience.

— C'est pour toi, dit-il, Rosaline aurait voulu que tu t'en occupes.

— Pour moi ?

— Oui, pour toi, Simon. Elle aurait voulu que tu t'en occupes.

— C'est du passé tout ça, j'ai perdu le goût et la motivation.

— Elle aurait voulu que tu t'en occupes, répétait-il, encore et encore, en détachant chaque syllabe et en forçant la voix à mesure.

En trois mots bien pesés, le Veuf avait pour coutume de boucler ses affaires. Une habitude prise dans les pâturages. À force de tutoyer ses moutons, il s'était rompu à l'essentiel, aux ordres brefs qui claquaient comme des directives militaires. Il ne débordait jamais des limites établies une fois pour toutes par son métier. Il se méfiait d'un langage emprunté. Comme dans une autre mesure, il prenait garde aux grimaces de ses béliers. Il abandonnait aux esprits chagrins les interprétations ambiguës. De fait, on le jugeait maussade et d'un caractère impatient. Et moi, bien obligé, depuis que son secret était tombé, je l'appréciais tout pareil, je ne voulais plus le voir.

Je ne l'ai pas invité à entrer.

Mais il força le passage, brouette en avant et pousse-toi de là que j'entre. Il déversa le contenu dans un coin dédié au vide, un coin servant uniquement à ramasser de la poussière et à tendre des toiles d'araignée.

— Tu devrais les mettre en pile en attendant les autres.

— Les autres ? Y en a combien ?

J'étais sidéré et dans la plus grande ignorance de ses motivations. Pourquoi entreposer chez moi le trésor de Rosaline ? Rayait-il de son plein gré le souvenir gênant de l'institutrice ? Ou faisait-il place nette sur ordre de sa future épouse ? À quoi bon me torturer davantage ? La vue des livres sur les tomettes suffisait à me casser le moral.

Le berger m'informa de l'arrivée d'un nouveau chargement. J'ai tiré le trépied sous mes fesses. Il endura vaillamment le poids phénoménal de mon accablement. Mais à la douzième livraison, il montra des signes de faiblesse. J'ai fini le cul par terre sur mes tomettes. Les carreaux de terre cuite rafraîchissaient l'étendue de ma désolation.

Une trentaine de brouettées, du même acabit, débarquèrent chez moi par la voie du chemin rocailleux. Aucune explication ne brisa le manège. Quelques pâles sourires, en passant, m'informaient cependant que le Veuf n'était pas un robot. Le déménagement se déroula au rythme lancinant d'une roue en bois cerclée de fer.

À chaque livraison, je me figurais une foule de complications. Entre le grenier du Veuf et le dehors, il y avait des escaliers partout, deux paliers à franchir, un grand couloir inégal et une pierre de seuil suffisamment vicieuse pour faire tout chavirer. Les ornières du chemin caillouteux complétaient le tableau. À l'arrivée, il se délestait d'une torsion d'épaule et d'un rictus.

Il poussa la der des ders au radar.

À cause de l'obscurité ambiante, mais aussi parce que l'épuisement le réduisait à l'état de nain de jardin. J'avais hâte qu'il disparaisse, hâte de m'effondrer dans mon lit. Le plus exténué des deux, au fond, c'était moi.

Cependant, il hésitait à s'en aller.

Qu'allait-il m'imposer en supplément ? Il sortit un livre de sa poche. Pourquoi celui-là ? Pourquoi l'avoir soustrait aux autres ? Il le ficha au sommet du tas comme un drapeau d'alpiniste, puis il prit congé en marmonnant une phrase inaudible. J'ai cru comprendre, à ses gestes, qu'il m'incitait à feuilleter ce livre. Mais toute ma volonté se tendait vers mon lit, vers un oubli profond et un sommeil réparateur.

Les livres formaient sur mes tomettes un tas phénoménal. Les étiquettes, en calligraphie violette, me rappelaient mon échec. Je n'envisageais pas de vivre au milieu de ces souvenirs accablants.

J'ai pris une décision. J'ai arraché un livre au tas, un livre au hasard et j'ai couru derrière le Veuf :

— Gardes-en un en souvenir. Demain, j'allume un feu et je fais tout brûler.

— À quoi bon, je ne sais pas lire.

Alors là, j'ai tout lâché, le livre et le bras du berger. Il tenta de gommer sa confession en se raclant la gorge. Il semblait regretter et vouloir revenir sur ses aveux. Mais trop tard, tout me revenait : ses longues absences à l'école pendant les transhumances ; les récitations qu'il n'apprenait pas ; les livres qu'il n'ouvrait pas ; les devoirs qu'il ne rendait pas ; ses regards éperdus qu'il me lançait aux interrogations ; les histoires que Rosaline lui lisait à la veillée ; la discrétion qu'elle mettait dans nos échanges de livres et par-dessus le marché, sa confidence sur l'illettrisme de son berger. Un secret que j'avais fini par oublier.

— J'aurais dû m'en douter !

Je l'ai regardé s'éloigner, bossu et monstrueux, sous l'éclairage blafard d'une lune coincée dans un nuage.

Chez moi, à mon retour, la gentillesse et la douceur de Rosaline flottaient dans l'air. Le livre-drapeau me narguait. J'ai grimpé sur mon escabeau et l'ai cueilli en tirant fort sur mon bras. En évitant de basculer sur le tas, mais de justesse.

Je l'ai ouvert.

Il datait des années normaliennes de Rosaline. Sur le page de garde, j'ai reconnu son écriture, son tracé régulier et son encre violette : « Sortir Simon de la galère. L'inciter à ouvrir une bibliothèque au village ». Cette phrase me cassait la baraque. L'institutrice m'avait toujours laissé croire que j'en portais seul l'idée. Manifestement, elle m'avait manipulé et mon orgueil recevait une sacrée claque. Mais, très vite, une question et un doute tout aussi implacable, s'imposèrent.

Pourquoi le Veuf avait-il positionné ce livre si haut, sinon pour me faire partager sa découverte ?

Il savait lire en définitive et il m'avait menti. J'ai recherché une preuve et n'ai pas eu longtemps à fureter. Elle m'a sauté au visage. Une forte odeur de laine de mouton s'échappait du livre-drapeau. J'en ai feuilleté d'autres, beaucoup d'autres. Leurs pages renfermaient la même odeur caractéristique. J'en ai conclu que le berger avait lu tous les livres.

Alors pourquoi m'avait-il raconté des histoires ? S'était-il contenté de les feuilleter, de décrypter un mot de-ci, de-là et d'avoir découvert mon nom par hasard ?

Plutôt qu'aller chercher midi à quatorze heures, j'ai préféré m'en tenir au fait du jour. Il me refourguait le vieux projet pour que j'en fasse bon usage. Pour que j'exauce le vœu de Rosaline. Ce n'était pas sur ordre de sa nouvelle épouse que le Veuf m'avait livré cette cargaison extraordinaire. Car en plus des livres, je le découvrais maintenant, il m'avait livré sa confiance. J'existais enfin à ses yeux et je comptais pour lui. Mais j'avais du mal à y croire tout à fait. La suspicion s'installait et j'étais tiraillé. S'était-il joué de moi, comme Rosaline et tous les autres ?

Les fesses sur les carreaux, face aux livres qui me bouchaient la vue, j'ai enclenché un grand chambardement cérébral.

J'ai décidé qu'à partir de ce jour plus personne n'abuserait de moi. J'ai évacué de ma tête toutes ces foutues fréquentations qui l'encombraient. À commencer par mon père et ma famille de laboureurs à bœufs englués dans la terre. Puis j'ai viré le berger, cet amoureux transi qui se moquait de moi. J'ai éliminé le viticulteur, ce jaloux impénitent et ses putains de barriques subversives. J'ai jeté aux ordures mon fauteuil d'héritage, ses conseils de vieux toqué et ses ressorts déglingués. Tant qu'à faire, j'ai balancé aux détritus le crâne lisse du maire en compagnie du crâne pelé de Proserpine. Sur une pierre de meule, j'ai fracassé les bouteilles de gnole du garde champêtre et j'ai craqué une allumette. En dernier lieu, je me suis débarrassé des ivrognes du bistroquet comme d'une vieille peau de serpent. Et tant qu'à faire, j'ai emprisonné les potins des ménagères dans le fourre-tout. Mais au moment d'arriver aux trois sœurs, j'ai ressenti un pincement au cœur, je les ai protégées de mon humeur de chien.

Je suis ressorti épuisé de cette grande lessive cérébrale. Mais au lieu d'en ressentir des bienfaits, j'étais confus d'avoir si mal accueilli le Veuf. Il m'avait rendu visite avec des intentions louables et je l'avais ignoré en lui tirant une gueule de six pieds de long. Mon passé rôtissait dans un brasier imaginaire tandis qu'un mystère insondable m'imposait la bibliothèque.

Combien de chances me restait-il ?

Je me suis précipité au chai, dans ce lieu de perdition où Grégoire passait sa vie soi-disant à m'attendrc. Fallait croire que c'était vrai, car son visage s'est illuminé à ma vue.

— Grégoire, je suis venu te demander ton aide.

Il se dirigea promptement vers la pompe à remonter et en bloqua le débit. Il affichait cet air de détachement qu'il maîtrise à merveille :

— Je t'écoute.

J'ai lâché la bibliothèque en projet et me suis préparé à me faire incendier. Mais le viticulteur resta de marbre alors qu'il aurait dû bondir, m'attraper par le col et me coincer la glotte. Il détestait les tractations dans son dos et je venais de lui en confesser une belle. Déjà, je faisais le gros dos. Mais face à moi, un personnage impavide me regardait. On aurait dit une statue paralysée par une couche de calcin, une statue au sentiment d'indifférence propre à la pierre.

Sa tranquillité feinte me rassura et je suis tombé dans le panneau. J'ai ouvert les vannes et j'ai débité d'un trait l'échange des lettres contre les livres de Rosaline et mes mensonges.

Je m'attendais à le voir exploser mais il semblait ne pas se soucier du passé. La révélation de la bibliothèque retenait son toute son attention :

— C'est donc cela que vous complotiez tous les deux, une bibliothèque ! Sans m'en parler ! Mais vous aviez tout faux, je vous aurais aidés. Aujourd'hui elle ronronnerait de son train-train quotidien. En me tenant à l'écart, voilà le résultat, elle n'existe plus que dans ta tête, Simon.

— Le projet court toujours, Grégoire. Si tu me sors de l'impasse, je te livre une information capitale.

Un mot de lui au maire et mon projet avait toutes les chances d'aboutir. Je savais où je mettais les pieds, j'avais du biscuit en échange, de quoi faire sauter le viticulteur au plafond. La commande extraordinaire des cent quarante-quatre roses allait y pourvoir largement.

Mais je me suis retenu.

Sauf à trahir le Veuf, cette révélation n'allait pas me grandir. Je me suis rabattu sur la livraison des livres et je l'ai enrobée d'un enthousiasme débordant. J'ai monté en épingle l'altruisme de Rosaline et la confiance du Veuf.

— Simon, m'a-t-il fait observer, tu interprètes tout de travers et ça t'empêche d'avancer. Si le Veuf t'a refourgué les livres, ce n'est pas pour t'encourager. C'est uniquement pour préparer le terrain et recevoir sa dulcinée. Il s'est débarrassé du passé dans tes bras. Et ta masure lui sert de dépotoir. Remarque, dépotoir pour dépotoir, le fourbe ne s'y est pas trompé. Chez toi, c'est l'endroit idéal pour refourguer un paquet encombrant.

Il tombait mal, j'avais déjà étudié le scénario sous cet angle. Je ne me suis pas laissé entraîner dans cette vue étroite de l'esprit, cette mise en scène peu vraisemblable.

— Je ne vois pas ça comme ça.

— Le berger t'a encore ensorcelé ? Quel prétexte t'a-t-il donné ?

— Que Rosaline aurait voulu que je m'en occupe.

— Je vois. Il utilise une morte pour t'embarquer dans un projet ridicule. Si tu veux mon avis, brûle ces livres, cela t'évitera des ennuis. Ce n'est pas avec des livres que tu sauveras ta réputation.

En me mettant à nu, je lui avais fourni une excellente raison de me tourner en ridicule. Je regrettais cette impulsion qui m'avait laissé croire à son appui. La nuit était tombée sans qu'on la voie venir. De grosses gouttes s'écrasaient sur les tuiles et un éclair frappa la lucarne. Grégoire me poussa dehors :

— File te mettre à l'abri, pauvre cloche, et abandonne cette idée folle. Sans Rosaline elle est inaccessible, le maire me rira au nez. Il n'est pas porté sur la lecture et je ne veux pas gâcher nos relations.

Prends garde à toi, il pleut. Mets ta casquette et ne te noie pas en chemin.

Me noyer !

Voilà un mot qui me parlait. J'ai couru m'ensevelir dans ma cave. Quand tout s'effondre, quand le cafard m'emporte, je bois pour ne jamais me réveiller.

34

Le conflit

1966

Les craquements du tonnerre m'ont trouvé étendu dans ma cave.

Avant d'ouvrir les yeux, j'ai cru m'être égaré dans une forêt du Grand Nord. J'étais bleu de froid et cerné par une meute de carnassiers aux yeux jaunes. La tuile à loup hurlait. J'ai mis un temps fou à réaliser. C'était le vent qui s'engouffrait par la prise d'air au-dessus de l'évier. Le bon Dieu, lui aussi, s'était levé du pied gauche. Il brassait ses barriques et lançait des éclairs.

Là-haut, j'ai vérifié les braises réduites à un tas de cendre, à une poussière grise, symbole de ma désolation. J'ai aligné un bref calcul en me basant sur des preuves : trois jours à l'agonie, trois jours à mourir dans ma cave.

J'ai arrosé une brassée de bois sec d'une giclée d'alcool à brûler. Puis j'ai lancé une allumette. Les flammes ont pris comme dans une bassine de friture, en crachant de la fumée noire et en escaladant le conduit. Une flambée chaleureuse entraîna une remontée rapide de la température. J'ai ajouté des bûches puis j'ai tendu mes mains. Mon sang circula à nouveau.

Dehors, le ciel grouillait comme une eau de caniveau et des bourrasques à pleins seaux lessivaient mes carreaux. Le bon Dieu ne ménageait pas sa peine. Il rinçait ses barriques à grand renfort de robinets ouverts à bloc. Un filet d'eau boueuse s'infiltrait sous ma porte. J'ai poussé du pied une serpillière. Juste ciel ! Mes godasses auraient mérité un sérieux coup d'éponge. Mais franchement pour plaire à qui ?

Pour la centième fois, j'ai levé les yeux en direction des nuages. Une embellie semblait se maintenir. Le moment ou jamais. Un ressort au fondement ne m'aurait pas poussé plus vite sur le chemin. Mes pieds, trop longtemps retenus, m'auraient conduit tout seuls par la seule force d'attraction des barriques de Grégoire. Une soif de géant me rendait le bout du monde atteignable. Mais quelle idée, le bout du monde ? Pourquoi user mes semelles si loin alors que si près, le viticulteur entreposait dans son chai de quoi huiler ma mécanique ?

À un moment pourtant, j'ai cru ne pas y arriver. Des rigoles comme des serpents agrippaient mes chevilles. De justesse que je ne dérape. Le vent creusait mes reins et des rafales me trimbalaient. Je me suis accroché au gouvernail et j'ai atterri comme un boulet de canon contre la porte du chai. Un craquement d'enfer annonça mon arrivée.

Il était temps.

Trois jours sans montrer le bout de mon nez et Grégoire me croyait mort. Il préparait mon enterrement et le chantait à tous les vents. Mes retours à la vie le rassuraient. Il me serrait dans ses bras. Ses accolades baveuses n'étaient qu'un mauvais moment à passer. J'encaissais sa bedaine sans montrer mon dégoût parce qu'à la clef, il y avait ce que j'étais venu chercher, des verres de vin à volonté.

Mais ce jour-là, il ne s'est pas précipité pour m'embrasser. Je me suis dit, à contrecoup, que j'aurais gagné à n'être pas venu. Il nourrissait à mon égard une agressivité inédite.

— Ah, te voilà ! J'te croyais mort. Mort ou pas, d'ailleurs, il va falloir que tu m'expliques pourquoi tu ne peux pas t'empêcher de faire le con dans mon dos ?

— Pardon ?

Ses pognes me soulevèrent à la hauteur de sa bouche en colère. Lèvres contre lèvres. Son haleine soufflait dans mes trous de nez des vapeurs d'alcool tellement imbibées qu'il était aisé de le croire sous l'emprise d'un litron. Ou plutôt deux. Trois, pour s'approcher au plus près de la vérité et de la murge qu'il tenait.

— Simon, Simon ! Oh ! Simon, Simon ! s'énervait-il d'une voix écrasée par l'émotion ou par une sorte de contrariété.

Comme si le simple fait de répéter mon nom l'aidait à extérioriser je ne sais quoi. Il me secouait. On aurait dit qu'il cherchait à faire sortir de moi, par n'importe quel bout, quelque chose que j'aurais pu chaparder ou avaler.

— Fouille mes poches si tu y tiens, elles sont vides !

Entre ses mains, j'étais une sorte de marionnette empotée, la caricature d'un être à la limite d'expirer. Sa poigne serrait mon col et séquestrait ma glotte.

— Holà, Grégoire, lâche-moi, j'étouffe !

Ses bras lui tombèrent de honte de m'avoir tenu en l'air dans le ridicule. Il semblait embarrassé de son audace. Mais pour tout dire, je me trompais, ma visite était mal engagée. Il reprit ses attaques :

— Ça ne peut plus continuer comme ça. Tu te rinces la gueule à mes frais et t'en profites pour faire des conneries.

— Comment ça, des conneries ?

— T'es qu'un fieffé crétin, Simon.

Je ne comprenais rien à rien. Je vacillais et cherchais à tâtons le réconfort d'une peau de barrique.

— Ne fais pas l'innocent, je te jure, tu vas t'en souvenir. Me le faire à moi, Grégoire, ton meilleur pote. Oui ou merde, tu vas t'expliquer à la fin ? C'est quoi, cette histoire de cimetière ? Cette entorse aux conventions et à la religion. Qu'avez-vous combiné tous les trois ?

— Tous les trois ?

— Le berger, le garde champêtre et toi, pauvre cloche !

Sa tirade me blessa d'autant plus que je n'avais rien à me reprocher que je sache. D'autant que le berger et le garde champêtre me tenaient à l'écart. Je voyais arriver mon exclusion du chai sans avoir eu la chance de me défendre et me refaire une santé. Y avait rien à expliquer et pourtant il exigeait des aveux.

— Hé, le niais ! poursuivit-il, c'est trop te demander d'ouvrir la bouche ?

Quand Grégoire me crie dessus, je perds carrément les pédales. Ce jour-là, il aurait pu me faire croire au passage d'un éléphant en commentant la bave d'un escargot. Il me balayait du regard, de haut en bas, comme si j'étais une silhouette en bois criblée de balles au stand de tir. Disons que c'est ainsi que son regard fouisseur trouait ma chair. Et c'est ainsi que je me sentais, dans la peau d'une cible, perforée de partout et rien à déclarer pour ma défense.

Contrarié par mon mutisme, le viticulteur rengaina son artillerie, décrocha sa guenille noire de vinasse, s'en tamponna la bouche et le menton. Ses joues gonflaient. Signe qu'une stupidité allait gicler. Je vois clair dans les secondes qui précèdent une ânerie. Pas manqué, c'est arrivé et ça m'a ébranlé :

— Oh, Simon, tu sais quoi ? Rosaline est sortie de son trou, elle nous a fait une putain de frayeur !

Il stoppa net.

Un trouble évident l'empêchait de poursuivre. Avant qu'il reprenne ses délires, je ne sais combien de silences ont circulé. Mon portrait en pied devait singer, trait pour trait, la réplique de l'ahuri international. Rosaline ! Que venait-elle faire dans tout ça ?

— Grégoire, ressaisis-toi, Rosaline est morte et enterrée. Quelle plaisanterie me chantes-tu là ?

Il se gratta l'arrière-train. Quand Grégoire réfléchit, il se gratte l'arrière-train. Quand il cherche à démêler le vrai du faux, il se gratte furieusement l'arrière-train. En cet instant, il se démenait comme si un garnement avait fourré son froc de poil à gratter. Comme il y allait ! Je le regardais s'agiter tandis que je me demandais s'il n'avait pas perdu l'esprit. J'ai tenté de le réconforter :

— Si tu veux mon avis, Grégoire, y a pas de quoi s'inquiéter. Ce n'est ni demain ni même après-demain que les os de Rosaline s'envoleront. Depuis le temps, ça se saurait si les squelettes s'amusaient à prendre la clef des champs.

En le disant, je me suis mordu la langue. Les cadavres quittaient parfois les cimetières et j'étais bien placé pour le savoir. Je pensais à mon père, à son dernier voyage sur mon dos, au trou derrière le corps de ferme et au festin des cerbères.

Nos verres étaient retournés sur l'étagère au-dessus du robinet. Trois pointes plus loin, la pipette pendait lamentablement. Ce n'était pas le moment de réclamer à boire. De quel farceur Grégoire était-il donc le jouet ? Pourquoi lui avoir raconté une blague aussi grotesque ? Une plaisanterie de mauvais goût qu'il s'était empressé de gober :

— Qui diable as-tu rencontré, Grégoire, ces sornettes n'ont pas de sens ! Les os de Rosaline ne fileront jamais sur un air de canular. Comment une pareille ineptie a-t-elle pu te convaincre ?

Je n'étais pas vraiment surpris qu'il réagisse ainsi. Un rappel à la morte et le viticulteur grimpait au cocotier. Certains salopards en abusaient d'ailleurs. Mais cette fois-ci, ils avaient battu tous les records. Grégoire avait mordu à l'hameçon et au-delà. Cette fable extravagante, pour ne pas dire complètement débile, l'avait fragilisé au point de lui avoir fait perdre le sens commun :

— Simon, sois honnête pour une fois. Qu'est-ce que tu combines dans mon dos ? Dans quelle chienlit t'es-tu fourré ? T'as de foutues façons pas catholiques ! Pas étonnant que personne ne veuille de toi. T'es qu'un parfait connard qui n'est pas prêt à se caser.

Qu'avais-je donc fait de si terrible pour mériter un traitement aussi injuste ? Ces accusations ne manquaient pas de m'inquiéter. Où avais-je mis les pieds ? Souvent, des gars mal intentionnés me payaient des tournées pour m'attirer dans des coups foireux. À seule fin de me faire porter le chapeau. Dans quel imbroglio m'étais-je fourré ? Dans quelle mistoufle m'avait-on entraîné ? Je n'avais aucun souvenir et ce n'était pas surprenant, après une cuite, ma mémoire est souvent défaillante.

— Ne fais pas le malin, freluquet. Rosaline est sortie de son trou on ne sait pas trop comment. T'aurais pas une petite idée par hasard ? Rien qu'une petite idée ?

— Grégoire, tu rigoles ! Quel individu serait assez bestial pour exhumer son cadavre ?

L'idée me vint de l'entraîner au cimetière pour lui prouver que Rosaline dormait paisiblement. Mais je n'étais pas en état de marcher jusque-là. Grégoire me refusait le petit verre de vin qui m'aurait mis d'aplomb.

— Ouvre tes écoutilles, freluquet, je n'en ai pas fini, j'ai deux autres trucs dans la manche.

Il m'attrapa par le col et me coinça la glotte. Ça devenait une putain de manie et à nouveau j'étouffais.

— Le Veuf et ses roses, tu vois de qui je parle, hein, freluquet ?

— Ouais.

— Quoi, ouais ? Tu ne peux pas parler normalement ?

— Tu m'étrangles et tu as l'haleine fétide du bourreau qui va écharper un honnête homme.

Grégoire me relâcha et repassa sa guenille noire de vinasse sur ses lèvres. Puis il se moucha dedans.

— Me croiras ou pas, freluquet, le Veuf et ses roses, c'est l'entourloupe du siècle, une vaste fumisterie.

Où voulait-il en venir ? Le Veuf, je le connaissais mieux que personne et j'avais des secrets sur lui. Comme cette commande extraordinaire chez le fleuriste, ou bien la chouette dans son grenier. Mais je m'étais juré de garder le secret. J'ai adopté la posture du mec qui préfère la fermer plutôt que se tirer une balle dans le pied. Les bras croisés et le front têtu.

— Vas-y, Grégoire, je suis tout ouïe.

— Si je suis dans cet état, énervé et la peau qui suinte, c'est qu'on s'est fait entuber, toi et moi, jusqu'au trognon et on n'a rien vu venir !

— Comment ça ? Pourquoi nous deux ?

— Pas que nous deux, le village en entier. On a tous couru après un leurre. Et le plus con des cons, tu sais qui c'est ?

— Ben, heu... non.

— Cherche pas, imbécile, c'est toi freluquet. T'étais le mieux placé et t'as rien vu venir. À moins que t'aies bien joué ton rôle d'imbécile.

Grégoire m'attaquait par l'angle le plus fragile de ma personnalité : la grossièreté à mon encontre. Ça commençait à m'agacer sérieusement. Vu la tournure, ce qu'il avait à me dire ne m'intéressait pas. Au sujet des roses, je savais à quoi m'en tenir. Vous savez quoi ? En cet instant précis, je me fichais complètement de lui, de l'absurdité de ses propos et du contenu de ses barriques. Je n'étais pas pressé d'entendre de sa bouche le remariage du Veuf.

Il avait perdu toute retenue et manqué de m'envoyer son poing dans la figure. Mais au dernier moment, il dévia son geste et l'abattit sur la première barrique à sa portée. Il tapa fort, très fort, à deux reprises. Les dents serrées et les yeux injectés. Ses coups de boutoir ne présageaient rien de bon. Notre amitié en prenait un sale coup et une barrique innocente subissait sa violence. J'étais animé de l'envie de tourner les talons. Alors que je m'apprêtais à lui fausser compagnie, changement de décor.

Au troisième coup de boutoir, la bonde en bois sauta. Deux douelles s'écartèrent et une coulée violette gicla. La barrique pissait chaude et drue sur ses flancs comme une fillette qui se serait retenue trop longtemps et mouillerait ses cuisses.

Au prétexte d'aider Grégoire à colmater la fuite, je me suis précipité sur la victime. Les mains en entonnoir et les lèvres en pompe à remonter, j'ai aspiré le divin nectar. Cet intermède revigorant arrivait à point nommé.

35

Le secret dévoilé

1966

Grégoire retomba bientôt dans son état normal. Il luttait contre la fuite de son vin, contre un bouillonnement écarlate par une plaie ouverte. Une grave blessure qu'il avait lui-même infligée à sa barrique avec son poing rageur. Il transvasa le contenu du récipient blessé par un système alambiqué de vases communicants.

Je me suis mis à son service.

La minutie du calfatage accaparait nos nerfs. La situation était tendue et fallait pas se louper. Une fausse manœuvre et il aurait fallu tout recommencer, la nuit y serait passée. Une tension entre nous laissait présager un lâcher-prise dévastateur.

Pendant le calfatage, je me bombardais de questions. La minute précédente, Grégoire avait annoncé deux autres trucs dans sa manche. Mais il s'était arrêté au premier, aux roses du Veuf, à une prétendue entourloupe et il m'avait traité de con. Cette accusation m'avait dégoûté. Mais en même temps elle m'avait cuirassé. Je souhaitais qu'on en finisse, qu'on reparte sur de nouvelles bases, qu'on se pardonne et qu'on reprenne nos dégustations à l'ancienne. J'ai ouvert le feu :

— Dis-moi, Grégoire, t'avais pas un truc en réserve, un autre truc à m'annoncer ? Après tes insinuations foireuses sur les roses, et la supposée exfiltration de cadavre de Rosaline, je me suis fabriqué une carapace. Tu peux continuer à balancer du même train, je suis blindé et disposé à tout entendre.

— Alors, si tu es prêt, je me lance. Mais accroche-toi, Simon, ce n'est pas du gâteau et attends-toi au pire. Tu vas en prendre plein les dents. De toute façon, tu l'aurais appris tôt ou tard, par moi ou par un autre, et il vaut mieux que ce soit moi. Je connais ta sensibilité et je vais tout faire pour la ménager. Mais je te préviens, les faits sont les faits et il n'y a pas cinquante manières de les présenter. Pour commencer, Félicien a rendu son âme à Dieu.

J'ai éclaté de rire. Grégoire ne savait plus quoi inventer. Après l'exfiltration du cadavre, il me balançait la mort du garde champêtre.

— Pas vrai, tu mens, on s'est parlé vendredi.

— Entre vendredi et aujourd'hui, si tu comptes bien, trois jours se sont écoulés. Trois jours, vautré dans ton dégueulis. Pendant que tu cuvais, une messe a été dite pour son âme.

— Pas possible ! Vendredi, il en avait encore sous le coude. Il n'a pas refusé ma bouteille. Crois-moi, quand je l'ai quitté, il avait toute sa tête, il voulait voir le Veuf.

— Puisque tu parles de sa tête, justement, c'est l'occasion rêvée, j'en profite, il ne l'a pas gardée longtemps en bon état.

— Il est tombé de son lit ?

— Si tu m'interromps à chaque mot, je ne vais pas y arriver. La tragédie remonte à vendredi, juste après ta visite. Tout ça, c'est de ta faute.

Je n'arrivais pas à croire à ma culpabilité. Je ricanais. Mais le viticulteur semblait lui-même si affecté qu'il m'était impossible de mettre sa parole en doute. Il se préparait à abattre les cartes. J'ai ressenti le besoin de m'asseoir et une fois bien calé, entre deux barriques neuves au parfum de vanille, je l'ai invité à poursuivre.

— Après ton passage, Félicien nous a quittés. Tu peux me croire, je ne plaisante jamais avec la mort. Pour du vite fait, y a pas à dire, ce fut du bâclé. Proserpine nous avait préparés à son départ, mais pas si vite quand même. Elle le faisait durer et sa curiosité de pot de chambre le maintenait en vie. Elle s'était mis en tête de lui faire cracher son secret avant de le livrer au jugement dernier.

« Mais ses menaces et ses manigances de fine mouche n'y changeaient rien. Félicien s'enfermait dans le silence. Quand il l'ouvrait, il réclamait le Veuf et refusait de dire pourquoi. Il résistait pour cette unique raison, voir le Veuf et mourir.

« Proserpine ne lâchait pas le morceau. Les privations d'alcool commençaient à faire leur petit effet. Félicien montrait des signes de lassitude. Il traitait le Veuf de faux jeton. L'obstination de Proserpine payait et elle s'en réjouissait :

— Il est mûr à point, se réjouissait-elle, encore deux jours d'abstinence et il va cracher le morceau.

« Quand tu t'es pointé au jardin, la surprise l'a prise de court. Elle attendait le curé Jean. Ils s'étaient entendus et s'apprêtaient à faire sortir les vers du nez du moribond. Ils le pressentaient en odeur de sainteté, ils y avaient beaucoup travaillé.

— Manquait plus que l'arrivée de cet ivrogne, a-t-elle dit. Il m'a embobinée et j'ai eu la faiblesse de le laisser entrer. Une minute, pas plus. Mais en une minute, cette canaille a eu le temps de faire des dégâts.

— Quels dégâts ? Qu'est-ce que j'ai fait encore ?

— Tu vas vite comprendre.

« Quand Proserpine et le curé Jean sont entrés dans sa chambre, Félicien en tenait une bonne. Tout était à recommencer. Il réclamait le Veuf et refusait de capituler. Une bouteille vide a chuté de son lit.

« Proserpine a attrapé le goulot en même temps qu'une crise de démence. Elle a estourbi le garde champêtre avec le cul de ladite bouteille. Sous le coup, le malheureux a perdu sa lucidité avant de perdre la vie. Il confondait le curé Jean avec le Veuf et s'agrippait à sa soutane. Il lui rappelait sa promesse. Mais quelle promesse ?

« Félicien est passé du côté des morts en emportant son secret. C'est cette bouteille vide qui a tout déclenché : la mort de Félicien et la folie de Proserpine. Elle venait de perdre la dernière bataille du couple et ne digérait pas sa défaite. On l'entendait hurler. Elle insultait Félicien alors qu'il était encore chaud et elle mêlait ton prénom à ses cris. Elle te promettait une vengeance de son cru, une vengeance aux petits oignons. La fin du garde champêtre s'est répandue aux cris de sa colère.

« Le glas des obsèques vibra le lendemain aux aurores. Le lendemain samedi, tout avait été prévu et chacun s'y était préparé, il ne manquait personne. Enfin, presque personne. Il n'y a pas eu de labours ce jour-là. Ni même le lendemain dimanche. La terre a attendu deux jours que les laboureurs s'en remettent.

— Deux jours ? Pourquoi deux jours ? Et se remettre de quoi ?

— Ne me précipite pas, j'en suis encore tout chamboulé. Laisse-moi le temps de récapituler, le temps de remettre de l'ordre dans ma tête et commencer par le début.

« Félicien a laissé des traces de bon service dans chaque foyer. Chacun ici lui doit une fière chandelle, je ne t'apprends rien. Toi-même, tu as été servi plus souvent qu'à ton tour. Ses outils dans sa brouette, poussée par Proserpine en personne, suivaient le cortège mortuaire. Son tambour et ses baguettes trônaient sur le cercueil. Son attirail était censé rappeler aux vivants le dernier crieur de nouvelles, l'homme à tout faire, le bon vivant, le dévouement personnifié.

« Dans la nef, Proserpine se retournait sans cesse. L'homélie du curé Jean ne l'intéressait pas. Elle connaissait par cœur la vie de Félicien. À l'exception de son ultime secret. Elle guettait ton arrivée et se tordait le cou. À la fin de la prière aux morts, elle a saisi les baguettes, frappé la peau du tambour et réclamé le silence. Elle n'y est pas allée par quatre chemins, elle s'en est prise directement à toi.

« Elle a dit que si tu n'étais pas venu, c'était parce que t'avais pas la conscience tranquille. Preuve à l'appui, elle a brandi la bouteille vide. Elle a même ajouté que pour la gnole tu pouvais faire tintin. Elle a déchiré sous nos yeux le testament de Félicien où il te léguait sa cave.

— Allons bon, il ne m'avait pas complètement rejeté ! Il m'avait encore à la bonne !

— On pourrait dire ça comme ça. On pourrait même ajouter que ça mettait Proserpine dans tous ses états. Elle a éparpillé les bouts de papier sur les dalles en disant :

— Avant de fermer les yeux de Félicien, j'ai ouvert la fenêtre pour qu'il me voie faire et j'ai vidangé les bouteilles de gnole dans les cabinets du jardin. Pour qu'il me voie faire. Il a eu tout le temps d'enregistrer ma vengeance.

« Puis, ce fut au tour du Veuf d'être mis en charpie. La fascination de son époux pour ce coureur de jupons l'insupportait. Tout avait basculé, selon elle, une nuit où Félicien était rentré avec les yeux sortis de sa tête. Cette fameuse nuit où il avait regagné sa chambre en tremblant comme une feuille. Où il avait refusé de dire pourquoi. C'est depuis qu'il n'allait plus à confesse et bifurquait à la vue d'une soutane.

« C'est pour cela qu'elle a dit avoir frappé très fort. Pour faire entrer deux sous de jugeote dans une cervelle qui s'était encanaillée. Elle a juré que son bras avait été guidé par une pieuse intention et par la volonté divine.

« Elle a prédit que le Veuf ne perdait rien pour attendre. Qu'on verrait ce qu'on verrait ! Dans ses visions, il pendait au bout d'une corde avec des mouches aux coins des yeux. L'église entière frissonnait. On connaît les prédictions de Rosaline et leur exactitude.

« Ses propos viraient au règlement de compte. De son poste d'accusatrice, elle occupait le terrain. Le curé Jean avait battu en retraite dans le confessionnal. Il appelait le Christ à l'aide. L'église était dans ses petits souliers. Chacun avait un arriéré à son actif avec le mort. La mégère ne mâchait pas ses mots. La liste des débiteurs s'allongeait et la tranquillité n'habitait pas les consciences.

« Julien Jonquille, en première ligne, avait des soucis à se faire. Il a vu son heure arriver. L'épouse chiffonnée l'a carrément descendu. Les bons services de Félicien n'avaient pas été payés à leur juste valeur. Le maire lui avait cédé une place inondable dans le bas du cimetière. Il en a pris pour son grade. Il s'est laissé insulter sans broncher. La maison de Dieu n'était pas la maison du peuple et il s'y sentait mal à l'aise.

« Après en avoir terminé avec lui, la grosse dondon a cherché une autre tête de Turc. Je me sentais visé et me faisais invisible. Mais je suis gros et c'est difficile de me dissimuler derrière un pilier, je déborde de partout.

« Par chance, le curé Jean est sorti de sa cachette à ce moment. Il a mis fin au défoulement de Proserpine en demandant pardon à Dieu pour cette femme égarée que la douleur emportait. Puis il a accordé l'absolution générale en entamant la prière de la réconciliation. Il a invité les croyants à pardonner aux deux larrons qui s'étaient dispensés d'un dernier adieu à leur frère de misère.

— Tu vois de qui je parle, Simon ?

— De moi oui, mais du deuxième larron, je ne vois pas.

— Le deuxième larron, tu me croiras ou pas, mais c'était le Veuf.

— Merde alors ! Le Veuf n'était pas là ?

— Il avait une excellente raison.

— Laquelle ?

— Ne t'impatiente pas ! Si je mélange tout, je vais perdre le fil. Lorsque tu sauras, tu regretteras d'avoir posé la question. Reprenons dans l'ordre :

« Au cimetière une corde a cédé. La boîte en sapin s'est fracassée au fond du trou. C'était des planches de récupération sur ordre de Proserpine. Le cadavre s'est vengé, il a brandi son poing au travers. La veuve s'est sentie mal. Quand elle a repris des couleurs, Félicien lui faisait toujours un bras d'honneur. Mais plus personne. Elle était seule à encaisser l'injure.

« Le cortège mortuaire s'était déplacé de cinq travées en amont. Sur la tombe de Rosaline, les roses fraîches du vendredi matin manquaient à l'appel. Cette entorse au rituel, augmentée de l'absence du Veuf à l'église, dissimulait une bizarrerie. Les esprits s'échauffaient.

« Proserpine tenta de rapatrier quelques gros bras. Mais faute de volontaires, elle s'est payé le travail toute seule. Elle a recouvert son homme de terre et son bras qui lui faisait la nique à toute berzingue. Comme si elle était armée d'une pelle à turbine. Plus vite en tout cas que le garde champêtre ne l'avait jamais fait lui-même pour un autre macchabée.

« Sentant le vent tourner, j'ai encouragé le cortège à se rendre à la pêche aux nouvelles. Direction la bergerie. Cette fois-ci, je n'ai pas eu besoin de le répéter. Nous sommes partis à l'assaut, portés par une même énergie.

36

La corde du pendu

1966

« À l'idée d'attaquer le Veuf sur ses terres, le cortège riait de la bonne farce. Julien Jonquille ouvrait la marche avec le curé Jean. Les boiteuses et les sœurs à talons avaient pris place, pêle-mêle, sur le plateau de la carriole à bras. Les hommes à tour de rôle s'arc-boutaient et poussaient la charrette. Le reste de la troupe se crochetait. Ceux de derrière poussaient ceux du devant. Dans les rangs, les suppositions allaient bon train :

— Il n'en sortira pas indemne.

— Y en a une qui doit avoir les chocottes.

— Oui, elle a du mouron à se faire. Quand on saura qui c'est, elle passera un très mauvais moment.

« À la hauteur de ta porte, Proserpine a ramassé une pierre et l'a lancée. Chacun a suivi son exemple. Chacun une pierre et une réflexion vulgaire sur tes tendances à paresser, à lire et à boire comme un trou. Ils se sont soulagés de leur colère sur tes persiennes. Ton absence à l'église les avait irrités.

« Comme ta serrure n'a plus de secret pour moi, j'ai poussé la porte et soulevé la trappe. T'avais pas belle allure, tu rampais dans ton dégueulis. T'as pas daigné soulever une paupière. Je n'ai pas insisté. Tu es le seul à maîtriser ton retour à la vie.

« J'ai fait savoir à la troupe que tout était en ordre, que tu cuvais comme d'habitude. On m'a cru sur parole. La petite Amélie insistait pour entrer. J'ai bloqué ta porte. Si elle t'avait vu dans cet état, comme une larve imbibée, elle t'aurait réduit à la portion du pauvre diable, du misérable irrémédiablement perdu. Je l'ai forcée à remonter sur le plateau de la charrette à bras en la poussant par les fesses.

« T'étais à mille lieues de te douter du cortège funéraire sous tes fenêtres. Autrement, t'aurais fait ton possible pour le retenir. Mais ni toi ni personne n'aurait pu ralentir sa course. L'envie d'en découdre armait les jambes et les bras. Même les poltrons avaient trouvé un regain d'énergie. On me pressait de réintégrer les rangs :

— Laisse-le crever, Grégoire, tu ralentis le cortège.

« Les volets de la bergerie étaient tirés comme si le Veuf avait filé à l'anglaise.

— Je t'arrête, Grégoire, depuis la mort de Rosaline, ils sont toujours tirés.

— Ne me coupe pas pour des vétilles, s'il te plait, la suite va les rendre superflues.

« Le curé Jean s'est pendu à la cloche. Il s'y connaît pour agiter le bourdon. Mais il se démenait pour rien, le tintement s'égrenait dans le vide. Le maire força l'entrée avec une barre à mine. Par chance, y en avait une contre le mur. Sur le moment, j'ai cru que le hasard avait bien fait les choses. Mais maintenant, j'en doute. Je dirais qu'on l'avait posée là intentionnellement.

« La serrure céda facilement. Julien Jonquille passa sa tête par l'entrebâillement et appela sans succès. Il entraîna le curé en le tirant par sa soutane. Moi, j'ai refusé d'entrer à cause de mon allergie à la laine de mouton.

— Allergie, mon cul, oui ! T'es un gueulard, mais pour agir, y a plus personne. Quand faut y aller tu te débines.

— Tu me fais beaucoup de peine, Simon, mais je préfère ne pas relever.

— C'était juste une remarque en passant. Elle est sortie toute seule, portée par un accent de sincérité.

— Si tu continues, j'arrête. T'en trouveras pas un autre pour te détailler l'histoire par le menu. Si tu ne t'excuses pas, je me tais.

— Désolé.

« Julien Jonquille claquait les volets. À chaque fenêtre, le même scénario. On voyait surgir sa trombine et la face de lune du curé Jean. Ils se couvraient le nez d'un mouchoir blanc et faisaient signe qu'il n'y avait rien à signaler. Du moins dans cette pièce-ci. Au dernier volet de l'étage, le maire et le curé Jean affichèrent un net soulagement :

— Tout est en ordre, le garde-manger est vide, les meubles sont recouverts de draps. Le Veuf s'est fait la malle. On n'est pas près de le rattraper, il a de l'avance sur nous.

— Il a laissé un mot ?

— Non, point. Mais son odeur de bouc circule partout.

« Un pressentiment bizarre m'a envahi. J'avais l'intuition que tout se jouait sous le toit. J'ai proposé la visite du grenier. Le curé Jean refusa carrément. Les combles ne sont pas son fort. Il dit que des trucs pas catholiques sommeillent sous des couches de poussière. Quand il y est obligé, il s'y rend avec une croix tendue au bout du bras.

— T'en penses quoi, Simon ?

— J'en pense rien. J'ai pas de grenier et tu t'éloignes du sujet.

— J'y viens.

« Julien Jonquille paraissait peu enclin à aborder le grenier tout seul. D'autant que la forte odeur de bouc venait d'en haut. Le curé Jean n'avait pas le choix, il a brandi sa croix en bois et l'a suivi. Sous le tilleul, on évitait de tousser. Si on avait pu tordre le cou aux oiseaux, on ne se serait pas gêné.

« Quand soudain, on entendit un cri d'horreur, suivi d'une dégringolade dans l'escalier. Julien Jonquille et le curé Jean ont surgi à l'air libre, talonnés par une escouade de mouches à merde. Complètement groggy. On avait beau tendre l'oreille, on n'arrivait pas à décoder le moindre mot. Le curé Jean s'était agenouillé sous le tilleul, les mains jointes et il récitait une prière. Julien Jonquille lui aussi bredouillait la bouche sèche. Il arracha ma gourde. Goulée après goulée, il récupéra sa langue. Nous étions tous pendus à ses lèvres :

— Le Veuf se balance au bout d'une corde. Il tire une langue noire de girafe et les mouches vertes ont chié dans ses yeux. Il est encore chaud. Ça vient tout juste de se passer.

« Proserpine fit ni une ni deux. Elle escalada la margelle du puits et d'une main, elle s'agrippa à l'arceau en singeant la figure du supplicié :

— Vous voyez, glapissait-elle, mes visions ne mentent pas.

« Mais si elle avait pu lire derrière les mots du maire, elle aurait changé de grimaces. Ses visions faisaient pâle figure à côté de l'horreur au grenier. Bien malin d'ailleurs celui qui aurait pu en deviner le centième.

— Tu vas me faire languir longtemps, Grégoire ?

— Mes insinuations sur l'imposture du Veuf étaient de sages hypothèses en comparaison.

— Arrête ton baratin, tu n'es qu'un trublion, tu vois le mal partout.

— Toujours aussi aimable, Simon. Mais tu vas bientôt t'en mordre les doigts, t'es loin du compte.

« Sous prétexte qu'un témoin supplémentaire ne serait pas du luxe, Julien Jonquille m'a mis le grappin dessus. Si je m'étais douté, un instant, du spectacle au grenier, il aurait fallu me porter. Sous les ardoises, on étouffait. Le jour filtrait à peine. Une forme se balançait à deux pas. C'était le corps du berger, de toute sa hauteur, et sa morgue de gardien du troupeau. Impressionnant ! Il pendait à une poutre et tirait effectivement une langue noire de girafe. Les mouches s'en donnaient à cœur joie. Ça bourdonnait là-dedans comme dans la poubelle du boucher. Sous sa pelisse de mouton blanc, le colosse n'avait rien perdu de sa prestance. Il serrait dans sa main son bâton de berger et je me demandais comment c'était possible une telle crispation dans la mort. Je me suis rapproché et j'ai buté sur un obstacle.

— Tu me suis, Simon ?

— Je te suis.

— Alors, reprends ta position assise.

— Je suis très bien debout.

— Comme tu voudras. La suite me crucifie et je doute qu'elle t'épargne. Tu n'échapperas pas, comme moi, à des nuits raccourcies. Dans mon sommeil, je cours après Rosaline et quand je l'attrape, c'est un squelette. Je me réveille en nage.

— Je me fous de tes rêves, Grégoire, viens-en au fait.

— Je prends des gants, c'est tout. Je te prépare tranquillement à écouter l'insoutenable.

— Qu'est-ce qui te retient d'aller droit au but ?

— La peur de te détruire.

— La vie s'en est déjà chargée, vas-y franco.

— L'obstacle au grenier, je te le donne en mille, Simon, c'était un catafalque.

— Pardon ?

— Surmonté du cadavre de Rosaline.

« Je l'ai reconnue tout de suite, elle portait ses cheveux relevés. Même morte, vois-tu, même à l'état de cadavre, elle avait gardé son port de reine. La malheureuse gisait sur un lit de planches. Vêtue de sa robe blanche de mariée. Sa traîne s'étalait tout autour et son corps disparaissait sous une montagne de Baccaras séchées.

« Une guipure de soie ornée de perles ceignait son front. Je me souviens parfaitement de ce bandeau. À ses noces, Rosaline l'avait déposé sur la table pour planter une épingle à cheveux dans son chignon. J'avais tenté de le subtiliser pour le porter à mes lèvres, le fourrer dans ma poche et le respirer dans mon lit. Mais je n'avais pas les coudées franches, trop d'yeux m'épiaient.

Grégoire s'arrêta net de parler comme on ferme un robinet sur un évier qui déborde. Il épiait ma réaction. En façade rien ne filtrait. Mais au-dedans ça déménageait. Le fleuriste m'avait entraîné sur une fausse piste. Le remariage du Veuf n'avait vécu que dans mon imagination. À cause d'une commande de cent quarante-quatre roses, et d'un fleuriste à côté de ses pompes, je m'étais fait du cinéma.

Au contraire de me détruire la vérité m'apaisait. Il n'y avait jamais eu de gourgandine. Le Veuf reprenait tranquillement sa place dans mon estime. Je regrettais seulement qu'il m'ait tenu à l'écart. S'il s'était confié, mes nuits en auraient été consolées. Je ne me serais pas tracassé à cause d'une chouette effraie inventée, et à cause de suppositions ridicules qui n'avaient pas lieu d'être.

En y réfléchissant, le berger m'avait soufflé un indice : dame blanche contre dame blanche. Des plumes immaculées contre une robe de mariée. La nuance m'avait échappé, je n'avais pas su lire derrière ses mots. Mais j'y voyais plus clair maintenant et j'affichais un franc sourire.

— C'est tout l'effet que ça te fait, Simon ? Je m'apprêtais à te ramasser à la petite cuillère.

— Le Veuf nous donne une preuve d'amour incroyable. Je m'en réjouis. Peu d'hommes en sont capables.

La surprise passée, le viticulteur abandonna ses précautions :

— Tiens-toi bien, Simon. À côté du cadavre de Rosaline, un autre catafalque attendait son locataire.

— Quel locataire ?

— Vas-y, tente ta chance.

— Je parierais pour Félicien. Tout s'éclaire maintenant. Il réclamait le Veuf pour reposer au sec dans son grenier. Il connaissait l'emplacement inondable qui l'attendait et il n'en voulait pas. J'ai la réponse à mes questions. Voilà ce que manigançaient les deux complices, un échange de bons procédés : je t'aide à déterrer Rosaline et tu me transportes au sec dans ton grenier.

— Tout juste. Son prénom était gravé au couteau sur une croix en bois. Simon, jure-moi que tu es innocent. Jure-moi que tu n'es pour rien dans cette équipée de pauvres diables ?

— Je n'ai rien vu venir, je te le jure.

— T'as jamais eu un doute ?

— Aucun. J'ai toujours cru que le Veuf réparait son toit pour une chouette effraie.

— Il t'a embobiné parce que tu es facile à tromper. Et pour Félicien, tu savais ?

— Comment veux-tu, ils m'évitaient tous les deux. Maintenant, j'aimerais me retirer, ça fait beaucoup à digérer.

— Attends ! Il reste une dernière anecdote. Celle-là va franchement te réjouir.

« Alors qu'on attendait les gendarmes, un moteur grimpa la côte. On a cru reconnaître les toussotements de leur 4 L bleu marine. Mais nos oreilles nous jouaient des tours. C'était la deux-chevaux camionnette du fleuriste de Quimbrion. Il était accompagné d'une femme en tailleur. Julien Jonquille les a apostrophés :

— C'est pour quoi ?

— Bonjour la noce ! gueula le fleuriste en nous découvrant sous le tilleul. C'est pour la livraison des roses, une commande du berger.

— Y a pas de noces et y a plus de berger. Il se balance au bout d'une corde. Remballe ta marchandise, fleuriste.

— Elle est payée d'avance et la reprendre me porterait malheur.

— Alors, tu la déposes par terre, on s'en occupera.

« Le fleuriste et sa compagne se sont débarrassés des roses Baccara comme si une grenade, cachée dans les bouquets, allait leur péter dans les doigts. Ils se sont enfuis fissa, en faisant crisser les roues et en projetant des gravillons dans le virage.

— Que sont devenues les roses ?

— Qu'est-ce que ça peut te faire ?

— C'est important, je voudrais savoir.

« Tant qu'on a entendu ronfler le moteur, personne n'a bronché. Une fois la deux-chevaux disparue, les ménagères se sont précipitées et se les sont partagées.

— Personne ne les a retenues ?

— Non, personne. Les roses adoucissaient l'ambiance. Le Veuf s'imposait comme le modèle parfait de l'éternel amoureux.

— Pourquoi les a-t-on laissées faire ? T'es d'accord avec moi, les roses étaient pour Rosaline. Le Veuf n'en avait rien à cirer des folles du village.

— Ne te fais pas du mouron, Simon. Aujourd'hui, choyées comme elles le sont, les roses ont plus belle allure dans les vases que sur la robe de mariée d'une morte. Ce n'est pas l'endroit idéal pour qu'une fleur s'épanouisse.

— Vois-tu, Grégoire, je ne sais pas ce qui me retient de les récupérer une à une et les remettre à leur destinataire.

— Ce qui te retient, je vais te le dire, c'est la trouille de te faire rembarrer.

— N'empêche, je ne suis pas près de tirer un trait sur le vol des roses. Tu disais que j'allais m'en réjouir, mais c'est tout l'inverse, j'ai du mal à digérer ce sacrilège.

— Allons bon, tu exagères.

Ma tête s'échauffait. L'air s'était raréfié et je ne parvenais plus à respirer.

— Grégoire, laisse-moi revenir sur la livraison des roses. Tu conviendras qu'un caillou s'est glissé dans le programme.

— Quel caillou ?

— Le caillou, c'est toi, Grégoire. Ta jalousie a précipité le suicide du Veuf. Il a entendu le cortège arriver. D'après le maire, il était encore chaud.

— Quand quelqu'un veut mourir, rien ne l'arrête, et surtout pas des roses en retard. Où est le problème ?

— Tu n'as aucun regret ?

— C'est une sale histoire.

— Tu veux dire une sublime histoire d'amour. Ouvre les yeux, Grégoire. Le Veuf fleurissait Rosaline à la fois au grenier et à la fois au cimetière. Il entretenait ses os et son souvenir comme des reliques ! Qui d'autre au village en serait capable ? Personne ici n'a jamais aimé à ce point.

L'histoire des roses du Veuf me sautait au visage.

Vivante ou morte, le berger adulait son épouse. En installant son cadavre au grenier, il forçait mon admiration. Sans cet enfoiré de viticulteur et son obstination à détruire son rival, la vie sous les combles se serait poursuivie dans le secret d'une profanation amoureuse. Mais une infecte jalousie avait détruit ce bonheur insensé.

J'ai réalisé qu'en me livrant les livres, le Veuf avait programmé sa pendaison. J'ai ressenti aux épaules une sorte d'écrasement de rouleau compresseur. Personne ne le saura jamais, à part moi qui l'ai découvert après coup, et n'ose à peine l'évoquer tant je me sens coupable. Coupable de lui avoir opposé une face de bougon, coupable d'avoir cru à ses prochaines épousailles, d'avoir supposé un seul instant qu'il se débarrassait des livres de Rosaline pour un retour de flammes.

Honte ! Mille fois honte à moi ! Je me suis comporté comme un simple d'esprit et j'ai usé de l'unique répartie qui me vient dans l'embarras, je me suis bourré la gueule. Trois jours et trois nuits à ramper dans ma cave au milieu des cadavres de bouteilles. Pendant que je cuvais, les drames se succédaient. Pour me punir, le Veuf tirait sa langue de pendu à ma stupidité. Et Félicien, n'en parlons pas, il barbotait dans sa tombe inondable.

Cette année-là était une année à pluie constante. L'air entrait tout mouillé dans le chai :

— Si j'ai bien compris, Grégoire, le Veuf prévoyait de transporter le cadavre de Félicien au grenier. Un pacte entre eux en somme. Un service rendu contre un service identique.

— À une nuance près cependant. Rien ne s'est passé comme prévu. Le veuf n'a pas honoré sa promesse.

— Il en a été empêché par un putain de jaloux alors qu'il ne faisait de mal à personne.

— T'auras beau m'accuser de je ne sais quoi, Simon, il n'empêche, le berger était un sacré filou. Il faut avoir l'esprit bigrement retors pour déposer des roses sur une tombe vide. Il s'est bien foutu de nous. Le cadavre au grenier s'inscrira dans les annales de Saint-Ignace-les-

Benoits. Le Veuf a bafoué l'ordre social et la confiance de Félicien. Je ne verserai pas une larme sur ces deux tristes sires. Ils ont provoqué les foudres et en ont fait les frais. C'est mérité. Qu'as-tu à redire ?

— Nous ne serons jamais d'accord. Mais j'aimerais attirer ton attention sur un autre problème.

— Quel problème ?

— Tu conviendras que tu as fait fausse route et mis la pagaille au village. Certains vont t'en vouloir et réclamer des comptes.

— Tu m'accuses ? Tu te crois innocent ? Que tu le veuilles ou non, Simon, tu es mêlé à cette triste histoire. On n'habite pas si près du Veuf sans remarquer un comportement bizarre. Tu as beau t'en défendre, ton silence se fait complice !

— Ne détourne pas le sujet.

— OK, restons-en là. Arrêtons nos divergences et apprécions le bon côté. Le Veuf est mort. Il n'existe plus aucun motif de fâcherie entre nous.

— Il ne s'agit plus de nous !

— De qui alors ?

— Tu as semé la zizanie au village et les esprits chagrins ne vont pas s'arrêter là.

— Fiche-moi la paix, Simon. Retourne te noyer dans ta cave et laisse-moi digérer cette sauce. C'est bien beau tout ça, mais le travail m'attend.

TROISIÈME PARTIE

37

La décision

1966

Le Veuf et Félicien, à six pieds sous terre, c'était dur à avaler ! J'ai quitté le chai en rogne contre la terre entière. Si la grande faucheuse m'avait fait signe à ce moment, je n'aurais pas lutté, je me serais abandonné à son coup de lame.

Que vais-je devenir sans eux ?

Je me torture comme si c'était ma faute. Et par-dessus le marché, Grégoire m'inflige une part de responsabilité. J'aurais laissé le malheur advenir alors que je me flatte d'ouvrir l'œil et le bon !

En chemin, mon pied s'est pris dans une liane et mon front a buté sur une pierre. J'ai perdu connaissance. Combien de temps suis-je resté ainsi, couché de tout mon long ? À mon réveil, le soleil me faussait compagnie. Qu'avait-il fait de moi avec sa langue de feu pendant que des clochettes et des lucioles dansaient la gigue autour de moi ? Pendant que Rosaline soufflait sur mes blessures dans sa robe de mariée. Je n'étais plus le même. Je me sentais réparé et je croyais savoir ce que je voulais désormais : une bibliothèque.

Cependant, j'avais l'intuition claire qu'il me faudrait lutter, trouver des arrangements et des complicités. Je suis revenu sur mes pas.

Grégoire pesait le degré alcoolique de son vin. À en juger par sa dégaine et ses jurons, il était traversé par un monde de contrariétés. Son maillet sur les bondes résonnait d'un concert déplaisant. La bave courait sur son menton et le néon aplatissait au sol son ombre d'éclopé.

Je l'ai interpellé.

Mon timbre vibrait d'une fermeté inconnue. Il a cru à un mauvais coucheur et s'est tourné d'un bloc. Il s'apprêtait à une charge de taureau quand il m'a reconnu :

— Ah, c'est toi, Simon ! Je croyais qu'un querelleur venait me chercher des poux. Tu m'as foutu la trouille avec tes allusions. Pourquoi reviens-tu ?

Une distance raisonnable nous séparait.

Aucun de nous ne se donnait l'élan qui aurait pu la réduire. J'étais tendu et plutôt sur mes gardes. Le viticulteur se positionna d'instinct sur une ligne de défense et j'ai entrevu la difficulté de le rallier à ma cause. On se jaugeait en gardant nos appuis. Moi dans la supplique, et lui dans l'agressivité d'un gladiateur sur le qui-vive. La sensation d'être une proie au bout de son épée faillit me faire changer d'avis. J'ai hésité. Puis j'ai pris mon courage à deux mains et j'ai lancé mon premier cri de guerre, une sorte d'aboiement incontrôlable :

— Putain, Grégoire, te défile pas, j'ai besoin de toi.

Il m'a fait répéter ce qu'il croyait avoir mal entendu. Parce que j'avais crié d'un ton qui ne me ressemblait pas. Mais surtout, parce que ce ton de commandement n'était pas dans mes façons. J'ai recommencé sur le même tempo pour lui prouver que l'injonction sortait de mes cordes vocales et non d'un mégaphone caché sous mes vêtements.

— T'as besoin de moi à quel sujet ?

— Au sujet de la bibliothèque.

— Encore ! Ce truc t'est pas sorti de la tête ? Ouvre les yeux, bon Dieu ! Personne ne lit ici et Rosaline n'est plus là pour t'aider.

— C'est là le problème. Tout seul je n'y arriverais pas, j'ai besoin de toi.

— Ne compte pas sur moi. Je n'investirai pas un kopeck dans ces sornettes.

La nature de son rejet m'a soulagé. Je n'avais pas besoin d'argent dans l'immédiat, seulement d'un local.

— Ton intervention auprès du maire me suffira. Tu es dans ses petits papiers et tu me dois bien ça. Il me faudrait un local. C'est tout pour commencer, un prêté pour un rendu. Devrais-je te rappeler les lettres à Rosaline ?

— Laissons dormir les lettres, Simon. Inutile de les faire remonter à la surface, parlons plutôt de la bibliothèque et du local et comment amadouer le maire.

— Comment vas-tu t'y prendre ? Le chauve n'est pas facile à convaincre et tout ce qui vient de moi le met hors de lui.

— Facile ! Des bouteilles en cadeau le rendront doux comme un agneau. C'est comme si c'était fait.

Nous nous sommes rabibochés sur le terrain de l'entente cordiale. Nous avons festoyé en éclusant comme des chameaux, en lançant nos casquettes au plafond et en poussant des cris d'Indiens. Une bouteille s'éclata à nos pieds et nous l'avons lapée comme des cabots assoiffés. Puis nous avons fini sur le dos, le rire énorme et les lèvres maquillées de bouillasse. Nous étions redevenus les meilleurs potes de Saint-Ignace-les-Benoits.

Quelques fous rires plus loin, une idée géniale a poussé dans ma tête.

C'était ma meilleure bonne trouvaille depuis des lustres. Je me suis assis sur une barrique et Grégoire s'est mis aux ordres, il m'a rasé la tignasse. Il en tombait tant et tant qu'il s'en battait les flancs. Le travail terminé, nous avons à nouveau courtisé Bacchus au goulot, puis répandu mes boucles au sol comme de la graine à germer. Dans un éclair de lucidité, Grégoire a noté ma ressemblance avec le premier magistrat :

— Avec ta boule à zéro, on dirait le rejeton du chauve en personne. Ma main à couper qu'avec cet air de famille il se laissera convaincre.

J'en perdis le souffle, mais aussi mon objectif. Je ne savais plus qui j'étais et pourquoi j'étais là. Mon élocution s'embrouillait et ma matière grise, comme enduite de poix, ne fonctionnait plus que par intermittence. Grégoire me repositionna dans les rails :

— La partie s'annonce rude, Simon, le rêve de ta vie est à la clef, ne le fous pas en l'air à cause d'un verre de trop.

Il me montrait bonne figure et m'envoyait des tapes dans le dos. J'ai bien senti qu'au fond il se moquait de moi. Mais j'ai préféré croire à une interprétation erronée et un sursaut d'énergie m'a redressé la colonne. Julien Jonquille ne m'impressionnait plus. Je me sentais dans les meilleures dispositions pour l'affronter. Alors qu'en temps normal, quand on se croisait, sa langue de vipère me faisait rentrer dans ma coquille. C'était systématique, il me resservait ma famille.

Ma mère pour commencer. Il possédait une photo d'elle dans le tiroir à clef de son bureau Louis-Philippe. En l'enfermant, il fouettait ma curiosité. J'aurais tellement voulu savoir si ma passion des livres me venait d'elle. Au premier regard, j'aurais su à quoi m'en tenir, les visages n'ont pas de secret pour moi. Mais le chauve me refusait ce service et il ne perdait rien pour attendre. C'était ma mère que je sache et elle m'appartenait.

Un jour, c'est du tout cuit, je forcerai la serrure de son écritoire Louis-Philippe et je volerai le portrait de ma mère. Je l'installerai côté cœur. Dans la poche intérieure de mon veston. Celui qui n'a ni forme ni couleur, qui me vient de mon père et qui dégage son odeur d'entêté.

À propos du paternel justement, le chauve ne s'en cache pas, il ne peut pas le piffrer. Il dit que ses économies de bouts de chandelles l'ont conduit au cimetière. Qu'il serait encore parmi nous s'il s'était payé un tracteur. Il en invente de belles à son sujet et la plus grosse, c'est celle-ci :

— L'État va ériger une statue à la mémoire du dernier laboureur à bœufs. Sur la place de la mairie. Un attelage en bronze et une charrue Brabant avec un bouseux aux commandes. Un petit homme sec et mécanique comme ton père. Faut pas rougir des culs-terreux, Simon, c'est notre humanité à tous.

Pour un menteur, il se pose là. Il n'a jamais réclamé des fonds à l'État pour couler dans le bronze notre humanité commune. J'ai vérifié dans le registre des délibérations. Pas plus de traces de sa demande que de beurre en broche.

La médisance c'est son pain quotidien.

Il déplore mon indifférence filiale. Comme s'il en savait quelque chose ! D'ailleurs, il a tout faux. En m'accusant d'insensibilité, il se trompe. Mon jugement s'est modifié depuis que mon père a rejoint sa clique de laborieux. Je l'aime comme il m'aimait, de cette façon bourrue non dénuée de sentiments. Je fais de mon mieux pour le prouver. Je garde ses économies au chaud. Je suis très mal à l'aise dans la peau d'un héritier. J'ai planqué le sac en toile dans un coin introuvable. Loin de mes tentations et des voleurs de grand chemin. Si d'aventure je commettais une incartade, malheur à moi, il ne prendrait pas de gants. Il enverrait du ciel la dent d'une fourche se ficher dans ma tempe. À coup sûr, il ferait mouche, je connais son adresse.

La mort de mon père n'a pas amélioré nos relations. Le chauve a basculé leurs querelles sur mon dos. La liquidation de la ferme l'a plongé dans une indigestion permanente. Il garde une dent contre moi et moi aussi, j'ai deux canines plantées dans mon sourire contre lui.

Quand il a frappé à ma porte, pour l'acheter, je me suis planqué dans la grange. En haut de l'échelle à foin, sur le douzième barreau. À l'endroit précis où se tenait mon père quand il a sauté, les bras en croix, sur les ballots de paille. Plutôt mourir que vendre à cette espèce de filou ! Proserpine m'avait prévenu. Dans ses visions, le chauve m'offrait des cacahuètes pour s'approprier l'héritage. J'ai préféré éviter la confrontation parce que je suis influençable quand j'ai bu. Il ne faut pas beaucoup me chercher pour me trouver dans cet état et je l'étais. J'aurais pu signer contre ma volonté et le regretter toute ma vie. Heureusement, il n'a pas levé les yeux, il n'a pas fait la même erreur que moi avec mon père.

Pour couronner le tout, il se demande à voix haute quel est l'abruti qui m'a légué les travers de la lecture. À chaque occasion, il plaide la corruption des livres. Avec ma tronche en étendard, il part en campagne et remporte des victoires.

Mon dernier fantasme, c'est de lui éclater la tronche avec la pelle de Félicien. La verte. Celle qui a aplati plus d'un rat. Mais je me retiens. Ce n'est pas de la lâcheté, plutôt de la prudence assaisonnée des ingrédients d'un calcul à long terme. J'ai eu du flair cela dit. La bataille pour la bibliothèque s'avérait compliquée. J'avais tout intérêt à caresser le chauve dans le sens du poil. Ma boule à zéro, c'était comme qui dirait une tentative pour me mettre en harmonie avec la loi du plus fort.

— Que faire de plus, Grégoire, pour me soumettre à son autorité ?

— Tu es parfait comme ça.

Il m'a poussé vers la sortie en direction de la maison du peuple.

— Cours devant, je te rejoins. C'est l'heure des délibérations, tu vas pouvoir t'expliquer.

Avec ma boule à zéro, Grégoire dans ma poche et ses bouteilles dans la balance, je me sentais d'humeur à ferrailler contre un bataillon d'illettrés.

38

Le conseil municipal

1966

Lorsque je suis arrivé, les conseillers délibéraient.

Les débats portaient sur la réfection du mur du cimetière. J'ai buté sur la marche et me suis rattrapé de justesse au dossier du chauve. Il s'est retourné et m'a affublé d'un : « Bonjour, Monsieur ! C'est à quel sujet ? ».

Je me suis présenté :

— C'est moi, Simon. Je me suis rasé le crâne pour vous ressembler. Entre boules à zéro on devrait pouvoir s'entendre, n'est-ce pas ?

Ma coupe de tondu provoqua un éclat de rire général. Une tablée de rigolards me reluquait comme une vache au champ de foire qui aurait oublié ses cornes à l'étable. Réflexion faite, j'ai fiché ma casquette sur mon crâne pour que ça me ressemble davantage. Mais elle me retombait sur l'œil et me donnait un air de foutriquet. Mes efforts pour la visser perturbaient la dignité des élus. Il me manquait deux doigts d'épaisseur. Mais l'épaisseur en question recouvrait la terre battue du chai.

— On t'écoute, Simon, glapit le maire en lissant son crâne humide. Qu'est-ce qui t'arrive ?

Par réaction spontanée, j'ai lissé le mien à mon tour. Il dégoulinait comme le sien. Le chauve l'a très mal pris. Comme s'il était le seul au monde à savoir suer du crâne ! Sa mâchoire pendait comme le maxillaire fracassé d'un revenant de la bataille de Verdun. C'était horrible à voir. Je ne lui connaissais pas cette grimace-là. Il devait la réserver pour les ennuis qui en valaient la peine. Les élus tentaient vainement de reprendre leur sérieux.

— Il m'arrive que, voilà, m'sieur le maire, c'est à cause du Veuf et de Rosaline et de leur désir profond d'instruire le village. Ils m'envoient vous réclamer une bibliothèque communale. Voilà qu'ils n'ont pas pu le faire eux-mêmes et qu'ils m'ont refilé le bébé. Une tonne de livres encombre mes tomettes. Je me suis dit que peut-être vous y verriez un intérêt et que vous sauriez en profiter.

« Mais faut pas vous mettre dans cet état pour si peu, m'sieur le maire. Si c'est non c'est non et on passe à aut'chose. N'allez pas imaginer que je veux vous mettre dans l'embarras. Ce serait mal interpréter ma démarche. Je vous respecte trop pour vous déconsidérer.

« Mais comme le dit si justement Grégoire, la volonté des morts est prioritaire. Elle passe avant la détestation des vivants. Comme il le dit si bien, y a qu'un gugusse comme moi, avec une araignée au plafond, pour présenter un projet de bibliothèque à une clique d'analphabètes.

« J'voudrais pas vous offenser, m'sieur le maire, mais c'est lui qui m'a envoyé au charbon. Il a pompé dans sa meilleure barrique pour me donner du courage. Et du courage, vous m'entendez, j'en ai picolé une sérieuse quantité. Mais c'est à vous de décider. Les livres, c'est du gratuit et je vous les donne si vous m'en débarrassez. Mais faudrait un local pour les entreposer. Le local c'est primordial. C'est, comme dirait l'autre, la condition sine qua non. Sans un local, adieu la bibliothèque, les livres pourront retourner d'où ils viennent. Moi j'aurais fait le maximum. Si vous refusez, je m'en frotte les mains.

« Le viticulteur m'a dit qu'avec ma tête de tondu j'avais toutes les chances de faire pencher la balance du bon côté. D'ailleurs, il va venir vous le dire en personne avec des bouteilles sous le bras.

— En attendant Grégoire et ses bouteilles, dis-moi Simon, quel est le bon côté de la balance ?

— Celui de la volonté des morts.

— La volonté des morts ? Tu n'y crois pas toi-même, imbécile. T'as pas respecté celle de ton père. Il voulait que tu fasses fructifier la ferme.

— J'ai fait ce que j'avais à faire. Entre mes mains, les orties auraient repris leurs droits et mon père en aurait fait une jaunisse. Je le respecte trop pour lui provoquer une maladie du foie. Et vous, m'sieur le maire, qu'en pensez-vous ? J'ai bien fait de m'en débarrasser, oui ou non ?

— Écoute, Simon, tu joues avec le feu. Je ne vais pas m'attarder sur tes manigances pour vendre la ferme à un autre que moi, sinon, j'explose. Et je tiens à garder mon calme pour te dire devant témoins, que tant que ce sera moi le maire tu peux toujours te brosser, y aura pas de bibliothèque à Saint-Ignace-les-Benoits.

— Sauf votre respect, m'sieur le maire, votre point de vue est clair, mais faut d'abord passer au vote. Y a peut-être des conseillers qui ne partagent pas votre avis.

— Les contestataires attraperont la porte. Mais pour te montrer ma bonne volonté, on va passer au vote.

— Merci, m'sieur le maire.

— Auparavant, fourre-toi ça dans le crâne : les livres ne sont pas les bienvenus. Ils détournent l'attention du labeur quotidien et fabriquent des insurgés. Ici, on n'en veut pas. En revanche, si tu envisages un feu de joie, c'est une autre paire de manches. J'organiserai une ronde autour des flammes et je te donnerai la main.

J'ai eu à peine le temps d'imaginer la danse autour des flammes et les livres au milieu. Je me suis écroulé sur l'unique chaise paillée du public. Ce qu'il a dit, par la suite, je ne pourrais pas le répéter. J'étais roide comme un mort assis, sourd comme un toupin et j'émettais des grognements de blaireau en hibernation.

J'ai raté les mains levées à l'unanimité contre le projet d'une bibliothèque. C'était mieux ainsi ! Dans mon sommeil de brute, je m'étais épargné cette épreuve. Autrement, elle m'aurait flanqué une colique de diarrhéique.

J'ai émergé, pétri de courbatures, dans la salle du conseil vidée de sa substance. Dans l'entrée, le secrétaire de mairie tenait à ma disposition le registre des délibérations. Ouvert page trente-deux.

— Ils ont tous signé d'une croix, m'a-t-il fait remarquer. Pas un contestataire. Le maire les tient sous sa coupe.

Puis il a refermé le registre d'un clap sonore et poussiéreux qui sentait la fin des questions. Il avait l'air furax et à deux doigts d'exploser :

— Y a le local, mais pas les fonds. La réfection du mur du cimetière est prioritaire. Y a également des dépenses imprévues chez Manufrance : une nouvelle brouette, une nouvelle pelle, une nouvelle pioche, une nouvelle serpette, une nouvelle faux, une nouvelle échelle et une nouvelle cisaille pour le nouveau garde champêtre.

— Tout ça ?

— Avec tout ça, les finances sont à plat.

— C'est qui, ce pèlerin ?

Il me traça le portrait du remplaçant de Félicien :

— Le jeunot a une tête de fouine et des épaules étroites. Il se plaint d'être mal outillé et refuse d'empoigner le vieux matériel. Il prétend que la crasse d'un mort, c'est le malheur assuré. Il veut du neuf. S'il croit qu'avec du neuf le travail se fera tout seul, il lui reste beaucoup à apprendre. Il aurait été mieux inspiré de joindre à sa commande un sac d'habileté. Il est maladroit comme pas deux. Il a brisé la pierre à aiguiser et s'est entaillé le petit doigt. Maintenant, il crie à la conspiration. Il se croit atteint du tétanos et réclame des compensations. Il a exigé une trousse de secours et du mercurochrome.

— Du quoi ?

— Celui-là, avec son air de gonzesse et ses souliers du dimanche, c'est tout le contraire de Félicien. Il est cul et chemise avec le curé Jean. Il fait pousser des groseilles et des myrtilles dans le jardin de la cure ; des lys blancs pour les baptêmes et des dahlias noirs pour les enterrements.

— D'où sort-il ?

— Mystère ! On se demande d'où lui vient cette peau blême et marbrée comme celle du Jésus sur la croix. De là à présumer qu'il descend d'une croix lui aussi, les paroissiens n'ont fait qu'un pas. Ils se signent quand ils le croisent et personne n'ose réclamer ses services. Avec son air de martyr, il est peinard et dispensé des heures supplémentaires. C'est pas l'alcool de prune qui va armer ses bras à celui-là.

— Ni lui faire pousser la brouette en chantant !

— Ça, on ne le reverra plus jamais ! Les magouilles de Félicien avec les bras cassés du village appartiennent au passé. Ne compte pas sur ce minable pour te tirer des fossés par les pieds.

Aussi sec, j'ai rétorqué que mes nuits à la belle étoile étaient de l'histoire ancienne et qu'à un moment ou à un autre, il fallait savoir s'arrêter.

J'aime bien le secrétaire de mairie, il est franc du collier. Si on le cherche, il entre dans le vif et vous abat un homme en un tour de langage. Ce jour-là, il était remonté contre le jeunot et le refus d'une bibliothèque le faisait sortir de ses gonds :

— D'autant qu'il y a des locaux qui n'attendent qu'un coup de balai pour reprendre du service. Si tu veux mon avis, Simon, t'es pas sorti d'affaire avec cette bande de béni-oui-oui.

Des hallucinations accompagnèrent mon retour au chai. Le ruisseau ricanait et le vent sifflait comme un faquin sur le passage d'une coquine. Des têtes de guignols surgissaient des bosquets. Les bas-côtés étaient peuplés de créatures infectes. Elles me traitaient d'ivrogne et de lecteur impénitent et me pressaient d'abandonner mes idées folles. Ces apparitions fugaces flirtaient avec une banalité courante en me jugeant minable. Les bas instincts de mes concitoyens se répliquaient à l'infini dans la nature. Des mains effroyables voulaient m'obliger à plier et je me débattais.

Grégoire surveillait mon retour. Il a joué la surprise :

— T'as raté ton examen de passage ?

Il me barrait la route. Raide comme un totem et attifé exactement comme je l'avais quitté. Avec sa salopette tachée et ses dix doigts bouffis comme des saucisses trempées dans du vin rouge.

— Je suis venu, mais tu dormais.

Il jurait sa bonne foi. Seulement voilà, sa lèvre supérieure tressautait, signe évident qu'il mentait. Il essaya de se donner bon genre :

— C'est désolant, Simon, personne ne croit en toi ! J'ai entendu tes plaintes sur le chemin. Tu hurlais. J'ai cru que des esprits malins te poursuivaient.

Sans doute avais-je parlé trop fort et sans doute m'étais-je battu contre des moulins à vent. Mais de là à l'avouer, à lui qui m'avait jeté dans l'arène, il en aurait fallu davantage que des attrape-nigauds.

— Erreur. J'étais serein et personne à mes trousses.

— Avoue, Simon ! Ne joue pas au plus fort, on craquerait à moins. Tu as fait ton possible, tu peux en être fier.

C'était du Grégoire tout craché. Il jouait la compassion, mais je me suis indigné :

— À cause de toi, je n'ai pas su défendre la bibliothèque. Tu m'as envoyé au charbon, saoul comme un cochon sauvage qu'aurait tété du pastis au goulot.

— Tu voulais du courage et je t'en ai donné. Tu as pompé dans ma meilleure barrique. Mais ivre ou pas, ce n'est pas le sujet, t'avais perdu avant d'ouvrir la bouche. La lecture sème la contestation et le maire craint pour sa fonction.

— Détrompe-toi, la vraie raison, ce sont les sous, y a pas d'argent. Le reste, c'est du blabla, de l'intimidation.

— Quand y a pas le sou, y a pas le sou. Laisse tomber, Simon !

— Pas question. En chemin, j'ai conçu un plan. Je sais comment me procurer la somme nécessaire.

— Tu vas piocher dans ton héritage ?

— Dieu m'en garde ! Le pactole est au chaud. Si je touche aux économies du paternel, c'est la poisse assurée.

— Comment vas-tu t'y prendre alors ?

— Je vais tenter ma chance au Jeu des 1000 francs.

— Si le chauve a vent de ton projet, il t'en empêchera. Tu connais sa rengaine : « Pour vivre heureux, vivons cachés ». Il a déjà envoyé bouler les rédacteurs de la carte Michelin. Il refusera de disperser Saint-Ignace-les-Benoits sur les ondes.

— Je le mettrai devant le fait accompli. Si tu me trahis, Grégoire, je raconte les lettres à Rosaline. Et ce sera la honte assurée. Mais je les raye de ma mémoire si tu acceptes d'être mon partenaire.

Je savais où je mettais les pieds. Les connaissances du viticulteur m'avaient toujours impressionné. Il possédait une mémoire transgénérationnelle, digne des livres anciens les mieux renseignés. On ne s'ennuyait pas dans son chai, on en apprenait tous les jours. Les dessous de la petite histoire locale c'était son terrain de jeu favori. Il en avait fait une spécialité. Les gendarmes savaient où le trouver quand ils butaient sur des complications. Nombre d'enquêtes avaient été résolues grâce à sa mémoire phénoménale et sa perception intuitive du terrain.

Il essuya ses mains tachées de vin sur les jambes de son bleu de travail et ne semblait pas d'humeur à m'accorder son aide.

— Grégoire, j'insiste. Pèse le pour et le contre, ta réputation est en jeu. C'est peut-être du chantage aux lettres, mais tu es le partenaire idéal, le seul à pouvoir m'épauler. Sans ton appui, inutile de présenter ma candidature.

— Ta proposition ne m'emballe pas, Simon, laisse-moi y réfléchir un jour ou deux.

39

Le Jeu des 1000 francs

Avril 1967

Plusieurs semaines passèrent et mes boucles rebouclèrent.

J'avais potassé les éliminatoires et m'étais tenu, non sans mal, à une distance respectable du chai. Ma candidature au Jeu des 1000 francs avait été retenue.

Lors de mes rares visites, Grégoire contournait le sujet et je voyais clair dans son jeu. Il parlait de la pluie et du beau temps et de la taille de la vigne. Je le laissais dire, car je savais qu'il y viendrait tôt ou tard. Je le tenais par la barbichette, le chantage aux lettres.

Il tentait de détourner mon attention sur sa dernière cuvée et se plaignait de frôler la catastrophe. Une odeur d'écurie, soi-disant, contaminait ses fûts. Il consacrait son temps à combattre ces levures. Se batailler sur deux plans à la fois était au-dessus de ses forces. Il n'avait pas la tête au Jeu des 1000 francs. Mais je ne me suis pas laissé rouler dans la farine. Je connaissais le zigoto et ses gémissements de mirliton :

— Tu m'en as tellement raconté Grégoire, je ne te crois plus. Je mets cette contamination imaginaire sur le compte de tes fuites en avant. Tu auras beau chercher des excuses et tourner autour du pot, tu n'y couperas pas.

Il abdiqua finalement.

S'il s'était désisté, j'aurais annulé ma participation au jeu. Sans le trahir toutefois. Les lettres à Rosaline, c'était une histoire entre nous et le serait resté. J'avais simplement usé d'intimidation et remporté la victoire. Quand il a dit oui, je lui ai claqué une bise de comparse :

— À nous deux la bibliothèque est dans la poche. On va exploser le Super Banco. Avec les gains du jeu, Julien Jonquille ne pourra plus m'opposer le mauvais état des finances. En supplément, je lui ai préparé un piège commac, un traquenard dont il ne se relèvera pas.

C'était sorti tout seul et je l'ai aussitôt regretté. J'avais vendu la mèche, mais Grégoire avait la tête ailleurs. Ses vinifications l'occupaient tout entier. Une chance ! Autrement, la faute m'en serait revenue. Il aurait sauté sur l'occasion pour m'envoyer balader. J'ai donc gardé mon plan au chaud : forcer la main du maire devant la France entière. L'obliger à me céder un local au micro de France Inter.

La veille du jeu radiophonique, le célèbre animateur de France Inter m'avait interrogé. Lucien Jeunesse portait beau et il en avait dans la tête. Les patelins français, c'était sa spécialité, un domaine où il excellait. Mais à propos de Saint-Ignace-les-Benoits, il cala.

— C'est quoi ce bled, Monsieur Simon ? Jamais entendu parler !

Il paraissait visiblement ému de découvrir ce coin de France peuplé de gens dépourvus.

— Je comprends votre étonnement, Monsieur Jeunesse. Il faut avoir l'orientation bigrement perturbée pour atterrir chez nous. Dès qu'ils nous voient, les égarés prennent leurs jambes à leur cou. Fringués comme nous le sommes, avec nos regards de bestiaux qui émergent de nos cols, ils passent leur chemin. Voilà ce que nous sommes, un petit peuple de laissés-pour-compte. Des oubliés. Saint-Ignace-les-Benoits est dirigé par un ennemi de la culture.

En trois mots bien pesés, j'avais réussi à rallier Lucien Jeunesse à ma cause. Je n'ai pas eu besoin de m'étendre, il connaissait le problème, il le croisait tous les jours. Avec un homme de sa trempe, son cœur et son audience, je me sentais soutenu. Il s'est complu à dévoiler sa prochaine destination au micro :

— Demain, la caravane du Jeu des 1000 francs stationnera dans un village hors des sentiers battus. Saint-Ignace-les-Benoits. Un point invisible sur la carte de France. Demain, Saint-Ignace-les-Benoits nous réserve une belle surprise.

L'annonce avait fait grand bruit.

On s'interrogeait sur l'identité des candidats. Une délégation d'excités débarqua au chai alors que nous mettions au point nos stratégies. Grégoire rembarra tout ce beau monde. Il était franchement de mauvais poil. Sa cuvaison virait à la bibine et ce n'était pas le moment de lui chercher des noises. Je me suis fondu dans son ombre. Si on m'avait soupçonné, on m'aurait attaché à un arbre.

À la première heure du lendemain, la célèbre caravane prit possession du pré communal. Le chauve fut le premier averti. Un émissaire l'avait prévenu qu'en sa qualité de premier magistrat, Lucien Jeunesse l'interrogerait en direct au micro de France Inter. Il arpentait la place publique, fou furieux. On voyait à ses paupières gonflées et à ses tics qu'il n'avait pas fermé l'œil de la nuit. Il ne décoléra pas de la matinée.

— Chers amis, bonjour !

— Bonjour !

« À Saint-Ignace-les-Benoits, creuset de notre France profonde, les terres sont labourées avec amour et les parcelles délimitées au cordeau. Vu du ciel, on pourrait croire au patchwork d'une grande maison de couture. Ici, la modernité n'est pas un mot en l'air. Les tracteurs orange ont remplacé les attelages et la journée est réglée comme du papier à musique. Au chant du coq, les engins se lancent à la conquête du territoire. Mais à l'heure du Jeu des 1000 francs, les cloches ramènent ces valeureux laboureurs à la maison. Pour rien au monde, ils ne rateraient leur émission préférée. C'est un moment sacré. Chaque jour, le cœur des laboureurs vibre au son du Banco. Aujourd'hui, c'est au tour de ces braves gens d'encourager leurs candidats. À mes côtés, M. Julien Jonquille, le maire de cette charmante commune.

— Monsieur le Maire, bonjour !

— Bonjour, Monsieur Jeunesse.

— Vos concitoyens ont les yeux braqués sur vous et la France entière vous écoute. Le candidat s'appelle Simon. Le connaissez-vous ?

— Depuis toujours.

— Et connaissez-vous sa motivation ?

— Non. Je suppose que vous allez me l'apprendre.

— Bien joué. Je vous en donne la primeur, Monsieur le Maire. Son ambition est remarquable et vous pouvez en être fier. Monsieur Simon envisage de financer une bibliothèque avec les gains du Super Banco. Il n'a pas de projet personnel. N'est-ce pas généreux ?

— Nos finances sont à sec et la commune ne pourra pas l'aider.

— Je connais le problème. Les communes rurales n'ont jamais le premier sou pour une bibliothèque. Le cimetière, c'est leur priorité. La vie est rude dans nos campagnes, on y meurt à tour de bras. Le Jeu des 1000 francs est là pour vous aider. Les exigences de Monsieur Simon sont raisonnables. Avec un peu de bonne volonté, cela ne vous coûtera qu'un local à céder. Ce n'est pas ruineux, un local, n'est-ce pas ? Vous avez bien quatre murs inoccupés quelque part ? Cherchez bien !

Julien Jonquille ne semblait pas disposé à céder. Il cherchait plutôt comment contourner le problème. Mais l'animateur de France Inter avait plus d'un tour dans son sac. Les minutes sur les ondes étaient comptées et il maîtrisait parfaitement son temps.

— Attention, Monsieur le Maire, ne vous trompez pas de réponse, la France entière vous écoute. Ne la faites pas languir, elle s'apprête à vous applaudir.

Julien Jonquille se retourna vers moi et, un sourire narquois aux lèvres, il prononça la phrase tant attendue.

— Je pense effectivement à un local vide qui ne demande qu'à servir.

Je savourais ma victoire, un peu sonné qu'elle ait été si facile, et j'abandonnai les remerciements à Lucien Jeunesse

— Bravo, Monsieur le Maire. Et merci. Une bibliothèque aura toujours sa place à l'ombre du café populaire. La France des éditeurs, des libraires et des lecteurs vous remercie. Je vois à travers vous la volonté de répandre la culture. Vous êtes un précurseur, le fer de lance de la France profonde. J'invite tous les élus du peuple à suivre votre exemple. Bravo ! Mille fois Bravo !

Lucien Jeunesse aida le chauve à descendre de l'estrade. Les marches ployèrent un peu sous son poids.

— On applaudit Monsieur Julien Jonquille pour son aimable participation, son ouverture d'esprit et ses largesses. Et maintenant, place au Jeu des 1000 francs.

L'animateur se dirigea vers moi :

— Monsieur Simon, bonjour.

— Bonjour, Monsieur Jeunesse.

— Je vous sens soucieux, Monsieur Simon, vous regardez partout autour de vous. Quel est le nom de votre suppléant ?

— Grégoire Graveliez, c'est le viticulteur de la commune.

— Il est où, ce brave viticulteur ?

— Il va venir.

— Il devrait être à vos côtés, mais je ne le vois pas.

— Il est en chemin. C'est la mémoire du village, un puits de science, il sait tout sur tout. C'est aussi mon ami. Ensemble, nous atteindrons le Super Banco.

— Votre confiance et votre amitié vous honorent. Il lui reste trois minutes. Autrement, on va devoir s'en passer. En l'attendant, je vais vous poser la question culte : pouvez-vous dire à la France entière comment se nomment les habitants de Saint-Ignace-les-Benoits ?

— Les Ignaciens.

— Très beau nom ! Voyez-vous, il me rappelle les paroles d'une chanson de Fernandel : « Ignace, Ignace, c'est un nom charmant... » Mais trêve de distraction, Monsieur Simon, êtes-vous prêt ?

— Je suis prêt.

— Il ne reste plus qu'une minute avant l'arrivée de Monsieur Graveliez.

La minute tournait.

L'absence de Grégoire me rendait sourd aux exhortations. Je n'ai pas entendu la première question blanche ni les encouragements de mes compatriotes. L'animateur me secoua :

— Concentrez-vous, Monsieur Simon, l'angoisse vous étrangle et c'est normal. C'est une question facile. Je répète : « Quelle est la spécificité de Saint-Ignace-les-Benoits ? ». Une caractéristique que l'on ne trouve nulle part ailleurs.

— Je connais la réponse. On peut y faire bénir ses bêtes de somme. Une spécialité du curé Jean. Il a pris ces animaux sous sa protection. Il les juge méritants et dignes d'être bénis. Du temps de leur splendeur, ils croulaient sous la tâche. Ils se sont usé la peau pour nourrir les hommes.

— Je vous entends. Mais d'après les bruits, les bénédictions du curé Jean seraient entrées dans la légende. Le dernier attelage aurait été cuisiné en bœuf bourguignon et ce serait celui de votre père.

— C'est exact. Mais y a pas si longtemps, on les voyait peiner du lever au coucher. Chaque jour, ils entamaient leur chemin de croix en soulageant les hommes de leurs corvées. Je maintiens ma réponse.

— Bravo, Monsieur Simon, et félicitations au curé Jean. Avant l'arrivée des tracteurs, qu'aurions-nous mangé sans ces vénérables bestiaux, leur force, leur opiniâtreté et leur chaleur ? N'est-ce pas, je vous le demande ? Mais poursuivons, Monsieur Simon, ne perdons pas de vue la bibliothèque.

L'absence de Grégoire me plongeait dans l'embarras. Je scrutais la ruelle par où il aurait dû arriver, mais rien ne bougeait. Je le pressentais dans son chai, en train de tester ses barriques et se désespérer. À la deuxième question blanche, j'ai bafouillé une réponse tirée par les cheveux tandis qu'à la question rouge, j'ai failli me déballonner et repartir sous les huées. Lucien Jeunesse me récupéra in extremis en me soufflant un indice. Des ovations me réveillèrent :

— Bravo ! Bravo !

L'animateur excitait la foule. Le Banco était à ma portée.

— Je demande le silence, dit-il soudain, le candidat a besoin de toute sa concentration. Monsieur Simon, le Banco vous tend les bras. Après le Banco, c'est le Super Banco. Encore deux étapes et c'est l'ouverture de la bibliothèque. Acceptez-vous de relever le défi ? Ne prenez pas cette question à la légère. Je récapitule pour qu'on soit bien d'accord : ou vous remportez la victoire finale, ou vous capitulez et vous vous contenterez de la somme acquise. Mais j'ai bien peur qu'elle ne soit pas suffisante. Réfléchissez ! La question du Banco passe au cran supérieur, elle en a fait chuter plus d'un.

— Ban-co, Ban-co, Ban-co ! criait la foule en délire.

— Écoutez-les ! Vos compatriotes vous encouragent Monsieur Simon, ils réclament une bibliothèque. Acceptez-vous de relever le défi ?

Des bouches hurlantes m'acclamaient.

— Je tente le Banco.

Un silence écrasant accompagna la question.

— C'est la question d'un auditeur du Nord et c'est la première fois que je la pose. La réponse fait partie d'un vocable oublié. Concentrez-vous, Monsieur Simon, la réputation de Saint-Ignace-les-Benoits est en jeu : dans quel bois fabriquait-on les fourches avant que la modernité nous les livre en acier ? C'est un bois rare qui n'est plus usité. Mais du temps de sa splendeur, il se prêtait à toutes les formes entre des mains expertes et il était solide.

Pendant que les secondes s'égrenaient, ma fourche de Noël dansait sous mes yeux. Je me revoyais enfant, invincible, dans le bosquet de micocoulier. J'en oubliais le jeu, les spectateurs et Lucien Jeunesse qui me parlait dans un brouillard.

— Plus que dix secondes, Monsieur Simon, la bibliothèque vous en conjure, donnez-lui sa chance.

Au mot de bibliothèque, je me suis réveillé :

— On fabriquait les fourches à deux dents dans du bois de micocoulier.

Lucien Jeunesse attrapa ma main et la leva en signe de victoire. Je n'entendais que des murmures étonnés. Le quart d'heure à l'antenne s'amenuisait et l'animateur regardait filer les minutes :

— Votre projet est ambitieux, Monsieur Simon, il est à votre portée, il représente une coquette somme et la réalisation de tous vos rêves. Mais je vous sens hésitant. Que se passe-t-il ?

— Mon suppléant a eu un empêchement et ça me préoccupe.

— L'appréhension l'aura retenu, il n'est pas le premier. Mais vous pouvez vous passer de lui, vos réponses sont précises et vos connaissances incontestables. Tenterez-vous le Super Banco ?

— Sans Grégoire Gravelier, je crains d'échouer.

— Pensez à tout ce que vous pourriez réaliser.

Alors que la somme rondelette me tentait, Lucien Jeunesse s'emmêla les papiers. Un coup de poing d'outre-tombe dans l'estomac m'arracha à la lumière des projecteurs. Trois secondes dans le noir. Une douleur fulgurante m'obligea à me taire. J'ai distingué une ombre et des boucles grisonnantes. Mon père était juché sur ses sabots de cochon sauvage et il louchait par-dessus l'épaule de Lucien Jeunesse. Comme s'il pouvait y comprendre quelque chose ! Jusqu'à présent, l'accroissement de sa fortune avait pris toute la place. Il maintenait que la lecture servait essentiellement à décoder les modes d'emploi.

Il avait pris des risques en venant sur l'estrade et il me faisait signe d'abandonner. J'ai pris son avertissement au sérieux. Il amplifiait une impression d'échec que je ne pouvais plus ignorer.

— Désolé, mais je me contenterai de la somme acquise. Sans Grégoire Graveliez, je risque de tout perdre.

— Vous voulez dire en clair que vous allez nous quitter sans tenter le Super Banco ? Ne craignez-vous pas, cher Monsieur Simon, de frustrer vos compatriotes ?

— Je ne suis plus à ça près. Mais c'est un bon début, je tiens un local et une petite somme. Pour le reste, j'aviserai au fur et à mesure.

— C'est votre choix, Monsieur Simon, je le respecte. Bonne chance aux livres et bonne chance à vous ! Un candidat dénué de profit personnel, c'est plutôt rare. On l'encourage, on l'applaudit, et vive la bibliothèque !

Mon nom n'a pas été bissé comme celui d'un héros. Tout de même, des poignées de mains auraient été les bienvenues. Mais à l'inverse, on m'accusait d'avoir écourté les réjouissances. Le pré communal se vidait, comme aspiré par le siphon glouton d'une baignoire. Les machinistes repliaient leur matériel. Après m'avoir remis les gains du jeu dans une enveloppe, Lucien Jeunesse me révéla, tout à trac, les difficultés ici ou ailleurs pour infiltrer la lecture :

— C'est une bataille perdue d'avance, jeune homme, la vanité d'une ambition illusoire ! Sept jours sur sept, je me frotte à l'ignorance et au rejet des livres. Le Jeu des 1000 francs n'est qu'une façade, il cache une sombre vérité.

Je ne l'ai jamais revu, mais je l'ai suivi sur les ondes. Sous couvert d'un jeu populaire, il introduisait l'instruction dans les foyers les plus reculés et c'était déjà beaucoup.

J'ai tenté de repérer Grégoire.

Mon regard s'accrochait aux silhouettes qui fuyaient. Les sœurs fendaient la foule en sens inverse et m'adressaient des sourires éloquents. J'étais devenu leur héros. Mais je n'étais pas réceptif aux louanges, je me faisais un sang d'encre :

— Avez-vous vu Grégoire ?

— Non. C'est le seul qui manquait à l'appel.

— Il a de gros soucis, son vin est au plus mal.

— Penses-tu ! Il a inventé une excuse et t'es tombé dans le panneau. À part lui, s'emballa Madeleine, tout le monde est venu t'encourager.

— Pfff ! L'encourager ? Tu déconnes, Madeleine. Ils sont tous venus le voir s'écraser comme une merde, s'interposa Amélie.

— C'est vrai, embraya Germaine, soyons honnêtes, les cris de joie c'était du flanc. Tu te décarcasses pour des brèles. Les lecteurs ne courent pas les rues et la bibliothèque est vouée à l'échec. Si tu persistes, les obstacles vont fleurir sur ta route.

— Tu as tendu un piège au maire et tu l'as pris en traître, enchaîna Amélie. Ce n'était pas une bonne idée. Il est en pétard et il a réuni son conseil. Il prépare sa vengeance.

— Il ne peut plus faire marche arrière. Il s'est engagé sur les ondes devant la France entière et il est attendu au tournant. Comme il a sa fierté, il ne se déballonnera pas.

— Moi, je me demande comment il va retomber sur ses pattes.

Germaine avait dit vrai, les lecteurs potentiels ne couraient pas les rues. C'était contre ce désert intellectuel que je voulais me battre. Contre cette réalité dont je fus instruit très jeune par Rosaline et contre ce sentiment d'infériorité qui avait participé grandement au déclin du Veuf.

40

L'ombre

Avril 1967

Ce petit magot, même insuffisant, me faisait pousser des ailes. Et pour ne rien gâcher, le local était dans la poche. Je m'en sortais la tête haute. Les feux des projecteurs m'éblouissaient encore lorsque j'ai poussé la porte du chai. Je portais sur mon visage la suffisance du triomphateur prêt à tout pardonner. Mais la gloriole ne m'aveuglait pas tout à fait. Elle souffrait d'un contretemps sournois. Le vin de Grégoire me tracassait et je venais lui proposer mes services. Je voulais qu'il sache que je lui pardonnais sa dérobade, que je partageais sa détresse et qu'il pouvait compter sur moi. Me voyant surexcité et bouillant de compassion, Grégoire a mal interprété mes intentions. Il s'est planqué à l'abri d'une barrique et s'est bardé d'excuses :

— Je suis venu. Juré. Mais au pied de l'estrade, j'ai fait demi-tour.

— Tu n'avais pas la tête au jeu ? C'est ça ? Tes vinifications te tourmentaient ?

— Le vin aurait pu attendre, ce n'était pas à la minute. C'est autre chose qui m'a retenu. À l'idée d'être l'artisan des dernières volontés du Veuf, mes tripes se tordaient.

Je n'avais pas envisagé la question sous cet angle. En demandant à Grégoire d'être mon partenaire, j'avais manqué de pertinence. Je lui avais infligé une torture inutile, avais fait montre de sottise et d'un égoïsme monstrueux.

— Tu ne m'enlèveras pas de l'idée, poursuivit-il, que le Veuf aurait pu sauver Rosaline. Mais il a préféré la voir mourir plutôt que la perdre pour un autre.

— Pour un autre ? Quel autre ? Que veux-tu dire ? C'est quoi, cette nouvelle invention ? Combien de versions camoufles-tu dans ta manche ? Inventer une gourgandine ne t'aura pas suffi ? Faire courir le village après un leurre ne t'aura pas calmé ? Créer la zizanie ne t'aura pas contenté ? Tu as trouvé un nouveau bouc émissaire ?

— Cette fois-ci, je sais de qui je parle, je suis concerné en premier chef. Tu me croiras ou pas, mais le berger ne me voyait pas d'un bon œil, il me battait froid car il me jalousait.

— Toi ? Grégoire ? Le berger, te jalouser ? Tu plaisantes ?

— Rosaline et moi étions faits l'un pour l'autre. Le berger n'aurait pas supporté la honte d'être évincé. Il l'a laissée mourir pour nous empêcher de conclure.

La stupeur me paralysait.

Dans la voix du viticulteur, il y avait la conviction de ceux qui se racontent des histoires. Comment lui expliquer qu'il se montait le bourrichon ? Que ses chances avec Rosaline étaient pipées dès le départ ? Que le berger l'avait toujours taxé de son dédain ? Qu'il n'en aurait fait qu'une bouchée si la colère l'avait pris ? J'ai préféré ne pas remuer le couteau dans sa plaie. Je lui avais suffisamment causé du mal comme ça en entretenant sa folie.

J'ai attendu la suite.

De toute évidence, il hésitait à m'annoncer une autre absurdité. Il tirait sur ses doigts et basculait insensiblement, d'avant en arrière, comme un suicidaire au bord d'une falaise. Je lui ai tendu la main :

— Dis-moi ce qui te tracasse, je ferai mon possible.

— Je meurs d'envie de posséder les poèmes de Rosaline.

— Désolé, je ne sais pas où ils sont.

— Sûrement chez toi. Quelque part dans la livraison du Veuf. Quand tu brasseras le tas, ils remonteront à la surface. À moins que tu veuilles les garder en souvenir ?

La requête de Grégoire me paraissait honnête.

Je lui avais souvent parlé, dans notre enfance, des vertus réparatrices des poèmes de Rosaline. Il s'en souvenait et les appelait à son secours. Mais étaient-ils vraiment dans le tas ? Je craignais de ne pouvoir le satisfaire. Je craignais qu'ils n'aient été consignés dans le dossier de Rosaline comme pièce à conviction. Elle les tenait serrés contre elle quand on l'a retrouvée. J'avais appris par la suite la difficulté du légiste à les arracher de ses doigts. Leur piteux état. Ils avaient été broyés de douleur. En supposant que le berger les ait récupérés, il s'en était probablement débarrassé. Rien n'était moins sûr que leur présence dans le tas de livres sur mes tomettes.

Je n'ai rien dévoilé de mes appréhensions. Grégoire n'était pas en état de les entendre. À l'inverse, je lui ai laissé croire à mon entière approbation :

— Dès que je les trouve, promis, ils seront à toi.

— J'aurais une exigence supplémentaire. Que personne ne s'avise d'ouvrir ce recueil. Que personne entre l'institutrice et moi ne souille les poèmes de ses yeux. Pas l'ombre d'un fouineur entre ces pages. S'il te plaît ! Plus jamais de barrière entre elle et moi. Ce sera ma façon de reprendre contact en douceur.

— Si cela doit t'apaiser, je l'attraperai avec des pincettes et n'y jetterai même pas un œil.

Pour un peu, il m'aurait baisé la main. Je l'ai retirée avant qu'il se ridiculise. Et j'ai dévié son attention sur un autre sujet :

— Dommage que tu ne te sois pas présenté au micro de France Inter. Ce que j'ignore, toi tu le sais, on se complète. À nous deux, nous aurions fait exploser le Super Banco !

Je le pensais sincèrement.

Il ne releva pas ma remarque. Il était trop occupé à me réclamer les poèmes et à obtenir mon accord. Le Jeu des mille francs était sorti de sa tête. Inutile de dénoncer le coup de poing de mon père à l'estomac, il en aurait fait peu de cas.

Alors qu'en temps normal, il s'en serait gargarisé. En temps normal, je lui aurais raconté l'incident par le menu. Il me l'aurait fait répéter trois fois. Il a un penchant très marqué pour l'au-delà. Il n'est pas le seul à croire aux revenants. Ici, à Saint-Ignace-les-Benoits, c'est monnaie courante. Quasiment de la quotidienneté ordinaire. Nos morts s'immiscent dans nos vies aussi facilement que des fourmis dans les trous d'un morceau de gruyère.

Ici, à chacun ses ombres et ses appels à l'aide. On convoque les esprits en faisant tourner les tables, en allumant les bougies, en retournant les cartes, en s'agenouillant ou en priant. C'est selon le jour, l'heure, le moment ou le besoin. Quoi qu'il en soit, nos morts occupent le terrain. Il n'y a rien d'étonnant à les voir apparaître. Ils ont gardé leur influence et la plupart du temps, ils sont de bon conseil.

Moi-même, j'étais sensible à l'ombre de mon père et aux vêtements originaux qu'il enfilait pour me parler. Il avait beaucoup changé. Il s'était présenté sur l'estrade, vêtu d'un pourpoint et d'un pantalon bouffant aux genoux. Propre avec ça.

Dieu soit loué, quand il revenait sur terre, il se réservait pour moi. Les autres ne l'intéressaient pas et c'était réciproque. Personne n'a remarqué son apparition sur l'estrade. Au début, je flippais. Je craignais qu'on le découvre et qu'on me traite de tricheur. Je m'étais acharné à le chasser. Je fouettais l'air de ma casquette comme après une mouche. L'ombre m'avait fait un doigt d'honneur. Alors, je l'avais laissée aller à son destin. Elle n'embarrassait que moi après tout. Et puis elle m'intriguait. Cela me faisait doucement marrer de voir mon paternel s'impliquer dans un jeu radiophonique. Lui qui ne connaissait rien à rien, à part labourer avec une paire de bœufs, tirer des sillons rectilignes et enterrer des bocaux derrière le corps de ferme, il se prenait au jeu.

Hé bien, voyez-vous, moi qui l'avais fréquenté au plus près, moi qui l'avais pris pour un âne bâté du temps où nous vivions ensemble, j'ai réalisé qu'il s'était joué de moi. Il avait du bagage. À chaque question de Lucien Jeunesse, il connaissait la réponse. Sans son érudition, la Bérézina m'aurait emporté et adieu la bibliothèque. Faut plus me raconter de blagues sur lui et sur son inculture. Il était le roi des dissimulateurs.

Me revenait en mémoire la lumière électrique sous sa porte, le soir, quand il me croyait endormi. J'étais moi-même trop occupé à lire entre mes draps avec ma lampe de poche pour seulement imaginer qu'il en faisait autant. Aujourd'hui, tout s'éclaire. Dans sa vie d'insomniaque, il engrangeait autant de connaissances que de bottes de foin dans sa vie de laboureur.

Si j'ai décliné le Super Banco, ce n'est pas la faute de Grégoire, c'est à cause de mon père. Il a jeté au sol les papiers de Lucien Jeunesse puis m'a balancé son poing dans l'estomac. Mon rétropédalage est en partie sa faute. Et non les effets d'un sursaut de sagesse

Si je vois clair aujourd'hui dans son jeu, c'est trop tard pour m'en réjouir. Mais je n'ai pas tout perdu, j'ai la réponse à ma question. C'est de lui que je tiens cette dépendance aux livres. En bon père d'expérience, il s'était heurté avant moi au désagrément d'être instruit contre tous et avait tenté de m'épargner ses propres désillusions.

La veille du Jeu des 1000 francs, nous avions eu une petite embrouille et il était reparti fumasse. Il se tenait assis au bord de mon matelas, en chemise blanche et manches retroussées. Des bretelles élastiques, bleu marine, lui donnaient un air de monsieur. Du jamais vu, mais du sérieux. Il avait basculé sa casquette en arrière.

— Pourquoi es-tu là ?

— Tu ne vas pas me croire. Si tu perds au Jeu des mille francs, je t'offre une porte de sortie. Je t'autorise à piocher dans ma réserve. Mais uniquement pour la bonne cause.

Le problème avec lui, c'était la définition de la bonne cause. Entre la sienne, pour qui un sou devait en rapporter deux, et la mienne, plutôt laxiste sur la multiplication des petits pains, la profondeur du fossé m'a découragé. J'ai décliné son offre :

— Tes billets puent la sueur, j'en veux pas.

— Utilise-les à bon escient et je surveillerai tes intérêts.

Bien que mort, mon père restait fidèle à lui-même. Il faisait son affaire de mon avenir comme si sa popularité au ciel en dépendait. Mais sur bien des points, il m'avait fabriqué à son direct opposé. Je l'ai envoyé balader alors qu'il était venu armé de bonnes intentions. J'aurais tellement aimé qu'il me laisse libre de mes choix. Mais non. Il tentait encore et encore de m'endoctriner aux bienfaits du travail manuel. Il influait sur mon avenir en me rabâchant l'efficacité de la scie et du marteau.

— Pourquoi devrais-je m'armer d'une scie et d'un marteau ? Et dans quel but ?

J'ai regardé autour de moi. Il avait disparu, me laissant sans réponse.

J'ai souvent regretté d'être un fils unique.

Vraiment dommage qu'il n'y ait pas eu un autre enfant du même sang à la maison. Avec mon frère, nous nous serions partagé l'obsession paternelle pour la terre et ses passions secrètes. Nous lui aurions offert de quoi mourir en paix, de quoi nous laisser vivre en toute impunité. Le cadet se serait coltiné la ferme et la surveillance du pactole. Moi, j'aurais embrassé au grand jour sa passion pour la lecture qu'il cultivait la nuit. Je ne me serais pas étiolé comme un arbrisseau privé de lumière. Je n'en serais pas là, déchu de ma lignée et rejeté de ma communauté.

41

Le gourbi

Avril 1967

Julien Jonquille se taillait une part de gloire.

Ses largesses au micro l'avaient doté d'une réputation d'ami de la culture. Son opinion comptait désormais et des quatre coins du canton, on venait quérir son avis. En revanche, sur ses terres, la contestation montait. Son imprudence sur les ondes risquait de lui coûter son mandat de premier magistrat.

Il chercha une idée infernale. Je le soupçonnais de l'avoir eue en tête au micro de France Inter. Chacune de ses promesses était toujours entachée d'une solution de repli et ce jour-là, j'aurais dû m'en méfier.

Il me fit miroiter un local en vantant de ses bras ses proportions gigantesques. J'ai fait l'erreur d'accepter sans vérifier. Il me refila une grosse clef noire, une sorte de crochet pour l'enfer. Dès que je l'ai prise en main, des sensations bizarres ont couru sous ma peau et j'ai su dans l'instant que je n'aurais jamais dû y toucher. Mais trop tard. Je n'étais pas de ceux qui reculent à cause d'une impression lugubre. Quitte à encaisser en retour un cuisant déshonneur.

La description de Julien Jonquille faisait l'impasse sur un gourbi inqualifiable. Du sol au plafond, ce n'était qu'un bric-à-brac dévoré par la rouille. Bien malin qui aurait pu trouver dans ce fatras un seul morceau valide. Même mon père, qui se vantait de redonner vie aux objets oubliés, même lui, en fouinant, serait reparti bredouille. La montagne hétéroclite s'effritait en un tas d'immondices inqualifiables.

Lorsque je suis entré, ce n'est pas le foutoir qui m'a fait reculer. Lui, je l'ai découvert après coup. Non, c'est autre chose et j'ai hurlé. Personne ne peut s'enorgueillir d'avoir poussé, une seule fois dans sa vie, un cri semblable au mien. Mes cordes vocales en gardent encore un léger déraillement, une sorte de discordance perceptible au-delà d'une certaine note.

À peine entré, une toile d'araignée, lourde comme un drap mouillé et collante comme un lé de papier à tapisser, m'a emprisonné la tête et les épaules. L'horreur fondait sur moi, mais je n'étais pas au bout de ma frayeur. J'ai fait trois pas à l'aveuglette et j'ai perdu l'équilibre sur un tas mou. Sur une montagne de peaux de chats. Leurs têtes fantomatiques et leurs griffes, toute agressivité dehors, me tenaient prisonnier. En m'écroulant au beau milieu, j'avais résolu une énigme. La mystérieuse disparition des matous de Saint-Ignace-les-Benoits. Ils venaient crever là, en compagnie féline, dans ce cimetière improvisé. Au sommet du tas, je me sentais comme l'un des leurs, un greffier à l'agonie.

Je suis ressorti en braillant et en me débattant avec la toile d'araignée. Dehors, on surveillait ma sortie. Julien Jonquille avait battu le rappel. Des têtes hilares se réjouissaient de cette riposte à la hauteur de mon piège sur les ondes. Le chauve s'avança :

— Personne ne fréquentera jamais ces lieux, c'est trop dégoûtant. Alors, pour la lecture tu peux toujours rêver, t'auras jamais un seul client. Il suffira de franchir cette porte pour repartir en courant. Mais si ça te chante, tu peux remettre de l'ordre là-dedans. Ce bazar brisera ta détermination. Pour ma part, j'aurai respecté ma parole. Alors que toi, tu passeras aux yeux du monde pour ce que tu as toujours été, un dégonflé.

La foule s'égailla en direction de la salle des fêtes. Un vin d'honneur avait été prévu pour fêter ma défaite. Bien que je sois le héros des agapes, on ne m'a pas invité. La mantille en fils d'argent sur mes boucles épiçait les propos. On se félicitait de la vengeance du maire et sa cote remontait. Il était acquis pour tous que la bibliothèque ne verrait pas le jour, qu'elle avait terminé son existence avant même d'avoir montré le bout de son nez.

Grégoire ne partageait pas l'optimisme général. Il soutenait m'avoir connu dans des situations plus dramatiques. Il gageait qu'une bonne nuit dans ma cave effacerait les traces de cette humiliation. Je l'ai croisé au moment où il faisait flamber les mises. Il me disait être sans repos et il croyait jouer sur du billard en affirmant que je n'aurais de cesse de regagner l'estime des trois disparus.

Moi, j'en étais beaucoup moins convaincu. Je regardais déjà dans une autre direction et voyais poindre mon abandon. J'ai couru au cimetière chercher de l'apaisement. La pierre tombale de Rosaline et du berger me démoralisa. Je n'y trouvais qu'un vide abyssal, une espèce de manque à combler, une injustice qui me lacérait le cœur. Les roses manquaient à l'appel.

Quelques travées en contrebas, la tombe inondable de Félicien ajoutait une branche à ma croix.

Les sœurs entendirent parler de mon revers et vinrent frapper à ma porte. Tout doucement d'abord. Et puis, en insistant :

— Simon, c'est nous, Madeleine, Germaine et la petite Amélie. Ouvre-nous !

— Ouvre-nous ou bien on force ta serrure.

— Ou bien on se couche sur le seuil et on patiente.

— Ouvre-nous, Simon, on a une proposition à te faire.

Je n'avais nulle envie de me montrer dans cet état. Des fils d'araignées couraient encore dans mes boucles et me faisaient une tête de vieux. Pourtant, j'avais usé du peigne à poux et de la pince à épiler. Mais le résultat n'était pas folichon. À ma disgrâce, s'ajoutaient les traces luisantes de mes larmes qui coulaient pour un rien.

Lorsque j'ai ouvert, bien obligé, l'étonnement à me voir dans cet état troubla leur regard. J'étais à deux doigts de leur claquer la porte au nez sur une remarque désobligeante. Elles devaient s'en douter. Elles ravalèrent leur surprise, se limitant à une autre question :

— Que comptes-tu faire, Simon ?

— J'abandonne.

— Jamais de la vie ! On viendra t'aider la nuit dans la clandestinité.

— Merci beaucoup, mais non. Se confronter aux ignorants est une bataille perdue d'avance.

La discussion prit alors un tour désagréable et quelques vérités sortirent de ma bouche :

— C'est trop tard, les filles, vous m'avez toujours rejeté. Je ne crois pas à mon retour en grâce. Vos motivations sont louches et vous avez perdu ma confiance.

— C'est une fausse impression, Simon, on t'aime bien. Notre proposition est sans contrepartie.

— Vous m'aimez comme une vieille chaussette, du bout des doigts et en vous pinçant le nez. Inutile de vous fatiguer, les filles, vos roueries n'ont plus de secret pour moi.

Les menteries des sœurs me les rendaient insupportables. Je n'étais pas en état de tenir la contradiction et m'apprêtais à leur claquer la porte au nez quand Amélie m'écarta et s'approcha de la montagne de livres. Elle se tordait le cou pour consulter les tranches. Je l'observais en bloquant le passage à Madeleine et à Germaine.

— Tu cherches un livre en particulier, Amélie ?

— Non, c'est juste de l'étonnement. Tu as lu tout ça ?

— Oui. Lu et consigné. Une fiche par volume.

— Ça fait beaucoup !

— Pas pour quelqu'un qui passe son temps à lire.

— Moi aussi, je lis, mais c'est très différent.

— C'est différent en quoi ?

— Je lis des policiers. D'ailleurs, j'attends la sortie du dernier volume des éditions Le Masque. Mon auteur préféré c'est Exbrayat.

Mon étonnement n'avait d'égal que le sien. Mon intervention sur l'estrade lui avait révélé une part inconnue de ma personnalité. Elle semblait regretter de l'avoir ignorée et heureuse cependant de l'avoir repérée. Là, toute petite devant le tas de livres, elle semblait me découvrir :

— Tu caches bien ton jeu, Simon !

Puis elle se laissa aller à des confidences de lectrice enthousiaste. J'ai baissé la garde. Madeleine et Germaine en profitèrent pour s'engouffrer. Elles paraissaient intriguées par le dénuement de la pièce et par les rares objets utilitaires dont je me contentais. Leurs yeux couraient partout. De la fourche à deux dents contre ma cheminée au chaudron en fonte sur son trépied dans l'âtre ; de mon fauteuil d'héritage à l'évier en pierre. Elles semblaient chercher un indice. Mais il n'y avait pas de bouteilles vides. Leurs regards butaient constamment sur le tas de livres. Comme sur un obstacle imprévu dont elles ne détenaient pas le sésame. Puis leurs yeux se portèrent incidemment sur la trappe de ma cave. Le couvercle en bois correspondait sans nul doute à une certaine idée de moi, car elles en parurent rassurées. C'est alors qu'elles se décidèrent à prendre la parole. Plus décidées que jamais à me rallier à leur cause :

— Y a pas péril en la demeure, Simon, le local du maire, c'est du solide. Nous l'avons inspecté. Avec de l'huile de coude et de la bonne volonté, le miracle est au bout du chemin.

Amélie me souriait et j'ai craqué.

Nous nous sommes mis d'accord. Les filles interviendraient la nuit. C'était très généreux de leur part. Cette aide imprévue me procurait une chance formidable d'en remontrer aux élus.

Poussé par un débordement de gratitude, j'ai soulevé la trappe et j'ai convié les sœurs à visiter ma cave. J'ai sélectionné trois bouteilles du millésime de leur naissance. Des bises à mes joues signèrent mon changement de statut. Mes largesses m'avaient propulsé au grade élogieux de la respectabilité. Cette montée en sympathie me donna l'envie de rédiger, sur le tas, un testament en leur faveur. J'ai affûté ma plume. Mais la voix de mon père m'a remis les idées en place :

— Je n'ai pas saigné sang et eau pour payer des culottes en dentelle à ces trois moins que rien.

J'ai reposé ma plume.

À l'étonnement général, je suis revenu haut les cœurs prendre possession du local. Bourré d'énergie et décidé à tout donner. Les sœurs s'activaient la nuit en cachette. Le travail avançait vite. Ma ténacité à la tâche en surprenait plus d'un. Souvent, j'encaissais des insultes. Mais d'autres fois, je découvrais dans des coins improbables des clafoutis, des terrines de lapin et des miches de pain. La preuve que de bonnes âmes voyaient mon implication d'un bon œil. La preuve que la bibliothèque avait ses fervents défenseurs.

Le nettoyage par le vide réveillait en moi une faim de loup. Je dévorais comme quatre. Les sœurs affamées tout autant ne laissaient pas leur part. Ces dons contribuaient à nous tenir en forme et le moral y trouvait largement son compte. Nous menions une vie de noctambules et ce travail en tapinois nous exaltait.

Julien Jonquille suspectait de faux jetons de m'épauler. Il passait régulièrement voir le travail avancer, mais à chaque fois il en était pour ses frais. Il essaya en vain de me faire cracher des noms.

S'il avait su ! Le miracle tenait aux doigts de fée des sœurs. Mais avant de les prendre à défaut, il pouvait toujours essayer. Les filles se partageaient la surveillance de sa porte et elles couraient plus vite que lui. Grâce à leur pétulance et leur cœur à l'ouvrage, le local gagna rapidement une allure respectable.

Ayant fourni la preuve de mes capacités, j'ai présenté au conseil un budget prévisionnel. Les dépenses au centime près réduisaient mes gains du jeu à peau de chagrin. J'ai réclamé des subventions. La réponse m'arriva, par une main inconnue, sous la porte sur un papier en tête de la mairie. L'installation de l'électricité avait été rejetée. Les rayonnages avaient subi le même sort, faute de moyens. Ma bonne volonté se heurtait à la vengeance du chauve et c'était prévisible. J'ai eu tout le loisir de regretter la dérobade de Grégoire et de lui en vouloir comme jamais.

J'ai regardé autour de moi.

La propreté du local faisait un pied de nez au capharnaüm initial. Des carreaux de ciment tapissaient le sol. Jamais nous nous serions doutés de ce trésor sous nos pieds si nous ne l'avions pas gratté à la spatule et à genoux. Nous en avions récolté des dos brisés et des rotules en marmelade. Mais le résultat valait toutes les douleurs. Les dessins géométriques s'harmonisaient dans des nuances jaune safran, gris souris et blanc cassé. Les sœurs avaient vaillamment protégé ce tapis lumineux de plusieurs couches de cire. À peine si j'osais y marcher. Pour peu, j'aurais appris à avancer sur les mains. Une affiche, à l'entrée, interdisait formellement l'accès aux sabots crottés.

Parmi les détritus, nous avions dégoté une table ovale. L'un de ses pieds avait été scié délibérément. La coupe était franche, mais le bois parfaitement sain. Dans cet état, elle était inutilisable. J'avais longuement hésité entre la débiter ou la ressusciter. Les sœurs m'encourageaient à la finir en petit bois de chauffe. J'ai attrapé ma hache, mais au dernier moment j'ai tapé à côté. Un pincement au cœur avait retenu ma main. J'avais préféré donner de la substance à ma réputation de maladroit qu'ajouter de la douleur à cette table qui me semblait avoir déjà suffisamment souffert.

Pierrot le menuisier passa à ma demande avec son matériel. Il ausculta la table et décida de la ressusciter. Il se donna trois jours. La greffe était invisible et la table repartie pour un siècle. Son allure de grande dame, en bois de merisier, donnait du prestige au local. En procédant à sa réparation, Pierrot ne tarissait pas d'éloges sur l'artisan qui l'avait fabriquée. Il était curieux de son identité tandis que je me questionnais sur les raisons de sa mutilation. À nos questions, on nous opposa des faces d'ignorants, on nous cachait quelque chose. Mais le temps nous manquait pour creuser le mystère.

Ornée d'un napperon en dentelle en son centre, elle avait fière allure. Les trois sœurs l'avaient décorée d'un vase amputé d'une anse. Il était tourné de sorte qu'on ne remarqua pas ce défaut en entrant. Ses facettes de verre taillé renvoyaient la lumière. Des roses, en provenance de leur jardin, dévoilaient des cœurs jaune safran. J'imaginais tout autour des rayonnages croulants sous les livres. Mais combien d'épreuves me faudrait-il encore endurer ? Le local était dramatiquement nu et il ne ressemblait en rien à une bibliothèque. Aussi majestueuse fût-elle, la table ne comblait pas le vide. Je mesurais l'étendue du désastre et le gouffre sous mes pieds sans en entrevoir une issue.

Après dix longues nuits sans dormir, et autant de journées à crever sous la tâche, je me sentais vanné. Les félonies du chauve renforçaient ce sentiment d'épuisement. Rien ne lui convenait. Quand il avait découvert la table ressuscitée, il s'était reculé comme si un lance-flammes l'attaquait au visage.

J'ai sorti une rose du vase et je l'ai respirée. Sa fragrance sucrée m'emporta vers un ailleurs où dominait la gratitude, où le Veuf et Rosaline se tenaient par la main. J'ai fermé les yeux pour les rejoindre. Derrière mes paupières closes, les cent quarante-quatre roses revenaient en force. Je luttais pieds et poings pour les récupérer et les remettre à Rosaline. Des têtes rouges et des pétales jonchaient le sol. On me traitait de voleur.

Quand soudain je me suis senti apaisé. Une solution se présentait enfin.

Les gains du jeu, trop maigres pour l'aménagement du local, étaient cependant largement suffisants pour combler ce vide abyssal sur la tombe de Rosaline. Mon escarcelle contenait de quoi remédier au vol des cent quarante-quatre Baccaras et effacer ce sentiment d'impuissance qui revenait en boucle dans mes cauchemars. En rétablissant l'équilibre, j'allais faire d'une pierre deux coups : accomplir la dernière volonté du Veuf, couvrir Rosaline de cent quarante-quatre roses et me débarrasser, par la même occasion, de cette vieille dette qui me collait à la peau et m'empêchait d'être complètement serein. La balle était dans mon camp. Il ne tenait qu'à moi de libérer le Veuf de son incapacité d'agir en le faisant à sa place. Je lui devais bien ça, rendre en son nom le dernier hommage à Rosaline. Leur tombe ne souffrirait plus de cette sensation de vide qui m'empoignait à chaque fois que je m'y recueillais. J'ai modifié ma stratégie et j'ai ressenti un apaisement immédiat. Je me berçais de ces douceurs lorsque le toussotement d'un moteur se fit entendre.

C'était la guimbarde du brocanteur. Il avait trouvé, dans le bazar initial, de quoi alimenter son commerce. Des croûtes et des faïences ébréchées aux motifs d'un temps révolu. Il venait charger ces vieilleries. Il souffrait du dos ce jour-là et peinait à soulever les bras. Je lui ai offert ma contribution en échange d'un transport gratuit sur le siège du passager.

— Je te dépose où ?

— À Quimbrion.

— Où, à Quimbrion ?

— Devant la boutique du fleuriste.

42

Des clous et un marteau

Avril 1967

J'ai passé commande. Douze bouquets de douze Baccaras à livrer au cimetière de Saint-Ignace-les-Benoits.

— Cent quarante-quatre roses ? C'est bien cela, cher Monsieur ? Ai-je bien entendu ?

— C'est cela, fleuriste. À déposer sur la tombe de Rosaline et du berger.

— Le pendu ?

Je n'ai pas relevé la remarque et le fleuriste n'a pas insisté. Il se contentait de soupeser la situation. Les commandes extraordinaires reprenaient vie. Sous des airs de fausse complicité, il étouffait sa curiosité. Il m'assura d'une livraison à ma convenance :

— Demain, avant que l'on me fasse changer d'avis.

— Pas un jour de plus, cher Monsieur.

Il me fit payer le prix d'un aristocrate. Je n'en avais certes pas l'allure, mais la motivation. À coup sûr, il l'avait repérée. Elle devait avoir une odeur singulière qu'il reconnaissait sans faillir. Je me suis laissé détrousser en pleine conscience. Mes gains du jeu y passèrent en totalité. Mais pas de quoi m'alarmer. Mon objectif était de repartir les poches vides. En payant grassement le fleuriste, je négociais la paix de mon esprit, la fin de la bibliothèque et le service d'un roi. Cela me parut étonnamment facile de monnayer ma tranquillité contre des espèces sonnantes et trébuchantes. Beaucoup trop facile. Alors qu'avec un peu de jugeote, j'aurais mieux fait d'y regarder à deux fois.

Au cimetière, le fleuriste ne trouva pas la tombe. Mon plan à main levée le dirigea sottement vers une famille en marbre gris. Sa lecture des plans à l'envers n'était pas mon problème. Rien à voir avec le marbre rose, veiné de blanc, et longuement détaillé dans sa boutique. Il réalisa sa méprise et poursuivit ses investigations. Il sillonnait entre les tombes à la recherche de l'adresse indiquée. Personne pour le guider à l'heure de la sieste. Je l'espionnais. Il repassa trois fois sans me voir collé à un caveau à tiroirs. Il craignait de commettre un impair et s'épongeait le cou. Le soleil dardait ses pointes de feu directement sur son crâne. Il redressait les roses, les aspergeait d'eau fraîche et passait ses mains mouillées sur sa nuque. Puis il reprenait ses déambulations.

La commande hors norme lui causait du souci. Il avait très certainement des antennes et flairait ma présence. Je l'avais payé une fortune pour un service exemplaire et il ne voulait pas d'ennui. Il noua un mouchoir aux quatre coins, le posa sur sa tête et s'installa sur un banc pour reprendre son souffle. Il passait un très mauvais moment. À la première veuve dans les travées, il se précipita et demanda son chemin.

Il réalisa qu'il était assis au bon endroit et que le berger et l'institutrice le regardaient fondre d'accablement.

Il s'activa.

C'était un bon fleuriste cela dit. Il parlait aux roses. Il procédait aux derniers arrangements lorsqu'une voix derrière lui l'interpella. Il sursauta. Tout à son travail d'artiste, il n'avait pas entendu s'approcher Julien Jonquille et sa cohorte de colistiers. Sa présence au cimetière avait fait le tour du village. Mais c'étaient les cent quarante-quatre roses qui intriguaient le plus. La délégation officielle l'obligea à s'expliquer. Il me dénonça comme si j'étais une abeille dans sa bouche :

— Je ne le connais ni d'Ève ni d'Adam. C'était la première fois que ce pauvre type entrait dans ma boutique. Il avait une drôle de touche et je m'en méfiais, j'ai bloqué mon tiroir-caisse. Mais il a payé rubis sur l'ongle avec le gain d'un jeu. Mon œil ! C'est le genre de balivernes faciles à repérer. Elles puent le mensonge et l'argent sale. Ce coco est douteux, il a des cheveux blancs, mais il est bien trop jeune pour en avoir. Chez lui, ce n'est pas le signe de la sagesse. Je me demande quelle frayeur l'a fait passer d'un jeune homme à un homme abattu. Il dépense sans compter et ne connaît pas la valeur de l'argent. Ce fut facile de lui extorquer ses billets. Ben moi, ce que j'en dis ! Quand l'argent passe, je le prends et je livre où l'on m'appelle pour le prix convenu.

Les considérations terre à terre du fleuriste m'ouvrirent les yeux. C'était donc des cheveux blancs dans mes boucles ! Je m'étais fait des cheveux blancs à cause d'une antique toile d'araignée et d'une montagne puante de chats crevés. Mes premiers cheveux d'un blanc éclatant. Si brillants que je les avais confondus avec des fils de soie. À présent, je grisonnais officiellement. L'éclat de la maturité m'accablait. Je ne m'estimais pas qualifié pour accueillir si tôt les marques de la sagesse.

Sous le soleil tueur du cimetière, ce reflet vif argent m'obligea à requalifier mon geste en terrible erreur. En achetant au prix fort les cent quarante-quatre roses, j'avais cru balayer mes démons. Mais bientôt, les roses dans sa brouette déclineraient en fine poussière. Qu'en resterait-il une fois la poussière emportée par le vent ? J'entendais des voix se gausser. Mais celle qui dominait le plus, c'était la mienne, elle me traitait d'inconséquent.

Le lendemain, je me suis réveillé avec la bouche pâteuse et l'envie d'en finir. Mon regard butait sans cesse sur le tas de livres inutiles. Je voulais terminer ma vie là où elle avait failli commencer, entre les murs d'une bibliothèque avortée. Un besoin irrépressible m'entraîna au village : voir la bibliothèque et mourir.

C'était la Saint-Justin et à la Saint-Justin on vient de tous les environs vendre ses bêtes. À chaque coin de rue, des maquignons discutaient le bout de gras. Les vaches à lait se laissaient tâter les flancs et les mamelles en parsemant de bouses le champ de foire. L'agitation me rendait transparent. Je coupai à travers les Normandes et les Jersiaises afin qu'on ne remarquât pas mon air de condamné. J'aspirais à l'oubli définitif, à l'abandon des autres et de mon existence, au havre de paix que tout prétendant à la mort recherchait pour en finir.

Mais la vie n'est pas toujours organisée pour se laisser manœuvrer. Une voix redoutée m'accueillit et des ricanements suivirent.

— Enfin te voilà, Simon, on t'attendait !

Julien Jonquille poireautait dans le seul endroit où il savait que j'atterrirais tôt ou tard. Il s'était calé à distance, dans une position dominante. Sur le neuvième barreau d'une échelle en bois contre un mur. Une échelle que j'avais bricolée à la fortune du pot en prévision d'une consolidation ultérieure. Il me força à lever les yeux. Il m'écrasait de toute sa morgue et j'eus du mal à contenir une furie vengeresse. Je priai tous les saints pour que ma réparation de fortune craquât comme du bois sec. Je l'imaginais dévaler les barreaux sur les fesses et s'étaler à mes pieds. Rien qu'à l'idée, la vie me redevenait supportable.

— Tu t'es mis dans de sales draps, Simon, clama-t-il du haut de son neuvième barreau. Explique-toi, on veut comprendre pourquoi tu as dilapidé tes gains chez le fleuriste.

Le local empestait la gloriole de ceux qui croient tenir la minorité sous contrôle.

— Vous savez, j'ai dit, la bibliothèque n'était certainement pas l'idée du siècle.

— Quoi que tu fasses, Simon, tu ne peux pas t'empêcher de faire les mauvais choix. Tu as dilapidé l'argent du jeu pour des roses. Pour des roses !!! Contrairement à tes promesses et à tes ambitions. Que voulais-tu prouver ?

— Rien d'autre que réparer une injustice.

— Mais, bon Dieu, à quoi tu penses ? Tu fais ton cirque à la radio et tu m'entraînes dans le pétrin. Ne crois pas t'en tirer sur une pirouette. Tu vas boire ton insouciance jusqu'à la lie. L'échec retombera sur tes épaules et, tel que tu me vois, je m'en laverai les mains.

Emporté par sa contrariété, le chauve fit un mouvement de trop. L'échelle bascula en avant. Mais d'un tour de reins remarquable, il rétablit sa position. Je ne l'aurais jamais cru si leste. L'échelle retourna se plaquer bruyamment contre le mur et le chauve s'épongea le crâne. Il avait eu très peur et sa voix avait perdu sa superbe quand il reprit :

— Simon, je fais un dernier geste. Ne t'y trompe pas, j'assure mes arrières. Ça pourrait passer pour de la générosité, mais c'est un piège à ma façon. Je vais mettre des planches de récupération à ta disposition. Couper du bois exige de l'habileté et assembler des planches réclame de l'expérience. Tu n'es ni habile ni expérimenté. Tu ne sais pas te servir de tes mains et quand tu veux utiliser ta tête, tu cumules les boulettes. Tu es un vrai plat de nouilles en résumé. Est-ce que ma proposition t'intéresse ?

— C'est à voir. Je veux bien essayer.

— Je te donne quinze jours.

— Et si je réussis ?

— Tu rigoles, c'est exclu. T'es qu'un mariole, un alcoolique et un braillard. Une réputation de minable te colle au cul. Tu ne l'as pas volée d'ailleurs. Si tu pensais la camoufler au micro de Lucien Jeunesse, tu n'as trompé personne, tu en paieras les pots cassés.

— Pour vous, quoi que je fasse, je suis le plus malhabile de vos administrés et rien ne changera.

— Ce qui changera par contre, c'est ta prochaine destitution. Tu iras trimbaler ta tronche de décavé dans un autre village. Tu devras partir loin pour en trouver un autre qui accepte de t'accueillir. Ici, on ne veut plus de toi. T'es un mauvais exemple pour nos enfants. Depuis ton passage sur les ondes, ils réclament des bandes dessinées à leurs parents.

Julien Jonquille m'annonçait mon expulsion des terres de ma naissance pour une raison qui me mettait en joie. L'intérêt des enfants pour la lecture allumait une étincelle d'espoir. J'ai retrouvé la force d'avancer sur une route que j'avais crue sans issue.

Dans un appentis jouxtant la future bibliothèque, de vieux outils attendaient de reprendre du service. C'était des mécaniques à bras d'une époque révolue. Bien que moches et crasseux, ils étaient solides et pouvaient encore exécuter de la bonne besogne. J'ai repéré une scie de menuisier dont les clous en laiton maintenaient la lame à une poignée en bois. Une lame rouillée, mais dentelée à souhait. Ce modèle avait fait fureur en son temps, car il avait été conçu pour durer. C'était un vieil outil, mais pas de la gnognote. Je me suis souvenu du paternel sur son établi. Comment il s'arc-boutait en manœuvrant une scie identique.

J'ai trafiqué un établi de fortune avec des caisses d'oranges superposées et entamé la même gestuelle : tracer les traits, positionner le pouce, ouvrir l'entaille, pousser l'outil d'un mouvement du buste et non du bras. Jamais je ne m'étais frotté à un pareil exercice. Mais à force de regarder mon père, je l'avais intégré. C'était facile en somme. Les mouvements s'enclenchaient d'eux-mêmes. La scie m'emportait machinalement comme si nous étions un duo de vieux compagnons. C'était d'une telle simplicité que j'ai cru à mon habileté naturelle ou à une autre vie où j'étais menuisier.

Toutes les heures, Amélie balayait la sciure. Ses sœurs l'avaient déléguée à mon service. Elle transportait les chutes, les copeaux et le bourrier dans l'âtre et de temps à autre elle y jetait une allumette. Nous nous réchauffions aux flammes et reprenions des forces côte à côte.

Parfois, elle me facilitait la tâche en soutenant, à bonne hauteur, les planches les plus longues. Le va-et-vient de la scie faisait valser ses seins. J'aurais passé ma vie à scier du bois pour le bonheur d'observer son corsage en folie.

Le troisième jour, je disposai d'un stock d'étagères. Grossièrement découpées, certes, mais amplement suffisantes pour habiller le mur du fond. Inutile de souligner que ma maladresse s'y lisait à l'œil nu. L'ensemble était en harmonie avec ma dégaine de poivrot, un peu de guingois mais solide tout de même.

L'assemblage me posa des difficultés. Les clous baignaient dans un bain de rouille. Je les ai triés comme on sépare les cailloux des lentilles. Et j'ai sué sang et eau en les frappant. Amélie m'encourageait. Mais qu'y pouvait-elle, la pauvre ? Elle découvrait comme moi la tête aplatie des clous et leurs pointes émoussées. Je me demandais parfois sur quel côté frapper.

On venait me voir de partout. Planter un clou à l'endroit et un clou à l'envers. J'amusais la galerie en maniant le marteau avec une espèce de gaucherie que personne n'avait jamais rencontrée. Des blagues couraient, mais je n'y faisais pas cas. Les étagères grimpaient. Je n'étais pas loin de penser qu'il suffisait de s'y mettre, que le travail manuel, dont je me faisais un tout un monde, était aussi simple que cela. Je comprenais enfin l'allusion de mon père sur la scie et le marteau.

C'était la leçon que j'en tirais lorsque les rayonnages s'écroulèrent. Je suis passé de la jubilation à la honte de m'être cru béni des dieux. On se pressait autour de moi pour constater les dégâts. Julien Jonquille, en tête, avec son air narquois et ses remarques désobligeantes :

— Qui croyais-tu berner ? C'est pas en lisant qu'on apprend à se servir d'une scie et d'un marteau.

Je m'enlisais dans la vase gloutonne d'un marais mangeur d'hommes. Je songeais à mon père qui m'avait attiré sur un chemin miné. Je songeais à tous les miens, à tous mes disparus et je les ai suppliés de m'entrouvrir une porte de sortie. Mais j'arrivais trop tard. Mes ancêtres m'avaient déjà déchu de ma lignée et ce jour-là, pourquoi ce jour-là, je ne l'ai pas supporté.

43

Pierrot le menuisier

Avril 1967

Je n'avais plus qu'à m'en prendre à moi-même. J'avais voulu m'inventer menuisier sans aucune notion de bricolage.

En s'écroulant, les étagères de mauvais bois s'étaient fendues et tout était à recommencer. J'avais échoué comme dans toutes mes tentatives en vue d'améliorer mon sort. Quoi que je fasse, j'inspirais une espèce de dédain et en retour, j'étais payé de railleries à ma juste valeur.

Au milieu de ce tollé, une mésentente de bon augure avait scindé les spectateurs. Mes efforts semblaient avoir touché la corde sensible de quelques-uns. Des voix m'encourageaient et Amélie n'était pas la dernière. La sueur dans mon dos l'avait impressionnée. Mon combat avec la scie et le marteau attestait d'un nouveau dynamisme. Ses louanges me traçaient un boulevard de promesses. Mais une seule voie s'ouvrait, la voie de la rigueur. Je devais tout reprendre à zéro et ne pas laisser l'à-peu-près s'immiscer.

Comment faire ? Vers qui me retourner ? À quel maître offrir humblement mon statut de novice ? Je désespérais de ne jamais le trouver quand je me suis souvenu de l'aide de Pierrot. Il avait ressuscité la table d'un tour de main. J'avais pris du plaisir à le regarder travailler. Mais je prenais conscience que cette facilité apparente était le fruit d'une longue expérience.

Qu'importe ! Je ne me suis pas découragé, j'ai pris le chemin de l'atelier. Mon objectif se limitait à l'assemblage de quelques planches. Non pas à devenir un ébéniste de renom. Je gardais du passage de Pierrot une impression de générosité et pensais avoir trouvé le soutien idéal.

Je le vois encore, Pierrot le menuisier, courbé sur une poutre et emporté dans son élan. Le rythme lancinant du rabot le rendait sourd à mon approche. Je marchais sur un tapis de sciure et n'osai pas, d'un raclement de gorge ou d'un clappement de langue, briser la précision du geste. Je restai coi, les mains dans les poches, fasciné et l'admirant. Une poussière de bois voletait tout autour. Un éternuement malgré moi rompit l'enchantement.

Pierrot se retourna :

— T'es encore vivant ?

— Pourquoi tu dis ça ?

— Lorsque je suis passé, une harde de chacals essayait d'attenter à ta vie.

— Penses-tu ! À l'heure de la soupe, plus personne. Les facéties d'un minable ne remplissent pas les panses.

À ce rappel à la soupe, Pierrot pivota d'un quart de tour vers sa pendule au mur. Un carillon Westminster, recouvert de cette fine poussière qui blanchissait également ses trous de nez, sa barbe, ses cheveux et son bleu de travail. Tel quel, on aurait pu le prendre pour un évadé d'un moulin à farine.

— Pourquoi es-tu là, Simon, que me veux-tu ?

— En réparant la table, j'ai peur que tu te sois donné du mal pour rien.

— C'est-à-dire ?

— Sans les rayonnages, elle ne sera d'aucune utilité.

— N'en dis pas plus, Simon, je te vois venir. Ne compte pas sur moi. J'ai un chantier en cours, le toit d'une grange à foin. Après, si je trouve le temps, je me perfectionne en ébénisterie. La table de lecture a bousculé ma vocation. C'est une pièce d'excellente facture et j'ai pris du plaisir à la ressusciter.

— Tu as toutes les qualités d'un bon ébéniste, Pierrot, j'ai pu l'observer. Mais je ne suis pas venu te demander de faire le travail à ma place, j'ai une autre suggestion.

— Laquelle ?

— Apprends-moi le métier.

— N'y pense même pas. T'es mal emmanché de naissance et je doute qu'un handicap aussi sévère ne puisse jamais se réparer.

— On pourrait essayer ? J'aimerais être ton disciple.

— Désolé, mais c'est non, je n'ai pas la patience d'un maître. T'ayant vu à l'œuvre, j'en mesure le temps infini et les complications.

— Pierrot, s'il te plaît, sans quelques notions de base, je n'y arriverai pas et la bibliothèque sera définitivement enterrée.

Pierrot mit fin à mes supplications en se mouchant comme un phoque.

— J'ai assez bouffé pour aujourd'hui de cette poussière de bois. C'est l'heure de la soupe, dit-il, mon estomac crie famine et je veux profiter d'une bonne nuit.

Son rejet était implacable. En m'adressant à lui, je m'étais trompé de cible. Je l'avais cru de mon côté, du côté de la bibliothèque. Mais la réparation de la table n'avait servi qu'à conforter son rêve d'ébéniste. Son refus de m'aider s'inscrivait dans la liste éminemment longue de tous les camouflets qui ponctuaient mon existence. Pourtant, j'avais beau m'en défendre, un léger embarras dans sa voix m'avait intrigué. Je ne l'ai pas retenu pour autant, toute ma bonne volonté sombrait.

La nuit suivante se déroula en pointillé. Comme d'habitude. Des réveils intempestifs ponctuèrent mon sommeil. Je ressassais le refus de Pierrot et maudissais son indifférence. Entre soubresauts et pensées noires, les heures s'étiraient. Le petit matin flemmardait et le soleil tardait à se lever quand des tapotements à mes carreaux me tirèrent de mes tristes pensées.

Pierrot secouait la poignée de ma porte et m'appelait. Je n'avais pas envie de me lever. Après deux sommations, il pénétra d'un coup d'épaule. Depuis le passage en force de Grégoire, c'était facile de s'introduire chez moi, ma serrure fermait mal. Si Pierrot n'avait pas forcé l'entrée, je l'aurais ignoré. Mes traits trahissaient une nuit agitée et rien ne me rebutait davantage que la visite de celui qui m'avait empêché de dormir. D'une voix ferme, j'ai arrêté sa progression :

— N'avance pas, Pierrot, je ne veux pas te voir.

Par la porte de ma chambre entrouverte, je remarquai combien il était frêle. Je me suis dit qu'il devait tirer sa force et son habileté d'une volonté sans commune mesure avec la mienne. Ce modèle d'opiniâtreté disqualifiait mes luttes. Il s'installa dans mon fauteuil d'héritage sans y être invité :

— Ouille ! Les ressorts auraient besoin d'une sérieuse révision et l'assise, d'un bon rembourrage. Mais je ne vais pas t'ennuyer avec ça. Je suis venu voir comment tu te portes.

Il était hors de question de raconter ma nuit épouvantable à cause de lui. D'autant qu'il ne venait jamais chez moi prendre de mes nouvelles. Et comme je m'obstinais dans le silence, il poursuivit :

— Si tu as bien dormi, ce n'est pas mon cas.

— Ça ira mieux demain, rétorquai-je en rogne et en pénétrant dans la pièce.

J'ai ravivé les braises, j'ai jeté une bûche dans le foyer. J'ai attrapé ma chaise et je lui ai fait face.

— Que comptes-tu faire à présent, Simon ?

— À propos de quoi ?

— Tu sais bien ! À propos de la bibliothèque.

— C'est réglé, j'oublie, j'ai évacué le problème. Je me suis laissé avoir une fois par les trois sœurs mais on ne m'y reprendra pas deux fois. Toi ou quiconque.

— Moi, j'y pense. La bibliothèque ne me quitte pas, je n'ai pas fermé l'œil.

— À quoi ça t'avance de ressasser une illusion ?

— Je me dis que peut-être on pourrait faire la paix et trouver une solution.

— Ah oui ! Laquelle ? Je suis curieux de l'entendre.

— C'est difficile à expliquer.

— Dis toujours.

— Je ne sais pas lire.

— Avec ça, tu m'aides beaucoup.

— J'avais pensé que, peut-être, tu pourrais m'enseigner la lecture.

J'ai sauté hors de ma chaise. Si un millier de tiques m'avaient enfoncé en même temps leurs trompes suceuses de sang dans le nombril, je n'aurais pas réagi moins brusquement. Je me suis érigé face à lui, grandi de colère :

— Alors là, tu ne manques pas d'air. Tu me refuses ton aide et tu viens chez moi, le lendemain, me réclamer la mienne. T'es culotté, Pierrot !

— Justement, entre-temps j'ai réfléchi. Si tu veux, on fait du troc. Tu m'apprends à lire et en échange, je t'enseignerai la technique ancestrale, tenons et mortaises. Si tu y mets du tien, une semaine suffira pour t'apprendre à fabriquer des rayonnages. Ce n'est pas compliqué.

Je suis retourné m'asseoir au bord de mon matelas. Je me sentais tout chose, les mollets et la pensée en pâte à modeler. Pierrot me jugeait soudain capable de travailler le bois. La veille, il m'avait affirmé le contraire. Quitte à encaisser une déception supplémentaire, j'ai sauté dans ce wagon qui rebroussait chemin pour m'emporter vers la bibliothèque.

— Un café, Pierrot ?

— Avec du lait, merci.

— Si ça te va, on commence aujourd'hui. Je doute qu'une semaine suffise à t'enseigner la lecture, mais on prendra le temps qu'il faudra.

Nous avons topé là sans autre condition. Emportés tous deux par la fougue des débutants. Nos besoins fondamentaux se rejoignaient et l'impétuosité dirigea nos premiers pas.

Ce fut une alliance efficace.

À Pierrot l'apprentissage de la lecture et à moi le maniement de la scie et du marteau. Pierrot déchiffra sa première phrase d'une vitesse et d'une aisance impressionnantes. Je n'ai pas pu me retenir d'une remarque :

— Dis-moi, mon Pierrot, si tu avais montré autant d'application à l'école, ton diplôme du certif trônerait au mur de l'atelier.

Il s'est ratatiné dans une sorte de souffrance hérissée de piquants et se confia :

— À mes sept ans, à l'âge de raison, précisa-t-il, mon père m'a offert une scie égoïne.

Il déplia sous mon nez son index amputé d'une phalange.

— Et ça ne t'a pas dégoûté ?

— Il m'a fait croire qu'avec ce doigt raccourci, j'étais marqué du sceau de la profession et que l'avenir me souriait.

— Ôte-moi d'un doute, mon Pierrot, une phalange en moins n'a jamais empêché quiconque d'apprendre à lire ?

— Je fréquentais très peu la classe, je secondais mon père à l'atelier. Un jour, le maître s'est pointé. L'école de Jules Ferry mettait le paternel dans des états de guerre civile. Fallait pas le titiller avec ces sornettes. Il insinuait que la République lui volait sa main-d'œuvre. Ils échangèrent des répliques à couteaux tirés. Mon père plaidait pour le travail des enfants et l'instituteur défendait l'instruction. Ils se sont agrippés et ont roulé dans la sciure. Travail manuel contre instruction. Mon père était le plus fort. Il empoigna le maître et le jeta dehors. Il lui cria d'aller se faire foutre. Je fréquentais l'école uniquement quand le travail manquait. Ce n'était pas souvent. Toi, t'es un veinard, tu ne connais pas ta chance. Ton paternel ne t'a jamais embêté avec ça. Il t'a laissé fréquenter l'école jusqu'au bout.

Je songeais à mes propres difficultés et ne voulais pas m'étendre sur le sujet. Trop long, trop compliqué. Pierrot semblait avoir souffert de cette privation scolaire au-delà de toute expression. Comme le Veuf, il s'était plié à la domination paternelle et comme le Veuf, il avait repris le flambeau au détriment de son éducation. L'un et l'autre en avaient gardé le goût amer de l'inaccomplissement. Mais le Veuf, fidèle à lui-même, avait tenté de surmonter tout seul cette épreuve. Alors que pour Pierrot, il en allait tout autrement.

Pour Pierrot, ce n'était pas du tout le même tabac. Seul, il n'y arriverait pas et réclamait une main secourable. J'ai mis la mienne à sa disposition. Deux fois plutôt qu'une. J'observais à part moi combien nos pères avaient façonné nos destinées : Pierrot à l'atelier, le berger à la bergerie, Grégoire au chai et moi à la dérive, cramponné à une bibliothèque fantôme.

— Le manque s'est installé plus tard, poursuivit Pierrot. Mais faut pas croire, je remercie mon père de m'avoir donné le goût du travail bien fait.

— T'as pas tout perdu, mon Pierrot, t'as un métier en or.

— C'est vrai. Mais lorsque Lucien Jeunesse a dévoilé ton projet, j'ai bien failli m'entailler un deuxième doigt. Tu me croiras ou pas, j'ai ressorti un vieux livre de lecture en espérant que cela vienne tout seul. Mais la tâche est ardue. En échange de tes leçons, je guiderai ta main et en surplus, je réparerai ce vieux fauteuil.

— Pour ça, je ne dis pas non. Il est dans ma famille depuis toujours et j'y tiens. Il me réconforte au besoin. Mais à l'inverse, si je me fourvoie dans des chemins de traverse, il me crie dessus, il ne me lâche pas.

— C'est surprenant, on dirait qu'il vibre sous mes fesses.

— C'est ainsi qu'il se manifeste. Je connais son langage et c'est limpide, il approuve ta proposition. Depuis peu il est amorphe. Il a perdu le goût de l'invective et c'est à peine s'il réagit à mes stimulations.

— Si tu me le confies, il retrouvera son apparat et sa vivacité.

— Tope là.

— Après ta visite, Simon, j'ai mûrement réfléchi, j'ai accepté la proposition de mon jeune frère. Nous en avons discuté le soir à table, à la chandelle et jusqu'au lever du jour. Il a fini par me persuader, il veut s'impliquer dans l'entreprise. Il souhaite prendre à son compte les gros chantiers. Il est trop jeune pour les responsabilités, mais c'est un gars volontaire. Il en a dans les biceps et dans la tête et en abat comme quatre. Il sait lire et compter et il est doué de ses mains. Je lui ai donné sa chance et confié le toit de la grange. S'il s'en sort, je me livrerai tout entier à l'ébénisterie et j'économiserai du temps pour lire.

— Ravi, Pierrot. Nos rêves se rejoignent. Si notre bonne étoile se manifeste, ensemble nous ferons des miracles.

44

Une phalange en moins

Mai 1967

Chacun donnait son maximum et l'on se découvrait des facilités étonnantes. Les outils de Pierrot ne mirent pas une éternité à me livrer leurs secrets. Du matin au soir, le concert de l'apprenti menuisier me plongeait dans l'univers des échardes et des maillots de corps collés à la peau. La scie et le rabot chantaient à mon oreille leur refrain lancinant tandis que le marteau sur les pointes agrémentait de notes cristallines ce répertoire musical. Je campais la nuit sous la protection de l'établi, sur un confortable matelas de copeaux. Je cuisinais à la va-vite, sur la plaque en fonte d'un fourneau à bois. Un fourneau Godin émaillé, d'un bleu délavé et aux nombreux éclats d'usage. L'environnement de l'atelier suffisait à mes besoins. Dormir à la maison aurait été du temps perdu et le temps m'était compté. Julien Jonquille m'avait donné gracieusement un mois supplémentaire, devant un conseil goguenard, et il ne me restait plus que deux semaines pour lui faire ravaler ses propos.

Au rythme de mes nuits courtes et de mon enthousiasme, je progressais.

Mon père prenait mon apprentissage au sérieux. Il rajoutait son grain de sel.

J'ai préféré ne pas dévoiler sa présence. Pierrot m'aurait traité d'illuminé, de mythomane ou de bailleur de coquille. Y avait pas plus rébarbatif que lui aux manifestations de l'au-delà. Une simple allusion à l'ombre, et mon crédit de confiance aurait valsé. Mieux valait, pour notre bonne entente, ne pas dénoncer cette présence clandestine. Et surtout, surtout, éviter de dire que mon père se mêlait de son enseignement. Je ne doute pas de la furie qui l'aurait empoigné. Ni qu'il m'aurait banni de l'atelier. J'ai lié ma langue de trois nœuds et exigé de l'ombre une discrétion absolue. Cet apprentissage à deux maîtres, et à deux vitesses, me procurait un certain avantage cependant. Je m'améliorai deux fois plus vite.

Malgré mes rappels à la prudence, la modération n'était pas la première qualité du paternel. Toute ombre qu'il était, à la moindre hésitation il prenait les commandes et faisait le boulot à ma place. Toutefois, il jouait d'une finesse qui ne laissait rien deviner. Je restais donc de marbre, mais non sans ressentir une certaine inquiétude. Pierrot s'interrogeait :

— On croirait que tu as travaillé le bois dans une autre vie. Tu maîtrises les techniques ancestrales à la perfection. Tes dispositions me font réviser mes classiques et je me demande ce qu'il y a derrière tout ça, de qui tu tiens ces facilités. Je ne suis pas loin de penser que tu as hérité des dons manuels de ton père. Bon sang ne saurait mentir.

— Certes, j'en avais eu des échos, mais toi, comment le sais-tu ?

— La table estropiée, c'est lui qui l'a fabriquée. Il l'a offerte à la municipalité dans sa jeunesse pour la salle du Conseil. Quand le chauve a pris ses fonctions, il n'a pas pu en supporter la vue. Il l'a fait remiser là où tu l'as trouvée. Et pour ne jamais la revoir, il lui a scié une patte. Comme tu vois, leur querelle ne date pas d'hier !

Mon père à mes côtés gonflait sa poitrine. Il manquait de modestie et en perdait toute discrétion :

— Tu vois, mon fils, prends-en de la graine et laisse-moi faire. J'en ai encore sous le pied et tu n'as pas tout vu !

En insistant, il me faisait courir un grand risque. Je voyais arriver le moment où Pierrot découvrirait la supercherie. Alors je me suis acharné à faire des erreurs. Mais mon père les corrigeait aussitôt et cela me mettait hors de moi. Au moindre faux geste, l'ombre reprenait la main. Elle me portait la guigne alors que l'assemblage des étagères, tenons et mortaises, ne m'avait pas encore livré tous leurs secrets.

— Lâche-moi, j'ai dit, tu vas tout foutre en l'air. Si je deviens un crac comme toi, Pierrot se sentira offensé.

J'avais vu juste. Pierrot régressait en lecture.

Je devais le rassurer, mettre fin à cette comédie, quels qu'en soient les moyens. Une idée de génie, pour ne pas dire une idée de folie, me traversa l'esprit. Lorsque Pierrot s'éloigna, j'ai serré les dents et me suis amputé d'une phalange. Ce fut l'affaire d'un instant. Deux secondes sans rime ni raison au prix d'une douleur insoutenable. Bon Dieu comme j'ai eu mal ! En m'entendant crier, Pierrot a accouru.

— Ce n'est pas grave, me consola-t-il, en me tenant le bras en l'air et en stoppant l'hémorragie d'une gaze, c'est une phalange improductive. Il te reste la gauche pour te gratter l'oreille. Bienvenue au club, ajouta-t-il, en faisant danser sous mon nez son majeur raccourci.

En m'amputant le petit doigt, j'avais cru donner une leçon à mon père et le tenir à distance. Mais il mettait mon geste sur le compte d'une distraction et loin d'être calmé, il se croyait tout permis. Il refusait d'admettre que ses interventions étaient à l'origine de ma mutilation. Il me traita d'imbécile.

J'étais dans un tel état d'humeur noire qu'il n'aurait pas fallu qu'il en fasse davantage. Ce qu'il a fait ! Alors j'ai mis ma main en gage sur l'établi. Ma détermination à la scier lui donna à réfléchir. Il se résigna et se tint en retrait. Mais prêt à bondir, toutefois, et à m'arracher la scie si la stupidité me reprenait :

— Je t'ai dans le viseur, Simon, sifflait-il de temps à autre. Ne dérape pas d'un millimètre ou je reprends les commandes. De loin, il continuait à me souffler ses conseils, mais il n'approchait pas.

— Si tu m'écoutes, les rayonnages seront solides, ils pourront supporter des tonnes de livres.

Je me demandais lequel de nous trois rêvait plus que les autres à des rayonnages garnis de livres. J'ai fini par me convaincre qu'un même espoir nous habitait.

— Superbes, non ? conclut Pierrot, en désignant les étagères empilées.

Il s'approcha et caressa celle du dessus. Puis sa main fila sur les autres. J'attendais son verdict, un brin anxieux. Mais le sourire de Pierrot témoignait d'une réelle satisfaction :

— Elles sont égales au millimètre près, observa-t-il, tu as travaillé avec une efficacité d'artiste, on dirait du velours.

Son compliment se ficha dans la partie vulnérable de ma personnalité. Une gêne humide embua mon regard. C'était la première fois qu'il me félicitait. Jusqu'à présent, il ne m'avait pas ménagé, car il croyait en l'efficacité de la sévérité et me faisait profiter de la rudesse de son propre apprentissage. Mais comme je n'étais pas issu moi-même des plis d'un ballot de soie, je n'en concevais aucun désagrément qui aurait pu me faire douter de sa bonté. À dire vrai, j'étais plus fragile aux éloges qu'aux sarcasmes et ses louanges m'ébranlèrent de fond en comble.

— Je suis presque arrivé au bout, dis-je, courbé sur l'établi pour dissimuler mon embarras.

Mais Pierrot avait déplié ses antennes et détecté une faiblesse pouvant tout faire capoter :

— Redresse-toi, Simon, t'es cassé à l'équerre, dit-il en me forçant à déplier le buste. Bientôt, tu seras mis à l'épreuve. Ne mollis pas. Ce n'est pas le moment de baisser la garde ou les moqueries t'exploseront à la figure. Ne montre pas l'image d'un homme épuisé. Débarrasse-toi de cette gangue qui ternit ton étoile. Maintenant, tu sais te servir de tes mains. Le portrait de Simon le malhabile est révolu. Dans quelques jours, tu te forgeras une nouvelle identité. Tu entreras par le haut dans la cour des travailleurs manuels et tu seras reconnu pour ce que tu es vraiment, un homme qui en a sous le capot.

— Je réserve mon optimisme, Pierrot. Grâce à ton instruction, emboîter les étagères sera un jeu d'enfant, je te l'accorde, tu m'as enseigné le meilleur. J'admets que les mains sont un trésor inestimable et que je les avais négligées. Mais pour ce qui est de renverser ma réputation, laisse-moi sourire, on ne m'adoubera pas comme par enchantement.

45

Jouer au plus fin

Mai 1967

Tandis qu'on poursuivait en secret nos travaux réciproques, Grégoire tambourinait à ma recherche dans les rues du village :

— Vous n'auriez pas vu Simon ? Dix jours qu'il ne dort plus chez lui, dix jours qu'il néglige mes barriques et je m'inquiète.

L'agitation du viticulteur gagna le chauve en personne. Il supposa qu'un nouveau piège se préparait et décida de le déjouer. Ne me trouvant nulle part, il pensa me débusquer à l'école. Je m'y rendais parfois pour m'en payer une tranche avec le nouveau maître. Nous avions des points communs comme la lecture et comme notre aversion du premier magistrat. Ils étaient en désaccord constant et leurs altercations faisaient le bonheur des langues bien pendues.

Le chauve traversa la cour pleine d'écoliers et dut se dépêtrer d'une poignée de récalcitrants hauts comme trois pommes. Une insurrection couvait. Les bandes dessinées avaient fait leurs lits sous les coupes à la brosse. Les tabliers gris n'avaient que la bibliothèque en bouche et leur agressivité donna au chauve à réfléchir. Au point qu'il en oublia jusqu'à mon existence. En fin calculateur, une idée chassait l'autre.

À l'abri d'une croisée, l'instituteur, dans son vieux chandail élimé, le regardait venir. Une visite matinale n'augurait rien de bon et il s'y prépara. Lorsque Julien Jonquille entra, il s'appliquait à tracer au tableau noir la morale du jour : « Qui se sent morveux se mouche ».

— Cher maître, le flatta Julien Jonquille, après avoir lu le dicton et respecté un temps de réflexion, j'ai pris une décision, elle va vous plaire.

— Cela m'étonnerait. Vos directives m'apportent plus de tracas que de plaisir. Repartez d'où vous venez, j'ai des cahiers à corriger.

— Tout doux, monsieur l'instituteur, je viens en pacificateur.

— Plaît-il ?

— À la fête de fin d'année, je distribuerai en personne une bande dessinée aux dix meilleurs élèves. Je viens chercher des noms, mais prenez votre temps, rien ne presse, je vais m'asseoir au fond de la classe.

Porté par son enthousiasme, Julien Jonquille avait négligé une controverse dont il avait, pourtant, fait les frais plus d'une fois. L'instituteur détestait les inégalités. Pas manqué, le maître se drapa dans l'offense :

— Je ne connais pas dix meilleurs élèves que d'autres. Chacun fait de louables efforts. Ce sera trente-cinq albums ou rien du tout.

Dans l'art de retourner sa veste, Julien Jonquille se posait en champion. Il ne marqua aucune hésitation :

— L'idée est intéressante, réagit-il aussitôt, on va peut-être pouvoir s'entendre.

— Ce serait une première.

— Dressez-moi une liste de trente-cinq albums et je me charge de la soumettre au vote.

Le maître s'exécuta sans y croire. Julien Jonquille fourra la liste dans sa poche et repartit aussi sec défendre la dépense :

— Les enfants grandissent vite, dit-il à son conseil réuni en séance extraordinaire, ce sont de futurs électeurs. Notre avenir d'élus dépend de la façon dont nous les traitons aujourd'hui.

Personne n'y trouva à redire.

Il déposa la liste entre les mains de l'adjoint aux finances. Mais elle revint le lendemain annotée d'un coût rédhibitoire. Le chauve, qui n'était pas à une ruse près, tapa du poing sur la table et déclara :

— Puisque c'est ainsi, puisqu'on ne peut pas récompenser chaque écolier individuellement, ils se partageront les livres. Si on doit y passer, on passera par une bibliothèque. Je la prends sous mon aile et j'en assume l'idée.

La décision du maire s'était répandue en moins de temps qu'il n'en faut pour le dire. La boulangère aux allures de princesse m'en confia la primeur et m'enjoignit vivement d'entrer dans son jeu :

— Baisse la garde, Simon, Julien Jonquille est acquis à ta cause.

La pirouette du chauve fonctionnait du tonnerre de Dieu. Les honneurs basculaient dans son camp avant d'avoir fréquenté le mien. Je n'étais pas disposé à me laisser marcher sur les pieds. Son retournement me réduisait au rôle de piètre exécutant et j'envisageais d'aller lui dire son fait quand ma princesse, prenant le pouls de mon humiliation, contourna son comptoir et m'agrippa le bras :

— Tu dois jouer au plus fin, Simon. Je suis avec toi et derrière moi, il y en a d'autres. La bibliothèque nous a mis l'eau à la bouche. Je rêve de lire des romans d'amour. Ne te dégonfle pas pour une question d'ego. Sans toi, le chauve court à l'échec et toi sans lui, tu ne vaudras guère mieux.

La sagesse de ma princesse me toucha d'un tendre uppercut. Elle rêvait de lire des romans d'amour et j'ai cédé à son raisonnement.

— Tiens, c'est pour toi, dit-elle en m'enveloppant la dernière brioche au sucre sortie du four.

En quittant la salle du conseil, Julien Jonquille n'avait plus qu'une obsession : trouver Simon. Il exigea qu'on m'attrape et qu'on me livre à sa merci. Personne ne s'y risqua. Le bruit courait que je dissimulais une scie et un marteau sous mon apparence de falot. Un cireur de pompes lui souffla d'aller traîner du côté de chez Pierrot, là où deux conspirateurs se liguaient contre lui.

Il fit ni une ni deux.

Nous avions pris pour habitude de sécuriser nos apprentissages avec une chaîne de vélo et un cadenas à clef. Cette précaution nous protégeait d'un débordement de curieux. Les indiscrets se contentaient de nous épier à travers les jointures des planches des parois de l'atelier.

Ce ne fut pas du tout la même chanson, lorsque, aidé d'un bélier et de trois volontaires, le chauve défonça la porte. En tant qu'officier de police, il se donnait tous les droits et nous enlevait celui de contester. Il se paya le luxe d'une entrée fracassante dans une propriété privée.

La bouche de Pierrot se referma d'un couac de canard touché en plein vol. Mon marteau écrabouilla mon gros orteil. Je l'ai ramassé et j'ai levé le bras. Pierrot tenait la scie à deux mains, pointée en direction de l'intrus. Lorsque le chauve nous découvrit, pris sur le vif et décidés à en découdre avec des armes de menuisier, il se calma vite fait. C'était tout à son avantage d'en rabattre. Il leva les bras d'un homme qui s'avançait en pacificateur.

— Je suis désarmé et je viens vous proposer un statu quo.

La suite se déroula entre gens de bonne compagnie :

— Il paraîtrait, Simon, que tu t'agrippes encore à l'idée d'une bibliothèque. Dis-moi si je me trompe.

— J'ai un devoir de mémoire à remplir.

— Taratata, laisse les morts en paix, ils te pourrissent la vie. Quand seras-tu prêt ?

— Bientôt, si on ne me met pas des bâtons dans les roues.

— Je ne te savais pas si opiniâtre. Après tout, la ténacité n'est pas un défaut. J'en connais un qui doit s'en réjouir. Je parierais qu'en ce moment, il est là, quelque part dans l'atelier, et qu'il nous entend bavasser.

Il se retourna pour surprendre une présence :

— Je reconnais son odeur de laboureur à bœuf. Tu vois de qui je parle, hein, Simon ? Ton père n'est pas loin.

En matière de revenants, le chauve était affecté d'une crédulité qui rejoignait la mienne. Il fouilla la pénombre, mais il pouvait toujours essayer. En tant que fils unique, j'avais une supériorité sur lui, j'étais le seul autorisé à voir l'ombre de mon père. D'ailleurs, en ce moment, le paternel profitait du spectacle à califourchon sur une poutre. Je ne l'ai pas dénoncé. Pierrot nous regardait sans comprendre.

Tout à trac, Julien Jonquille s'appropria la bibliothèque. Il me démontra, par a plus b, qu'il en entretenait l'idée depuis son élection et que jusqu'à présent, les finances ne l'avaient pas beaucoup aidé. Le moment était venu et il m'en confiait la primeur. Mon rôle, dans sa bouche, se serait limité à celui d'un révélateur.

Je ne fus pas surpris par sa volte-face. Ma princesse m'avait déjà rancardé. Le procédé était habile et la ruse diabolique. Je n'ai rien dit ou observé qui aurait pu le désavouer. J'avais eu tout le loisir de peaufiner ma réaction et de mettre Pierrot dans la confidence. Nous avions convenu, pour la bibliothèque, de nous plier aux caprices du premier magistrat.

— La bagarre n'aura pas lieu, on est d'accord.

Julien Jonquille rempocha ses arguments. Il en avait préparé d'autres, mais je n'étais pas disposé à les entendre. Il vérifia tout de même où il mettait les pieds. Il caressa les étagères et réflexion faite, il se félicita d'avoir misé sur le bon cheval :

— J'ai toujours cru en toi, Simon. Je t'ai mis à l'épreuve et le résultat est à la hauteur. Les rayonnages ont trouvé leur maître, clama-t-il en montant le volume à destination des curieux massés à l'entrée. Qu'on me pende si je me trompe, j'ai misé sur le meilleur ouvrier.

Un tapage derrière nous, suivi d'un juron, nous fit nous retourner d'un bloc. Mon père avait chuté de sa poutre et se tenait la cheville. Pourtant, il m'avait assuré de l'insensibilité d'une ombre à la douleur. Mais plus que sa cheville, mes nouvelles accointances avec son ennemi juré étaient la cause réelle de ses cris de souffrance.

— C'est drôle, s'exclama Pierrot, parfois j'entends des bruits bizarres, j'ai l'impression qu'on nous surveille.

— Il est là, railla le chauve, je l'entends, il n'a pas l'air content, conclut-il en me gratifiant d'une bonne grosse tape entre les omoplates. Je sens qu'on va faire la paire, toi et moi. Et je sens qu'un troisième larron nous collera aux fesses.

Julien Jonquille décida de réceptionner la pose des rayonnages en grande pompe et nous avons programmé un vin d'honneur.

Quant à l'inauguration proprement dite, je n'étais pas prêt. Il y avait encore du boulot. Le classement des livres n'allait pas se faire en un jour. Il exigerait toute mon attention et une durée compliquée à définir. Deux mille livres, au bas mot, trépignaient sur mes tomettes. Peu de personnes étaient susceptibles de m'aider à les classer à part Rosaline. Mais le chauve s'impatientait. Je me suis aventuré à lui livrer une bibliothèque fonctionnelle dans les meilleurs délais. C'est-à-dire avant l'écoulement de la semaine supplémentaire qu'il m'avait accordée.

J'avais tout intérêt à respecter cette date butoir, car il envisageait de mettre les petits plats dans les grands : inviter la presse locale et les élus du canton. Il voulait lancer les invitations et inscrire une date sur le carton. Ma crédibilité était en jeu ainsi que sa réputation.

46

Le déménagement

Mai 1967

Pour la pose des étagères, la foule se pressait. Julien Jonquille avait rameuté ses administrés. Parmi eux, Pierrot circulait le torse bombé et la gloriole au bout des lèvres :

— C'est moi son maître, se vantait-il, il va vous épater et dresser les rayonnages en moins de temps qu'il ne faut pour le dire.

On l'écoutait comme s'il parlait une langue étrangère. Sans rien comprendre à son verbiage et comme si mon effronterie légendaire avait déteint sur lui.

Un petit air de fête régnait tout autour. Grégoire avait organisé les réjouissances. Il n'avait pas mégoté sur la boisson et distribuait à la louche des godets de son célèbre rince-goret. Une recette apéritive de sa fabrication qui avait le mérite de mettre tout le monde d'accord. C'était plus fort que lui, à chaque récréation il rinçait l'assemblée et prenait la vedette. Mais ce jour-là, le succès le boudait, j'étais au centre de toutes les attentions.

La complainte étouffée du maillet sur les chevilles en bois captivait l'assistance. Les regards se plaquaient contre la porte de la future bibliothèque pour ne pas en rater l'ouverture. Personne ne voulait louper l'instant décisif où les deux battants s'ouvriraient sur mon échec. Qu'ils puissent s'ouvrir sur une réussite n'investissait pas le domaine du possible. Pour tous, j'étais l'enfant perdu du village et je m'apprêtais à démontrer, une fois de plus, mon incompétence. Chacun s'en félicitait par avance.

Soudain, l'assemblée cessa ses commentaires. Il se tramait du nouveau. Les deux battants grinçaient sur leurs gonds et c'était moi, Simon, qui les rabattais contre le mur. À mes côtés, le chauve irradiait :

— Entrez, entrez !

On se pressa à l'intérieur. La splendeur de l'ouvrage fascinait et l'évidence s'imposait : Simon, le plus maladroit d'entre tous et le plus rébarbatif à la tâche, était doté de capacités manuelles hors du commun. De bouche en bouche, il se disait que son père ne l'avait pas loupé sur ce point.

La surprise évacuée, l'on exigea de moi une franche explication. Pourquoi m'étais-je complu dans la lecture et la boisson alors que je possédais des dons exemplaires de travailleur manuel ? Comment me justifier ? Avais-je le droit de me payer le luxe d'une douce vengeance ?

J'ai longtemps hésité à dire qu'à Saint-Ignace-les-Benoits, le travail manuel primait injustement sur les dispositions de l'esprit ; à dire que cette tyrannie ordinaire entravait l'intégration d'un individu dans sa communauté. Il suffisait qu'on me regarde, j'en étais la preuve vivante, la preuve écartelée. Mais un seul d'entre eux aurait-il évalué son comportement à sa juste mesure ?

Je me suis gardé de remuer la vase.

L'hypocrisie exigeait moins d'effort que la sincérité. J'ai remercié Julien Jonquille pour son appui. Je louvoyais entre les félicitations et les encouragements sans pour autant m'aveugler. Je ne croyais pas qu'on puisse passer du noir au blanc du jour au lendemain. Ni qu'à l'avenir les sourires et les paroles deviendraient lisses comme des galets de rivière ! Je doutais de tous et de moi plus que les autres. Combien de temps allais-je tenir la longueur ? Combien de temps me faudrait-il pour retomber dans les travers qui m'avaient dessiné le profil du jeune homme le plus cabossé de la Terre ?

J'ai réclamé des bras pour le déménagement des livres.

Julien Jonquille réquisitionna le nouveau garde champêtre et sa brouette neuve. Je me suis arraché les cheveux. Pour me faire perdre du temps, il n'aurait pas pu trouver mieux. Le jeunot était l'entrave idéale. Il mettait tant de flemme à transporter les livres, de chez moi à la bibliothèque, que moi-même dans mes périodes les plus récalcitrantes je n'avais jamais atteint ce degré de mollesse. Sans quelques volontaires pour pousser la brouette, nous y serions encore.

Comme je le houspillais, il me reprocha d'être un bourreau du travail. Je n'ai pas pu me retenir d'un rire énorme. Son accusation trahissait une vision étonnante. Aux yeux du nouveau, je passais pour un travailleur acharné. Un comble ! Mais je devais en convenir, les regards sur moi s'étaient modifiés.

Le déménagement terminé, je n'étais pas au bout de mes peines. Le classement des livres annonçait la partie la plus longue et la plus délicate.

J'ai remercié chaque volontaire et j'ai gardé uniquement la compagnie d'Amélie. La demoiselle me fut d'un grand secours. Son ardeur et son entrain dépassaient le cadre de ses attributions. Elle me tendait les livres en tirant fort sur ses bras. Du haut de l'échelle, je l'encourageais en lorgnant dans son corsage.

J'admirais le spectacle lorsque Grégoire fit une entrée tonitruante. Quatre jours s'étaient écoulés depuis la distribution de son célèbre rince-goret. Je l'avais rayé de mes préoccupations. Son entrée fracassante faillit me faire chuter de l'échelle. De frayeur, Amélie en lâcha la pile des *Mémoires d'outre-tombe*.

Sa dernière apparition remontait à samedi dernier, pendant le transport des livres. Je l'apercevais au loin, crucifié comme un corbeau à la porte de son chai. Il manifestait sa présence par un immobilisme et un mutisme exemplaires. Jamais il ne leva le bras pour me saluer et je le soupçonnais rempli d'une aigreur passagère. Il tripotait sa casquette comme sur le passage d'un convoi mortuaire. Cette surveillance silencieuse, quoique bizarre, me convenait tout à fait. Je ne l'ai pas encouragé à venir me rejoindre. Je pressentais des complications s'il s'était rapproché.

Avant de me trouver en équilibre sur le neuvième barreau, il découvrit d'abord la petite Amélie. Il la fixa comme une diablesse :

— Bonjour, Amélie, que fais-tu là ? Va voir ailleurs si j'y suis !

— Tu peux parler devant Amélie, dis-je aussitôt pour couper court à une réaction explosive de la demoiselle. Nous n'avons pas de secrets.

Grégoire émit un petit rire narquois. Il était manifestement agacé par une présence féminine et par le pouvoir qu'Amélie semblait exercer sur moi. L'ayant délaissé ces derniers temps, je ressentais une forme d'embarras. Je suis descendu de l'échelle, résigné à lui accorder une minute.

— Tu prendras bien un petit café, Grégoire ?

— Tu bois du café maintenant ?

— Désolé, ces derniers temps, je suis distrait, le goût du vin m'a échappé.

— Tout comme la compagnie de ton pote Grégoire !

Il venait d'allumer la mèche d'une bombe à retardement. Je prévoyais une terrible explosion et j'étais sur le qui-vive, légèrement en retrait, la vigilance aux aguets. Mais il m'ignora, aimanté par une préoccupation supérieure. Il fouillait dans les caisses de livres en y mettant un sacré bazar. On aurait dit un ours à la recherche d'un pot de miel ou bien un sanglier à la recherche d'une truffe. Il détruisait tout le travail en amont. Je ne pouvais décemment pas le laisser continuer sans y mettre le holà. Je me suis rappelé à son bon souvenir d'un ton cassant :

— Grégoire, que cherches-tu là ? Tu détruis mon travail.

C'était la réflexion à ne pas faire. Mais trop tard. Il se retourna, mit les poings sur ses hanches et comme prévu, il explosa :

— Je viens récupérer le livre.

— Quel livre ?

— Ne sois pas hypocrite, tu connais la réponse. Mais je vais te la redire au cas où tu l'aurais oubliée. C'est le recueil de poèmes de Rosaline. Ces temps-ci, tu as l'esprit par monts et par vaux. Donc me voilà. Je ne repartirai pas les mains vides !

— Nous avons une urgence, intervint Amélie, reviens après l'inauguration.

Grégoire la fusilla du regard. Il n'avait pas l'air commode. Il arborait sa figure des mauvais jours lorsqu'une étincelle le jetait sur des voies qu'il ne maîtrisait pas. Amélie, si prompte à se défendre ordinairement, en perdait ses moyens. Elle subissait son incroyable domination. J'ai entrevu un danger et suis intervenu pour le calmer :

— Tu fais erreur, Grégoire, j'ai une très bonne mémoire et t'es bien placé pour le savoir. Comment aurais-je pu faire l'impasse sur une commande si singulière ? Ne sois pas impatient. Les caisses de livres sont passées au peigne fin. Mais le recueil de poèmes est si mince ! Il semblerait qu'il se cache.

— Je ne suis pas loin de penser, vois-tu, qu'en souvenir du bon vieux temps, tu aimerais le garder. Mais une promesse, c'est une promesse, j'espère que tu ne vas pas te défausser.

— Sois sans crainte, je ne reviens jamais sur ma parole. Dès que je mets la main dessus, je te les donne séance tenante. Que pourrais-je ajouter pour te rassurer ?

— Jure-le et nous serons quittes.

— Tu vas me faire jurer jusqu'à quel âge ?

— Jusqu'à leur livraison.

J'ai soupiré, déterminé à lui refuser cette gaminerie. Mais, devant sa face de suppliant, j'ai cédé, levé la main droite et j'ai craché. Il ne semblait pas rassuré pour autant et lorgnait du côté des caisses. La frénésie le reprenait. Il fouillait à nouveau et à nouveau il bouleversait notre organisation. Amélie me suppliait d'intervenir avant qu'il ne saccage notre fonds de commerce.

La peur d'avoir tout à reconstruire m'a fait pousser des muscles. J'ai tiré Grégoire vers la sortie comme un vil sac à patates. Il s'agrippait à ma chemise. Elle craquait par endroits. L'angoisse défigurait Amélie. Elle brandissait un livre, mais heureusement, elle n'a pas eu besoin de le lancer. Malgré toute la peine que cela me causa, et toute la volonté que cela exigea, j'ai tourné la clef dans le dos de Grégoire. Il resta le nez aplati contre la vitre. Dans une forme de supplique qui me mit sens dessus dessous. Mais bientôt, il abandonna la partie. Un attroupement se formait derrière lui :

— Que t'arrive-t-il, Grégoire ?

— Ça ne regarde personne !

Sa bouche tordue contre la vitre et ses gestes évocateurs m'indiquaient la direction à prendre. Il attendait les poèmes dans les plus brefs délais.

— On ne peut pas être plus explicite, me dit Amélie, il ne te laissera pas en paix tant qu'il ne sera pas servi.

Un filet de sueur courait de sa tempe à sa joue.

— J'ai eu peur, me dit-elle, je n'aime pas Grégoire. Si on ne trouve pas les poèmes rapidement, il reviendra mettre le bazar et je préfère ne pas y penser.

Elle s'était rapprochée de moi et vérifiait lequel de mes vêtements avait craqué dans l'empoignade. Ses doigts couraient sur les coutures de ma chemise. Tandis qu'elle recherchait l'accroc, son corps frôlait le mien. Elle occupait en babillant le maigre espace entre nous deux.

Elle me disait s'y connaître en reprises invisibles et me décrivait les performances de sa machine à coudre. Une Singer à pédale dont elle était si fière. Si elle me l'avait demandé, je me serais mis torse nu pour la regarder recoudre ma chemise, actionner la pédale, tourner la roue et piquer le tissu.

47

Le recueil de poèmes

Mai 1967

À tourner autour des caisses, à la recherche des poèmes, le travail n'avançait pas. Amélie m'entraînait dans une fouille incertaine. Le recueil était plus obstiné à se cacher que moi à le trouver. J'avais beau prévenir la demoiselle du temps qui filait, elle n'était pas si docile quand elle sentait le danger à sa porte :

— L'imprudence serait de prendre Grégoire à la légère. Il est déterminé et méprise nos priorités.

— Le temps presse, Amélie, l'inauguration c'est pour demain. Les invitations sont lancées, on ne peut plus faire marche arrière.

— L'urgence est ailleurs. Tu dois te libérer de ta promesse ou sinon tu t'attireras les foudres. On ne jure pas impunément.

— Grégoire attendra un jour ou deux, je ne suis pas à sa botte.

Nous cherchions à nous convaincre l'un l'autre en brandissant nos arguments. Amélie prônait une malédiction en cas de promesse non tenue et je lui opposais le retard et les heures qui tournaient.

Nous en étions là de nos confrontations verbales, et perdions de précieuses minutes lorsque le correspondant de la presse locale s'est présenté. C'était un petit gros, à la bouille ronde et à la mèche rebelle. Il était flanqué de multiples viseurs en bandoulière.

— Il faut marquer l'événement, dit-il, ce sera la première bibliothèque du canton. Une photo et un titre sur quatre colonnes lanceront l'affaire. Après, les lecteurs se bousculeront, c'est le succès assuré.

Nous nous sommes entretenus un bref instant. Mais un instant suffisamment riche pour que je sente ma poitrine se gonfler. J'ai abandonné Amélie à ses recherches et me suis empressé d'aller claironner la visite du journaleux au bistroquet. Je contrevenais à tous mes arguments sur les heures qui filaient et le temps qui pressait. Mais l'orgueil me portait. J'ai arrosé ma future photo dans le journal.

À mon retour, Amélie me gratifia d'un mépris exemplaire. Je m'interrogeais sur les pensées qu'elle avait dû remuer en mon absence. Ma dépendance à l'alcool lui causait d'insolubles problèmes et pour entrer dans ses bonnes grâces j'avais multiplié les promesses. Je venais de manquer à ma parole en plus d'avoir balayé l'urgence de la situation. Elle se dirigea vers la sortie, pleine de dépit.

Au moment d'attraper la poignée, elle fit mine d'avoir perdu une épingle à cheveux et revint sur ses pas, les yeux rivés au sol. La compassion l'avait emportée. Si elle m'avait planté à ce moment, je me serais écroulé. Mes mains tremblaient.

Une remontée à son cœur allait exiger des combats qu'il me faudrait durement gagner.

Je suis remonté à l'échelle et j'ai accepté comme un cadeau du ciel la pile de livres qu'elle me tendait. Mes mains, encore mal assurées, s'y prirent en dépit du bon sens. Les livres m'échappèrent. Après une envolée au-dessus de ma tête, ils s'abîmèrent au sol. Ma descente de l'échelle fut comparable à celle d'un équilibriste qui, d'une main à sa corde, et l'autre saluant la foule, se laisse glisser à terre. Mais n'étant pas douées d'agilité, mes jambes plièrent à l'atterrissage. Je me suis étalé. Je cumulais boulette sur boulette, humiliation sur humiliation.

Amélie s'obstinait à fouiller et perdait un temps fou. Nous n'échangions ni un regard ni un agacement qui auraient pu rajouter une note discordante à notre fâcherie. Je recherchais un trait de légèreté et ne trouvais que le fardeau du silence.

Je m'occupais à genoux à rassembler les livres éparpillés sur les carreaux de ciment, lorsque ma main rencontra le petit recueil de poèmes. Je me suis redressé si brutalement que je me suis senti mal et j'ai perdu l'équilibre.

Amélie me récupéra avant que mon front n'aille s'éclater sur le coin de la table de lecture. Elle m'étendit sur le banc et glissa un coussin sous ma tête. Son caquètement de poulette affolée me retenait à la vie.

Entre mes cils, son doux visage se découpait. Elle me rafraîchissait à l'aide d'un roman de Chateaubriand qu'elle manipulait comme une Madrilène son éventail. Sa bouche n'avait jamais été si proche et son corps si près de m'enlacer. Je respirai à fond ce prodigieux bonheur. Il m'aurait plu de faire durer cette tendre parenthèse si ce n'avait été une larme au bord de ses paupières. Une explication s'imposait :

— J'ai revu le recueil de poèmes.

— Si tu dois t'évanouir quand tu le vois, cela me conforte dans mon idée, il porte la poisse.

Ses yeux se plissèrent :

— Dis-moi, Simon, que referme-t-il de si terrible pour te plonger dans cet état ?

— Des souvenirs, Amélie, rien que d'innocents souvenirs ! Mais en le saisissant, une douleur m'a empoigné.

— Alors, ne t'y frotte plus, il te détruit.

Elle extirpa de sa poche le petit fascicule qu'elle avait arraché à mes doigts. Bien qu'il ait été rangé entre les pages d'un autre livre, on pouvait deviner, à son aplat froissé, son triste sort entre les mains de Rosaline se tordant de douleur. J'ai caressé des yeux la couverture pelucheuse. J'ai reconnu les duchesses au bal, aux jupes virevoltantes, roses, bleues et violettes.

— N'as-tu pas juré d'apporter dans la seconde ces poèmes à Grégoire ?

— Exact.

— Alors qu'attends-tu ?

— Rien ne presse. J'aimerais les relire, ils recèlent un mystère.

— C'est bien ce qui me préoccupe.

— Si ces pages pouvaient parler, elles rétabliraient la vérité !

— Quelle vérité ?

— Ce qu'elles ont vu. Et principalement la solitude de l'institutrice lorsqu'elle s'est effondrée. Contrairement aux assertions de Grégoire qui maintient le contraire, et croit dur comme fer à la responsabilité du berger. Il soutient qu'il l'a regardée mourir sans lever le petit doigt. S'il connaissait la vérité, Grégoire aurait moins de haine.

— Simon, ressaisis-toi ! Ces poèmes n'ont aucune déclaration à faire. Ce n'est pas en les manipulant que tu les forceras à parler. Les livres racontent leur propre histoire et se moquent éperdument de celle des autres. Mais celui-là, vois-tu, il est différent des autres, tu as raison, il te rend maboul. Pourquoi ne pas l'offrir aux flammes en sacrifice et qu'on n'en parle plus ? Les braises sont encore chaudes, qu'en penses-tu ?

Elle s'était rapprochée du foyer, le bras levé, attendant mon accord. Je me suis interposé :

— Tu me jetterais dans les flammes que je n'en souffrirais pas moins. Brûler ces poèmes serait semblable à immoler le souvenir de Rosaline par le feu. Ne compte pas sur moi pour t'encourager à le faire.

Amélie recula. L'incompréhension l'absorbait tout entière :

— Me raconteras-tu un jour ce qu'ils renferment exactement ? Je soupçonne une histoire tordue entre vous trois.

Les lettres à Rosaline se sont alors imposées. Ces lettres que j'écrivais pour Grégoire et où je mettais tout mon cœur. Ces lettres que la fillette, puis la jeune fille et la femme devenues glissaient entre les pages de ce recueil. Ces lettres qui permettaient nos rencontres et nos échanges de livres. Je revivais ces moments merveilleux, partagés en toute innocence.

Cette expédition secrète, dans le labyrinthe de mon enfance, me faisait oublier Amélie. Je dérivais vers des bonheurs où elle était interdite. Elle s'en impatienta et me força à prendre une décision :

— Simon, ces poèmes nous empêchent d'avancer et puisque tu refuses de les détruire, allons sur-le-champ les porter à Grégoire. Le plus vite sera le mieux.

— Je regrette, nous n'avons pas le temps.

— Le temps nous le prendrons. Autrement, tu vas droit au casse-pipe et la bibliothèque en paiera les pots cassés.

Depuis le passage de Grégoire, Amélie me croyait en grand danger et m'embêtait avec son intuition féminine. Ses raisonnements finirent par me convaincre toutefois. Comme elle, je croyais dur comme fer aux fâcheuses conséquences des promesses non tenues.

— Tu as peut-être raison, Amélie, évitons-nous les foudres.

En acceptant de porter le recueil de poèmes à Grégoire, je cédais aussi à mon père. Il avait pris le parti d'Amélie et m'encourageait à prendre la direction du chai. Ce qui m'interpellait par ailleurs. Pourquoi me poussait-il vers le lieu de tous les dangers ? Mais venant de lui, je m'attendais à tout, il était imprévisible ces derniers temps.

Mes promesses d'abstinence étaient encore chaudes. Mais le manque se faisait cruellement sentir et mes efforts pour me tenir à distance du chai s'avéraient de plus en plus difficiles. Ma résistance ne devait son succès qu'à des promesses compliquées à tenir. Un petit tour par les barriques de Grégoire me réjouissait. J'anticipais les verres de vin et rien qu'à cette idée, mes jambes bouillaient d'impatience. Amélie prit les devants :

— Je t'accompagne, Simon. Si tu perds le contrôle, je serais là pour te le rappeler.

Elle s'empressa de fermer la porte à clé et d'accrocher les volets pour masquer le désordre.

— Au retour, me dit-elle, on fera appel à mes sœurs. Ce ne sont pas des mollassonnes, tu les as déjà vues à l'œuvre. Préparons-nous à passer une nuit blanche.

Je n'étais pas très favorable à une intervention des sœurs. Mais comment m'en sortir autrement ? Jusqu'à présent, j'avais décliné toutes les offres d'entraide et gardé Amélie pour moi seul, dans un but calculé. Outre son entrain et son efficacité, elle faisait la révolution dans mon cœur. Mais paralysé par la peur de me prendre un râteau, je me tendais mes propres pièges. Par ma faute, je le suppose, notre relation n'évoluait pas.

48

La dernière lettre

Mai 1967

Mes foulées s'allongeaient et la petite Amélie peinait à me suivre. Elle souffrait d'ampoules aux pieds et me forçait à ralentir. Sans elle, j'aurais enfilé mes bottes de sept lieues. Elle se déchaussa au pied du grand frêne :

— Mes talons me ralentissent, dit-elle, je les récupérerai au retour.

En partant, nous avions choisi la prudence en écartant les poèmes de ma vue. Amélie les transportait au fond de sa poche, son mouchoir par-dessus. Mais je voyais bien que leur contact la révulsait, elle écartait le tissu tout en marchant.

En enlevant ses talons, la pauvrette avait cru se libérer d'une entrave. Mais elle poussait des petits cris de douleur. Ses chevilles en tordaient et la peau fine de ses pieds en pâtissait. Je lui ai proposé mes souliers. Marcher pieds nus ne me dérangeait pas. Il y avait plus de corne à mes pieds que d'éraflures à mes paumes.

Pourquoi mon père lui a-t-il fait ce croc-en-jambe ?

Lorsque j'ai vu l'ombre s'approcher, c'était trop tard, Amélie mangeait la poussière. Je me suis lancé à sa poursuite. Mais le vieux crapaud était déjà loin. Ma course fut un réflexe ridicule. Comme toutes les ombres, celle de mon paternel était insaisissable et diablement rusée. Je suis revenu sur mes pas.

Amélie arrachait, un à un, des petits cailloux incrustés dans la chair ronde de ses genoux. Elle se releva et ramassa son mouchoir. Les poèmes étaient partis valdinguer au fossé. Je commençais sérieusement à croire à une malédiction. J'avais la perception de plus en plus criante qu'ils n'avaient pas fini de m'en faire voir. S'ils n'avaient pas été blanchis d'une amitié passée, je les aurais volontiers abandonnés dans ce fossé putride.

Je les ai cueillis du bout des doigts et je les ai secoués. Une feuille tomba. C'était une lettre à première vue, une lettre bleue pliée en quatre. Une lettre d'amour. La couleur et la texture de son grain la dénonçaient.

Estimant qu'une morte a droit à ses secrets, j'ai détourné mon regard. Mais j'ai eu toutefois le loisir d'être en butte à des soupçons. Sans mon père, qui m'obligea à mettre le nez dedans, Grégoire serait encore mon pote. Au bout de la lecture, les lumières s'éteignirent.

Lorsque j'ai repris connaissance, Amélie chantonnait un doux refrain à mon oreille. Et quand elle m'estima suffisamment ragaillardi, elle employa un ton beaucoup moins sympathique :

— Putain de poèmes, dit-elle, ces saloperies d'alexandrins se jouent de toi. Tu t'évanouis quand tu les touches. Je te signale que c'est la deuxième fois et c'est deux fois de trop.

— Les poèmes n'y sont pour rien, c'est la lettre qu'ils contiennent.

— Quelle lettre ? Elle est de qui, cette lettre ?

— De Grégoire.

— Et que dit-elle ?

— Tout son amour pour Rosaline.

— Trois mots d'amour ne te mettraient pas dans cet état. Cette lettre en dit davantage.

Laisser Amélie dans l'ignorance aurait été un très mauvais calcul. Elle m'aurait harcelé. Alors je suis allé à l'essentiel, à mon refus d'écrire une dernière lettre.

— Quand Grégoire est venu m'implorer pour écrire une dernière lettre à Rosaline, l'eau avait coulé sous les ponts. Rosaline et son berger coulaient des jours heureux. Je croyais l'épisode des lettres enterré. Mais il me suppliait comme si le reste de sa vie en dépendait. J'ai tenu bon. Je l'ai invité à écrire cette lettre lui-même et à la porter en personne. Sachant qu'il en serait incapable. J'espérais ainsi le détourner de cette folie.

— Pourquoi une dernière lettre ? Simon ? Il y en a eu combien d'autres avant ?

Je n'avais nulle envie d'aborder le sujet. Avec le temps, les lettres à Rosaline me remplissaient d'effroi et de bonheur mêlés. C'était un sentiment étrange. Je ne voulais ni m'en confier ni m'en justifier. Mais voilà que cette histoire ressurgissait et voilà que ma douce Amélie s'y intéressait.

Comment allait-elle me juger ? La complicité malsaine entre Grégoire et moi me mettait mal à l'aise. Ma contrariété se voyait comme une tache de sang sur un drap blanc. La gentille Amélie n'insista pas :

— D'accord, c'est ton passé, garde-le. Mais pour le présent, je me sens concernée. À quel rebondissement devons-nous nous attendre ? Tu n'es pas dans ton assiette.

Effectivement, des souvenirs me tracassaient. J'avais envoyé Grégoire gérer son obsession tout seul et tout compte fait, je n'avais réussi qu'à le mettre aux abois. En l'envoyant promener, j'avais cru enrayer définitivement le cours de cette aventure épistolaire. Mais la lettre bleue me prouvait le contraire.

— La lettre bleue me dévoile un prolongement que le gredin s'est abstenu de révéler. J'ai cru les poèmes susceptibles d'atténuer sa peine et j'ai failli me laisser prendre à ses suppliques. En fait, il veut mettre la main dessus pour récupérer cette lettre. Son imposture me saute aux yeux et son silence me perturbe.

— Tu es bien pessimiste. Voudrais-tu être plus clair ?

Mes suspicions ne passaient pas la barrière de mes lèvres. J'ai préféré tendre la lettre à Amélie afin qu'elle découvre le détail qui m'avait crucifié :

— Lis et dis-moi où est l'anomalie.

Amélie s'exécuta. Puis me retourna la lettre avec une moue dubitative :

— À part les propos d'un amoureux exsangue et ceux d'un homme meurtri, désolée, je ne vois rien de suspect.

— Regarde à l'emplacement de la date.

— Oui, et après ?

— C'est le jour de la mort de Rosaline. Comment a-t-elle pu avoir cette lettre entre les mains puisqu'elle est morte de bon matin, aux cloches de l'angélus ? J'ai beau retourner la question, je ne vois qu'une réponse, Grégoire aura porté cette lettre bleue aux aurores. À cette heure matinale, le berger ramassait les champignons dans les bois, à la rosée et à la lampe de poche. C'est écrit dans le rapport des gendarmes.

— Et même si c'était vrai, qu'est-ce que ça changerait ? Ce n'est pas la visite de Grégoire qui a tué l'institutrice tout de même ! Le toubib a été formel et ses explications transparentes : rupture d'anévrisme. Une déficience familiale déjà constatée par deux fois. Sa mère et sa grand-mère avant elle. La vie s'enfuit en dix minutes. Dix minutes horribles pour celui qui se tord de douleur. La parole du toubib n'a jamais été mise en doute.

— Qui l'aurait contredit ? C'est l'illustration par l'exemple de la loi des séries. Jamais deux sans trois. Le berger l'a retrouvée raide morte dans sa cuisine, en travers de la porte du jardin. Comme si elle avait tenté d'appeler au secours ou supplier quelqu'un.

— Que vas-tu insinuer ? Je doute que Grégoire ait fait long feu après son expédition amoureuse. On peut seulement lui reprocher d'être le dernier à l'avoir vue vivante et ne s'en être pas vanté. Mais de là à conclure qu'il est impliqué dans sa mort, il faut avoir l'esprit bigrement dérangé. Ressaisis-toi Simon.

— Désolé, mais je reste sur ma faim. D'ordinaire, Grégoire n'est pas avare de vantardise. J'étais dans son chai avant que le décès de Rosaline ne se répande. Il n'était pas censé le savoir plus que moi. Hâbleur comme il est, il aurait dû arroser sa prouesse. Il aurait dû porter un toast à son exploit. Il en porte des quantités pour beaucoup moins que ça. Tout est bon avec lui pour lever son verre. Mais là, vois-tu, il s'en est abstenu. Cela ne lui ressemble pas. Cette lettre bleue m'interpelle, je redoute un sac d'embrouilles.

— Tu cherches midi à quatorze heures. C'est pourtant simple. Si l'existence de cette lettre venait à se répandre, elle éveillerait les soupçons. De la même manière que tu soupçonnes Grégoire de je ne sais quoi au juste en ce moment. Il est malin, il anticipe les ennuis.

Tant qu'il n'aura pas récupéré cette lettre, il ne dormira pas tranquille. Essaie de le comprendre et pose-lui la question. Sa réponse te débarrassera d'un soupçon inutile.

J'ai replié la lettre, dubitatif, et l'ai glissé dans ma poche.

L'analyse d'Amélie dénotait une certaine bienveillance, une indulgence dont elle était coutumière et qui la rendait fragile. Elle ouvrait la marche et m'entraînait d'un bon pas.

— Grégoire est un homme détruit par un amour impossible, poursuivit-elle. En écrivant cette dernière lettre, il a été imprudent. Aujourd'hui, il craint pour sa réputation. S'il souhaite la brûler, comme tu le dis, c'est tout à son honneur. C'est le signe qu'il a passé un cap. Si tu es généreux, tu ne l'accableras pas à cause d'une date, en haut et à droite, une date qui te chiffonne. C'est un triste concours de circonstances qui ne démontre rien. Sauf à te troubler, et ça n'en vaut pas la peine. Tu dois lui laisser une chance de tirer un trait et ne pas le juger.

Nous approchions du chai. Tout en moi dénonçait une violente émotion. La dernière lettre de Grégoire me jouait un sale tour. Aurais-je la force de la brandir ? J'aurais préféré rester en dehors de tout ça. J'avais l'impression d'une mauvaise blague et je n'arrivais pas à m'en démettre.

Je me suis isolé derrière le tronc d'un ormeau. Dès lors que je me suis senti mieux, il y avait à mes pieds plus de bile amère que de nourriture mal digérée. Dans le reflet des yeux verts d'Amélie, j'ai cru voir la blancheur humide d'un drap sur l'herbe, mais c'était mon visage.

49

Si ce n'est pas toi, c'est qui ?

Mai 1967

— Enfin ! Vous les avez retrouvés !

— Tout doux, Grégoire, dit Amélie, en faisant passer les poèmes dans son dos. Simon souhaiterait quelques éclaircissements, il a besoin d'être rassuré.

Grégoire se détourna d'Amélie et me gratifia d'un sourire enjôleur :

— On ne va pas étaler, devant témoin, un passé qui ne regarde que nous. Inutile de triturer nos cicatrices. J'ai hâte de retrouver la paix de mon esprit. Les poèmes me réconforteront et ils adouciront ma peine.

Son ton lénifiant cherchait à me tromper. Sa voix déraillait par moments et des notes discordantes s'échappaient. Son mensonge passait mal, ses mots accrochaient au bout de sa langue. Je ne me suis pas laissé prendre à son jeu.

— Grégoire, avant de te remettre les poèmes, il reste un point à éclaircir.

— Où veux-tu en venir ?

— Il me manque la dernière pièce du puzzle.

— Quel puzzle ? Quelle pièce ? Désolé, je ne pige pas.

— Alors j'irai droit au but. Nous sommes les seuls à connaître l'histoire des lettres à Rosaline. J'en assume la paternité et je pourrais les réécrire au détail près. Toutes, sauf une. C'est là que le bât blesse. As-tu écrit une dernière lettre à Rosaline ? Une lettre bleue ?

— C'est pour ça, justement, que tu es mon meilleur pote et que tu bois à discrétion. Pour toutes ces lettres que tu as écrites à ma place. Chacun de nous s'est réfugié dans le talent de l'autre. Moi, dans ton écriture et toi, dans mon vin. Nos intérêts se sont croisés et depuis nous sommes liés.

— Arrête de m'embobiner. Pour une fois, sois honnête et réponds à ma question. As-tu écrit une dernière lettre bleue, oui ou non ?

Il me tendit un verre en s'enfermant dans le déni, en faisant l'impasse sur la pièce manquante du puzzle :

— Je suis toujours honnête lorsque je trinque avec toi. Déguste ce petit verre de vin au lieu de te biler, et dis-moi ce que tu en penses.

La désapprobation d'Amélie dans mon dos m'empêchait d'y goûter.

— Juste du bout de tes lèvres, s'il te plaît. Je ne connais pas meilleur dégustateur que toi et tes avis me sont précieux. C'est la cuvée du siècle. Je n'ai fait qu'une bouchée de la contamination des bretts, j'ai sauvé ma récolte et ma réputation.

Amélie me rappela sa présence en tirant sur le pan de mon veston. Par des mimiques agacées, elle me signifiait qu'une lettre bleue sommeillait au fond de ma poche. Grégoire nota son impatience :

— J'y pense, dit-il, en se frappant le front. J'ai vinifié ces quatre barriques en votre honneur. J'en réserve une pour votre mariage. Qu'en dites-vous ?

Il gratifia Amélie d'un clin d'œil et lui tendit un verre. Elle le porta à ses lèvres. J'en fus très étonné. Je me demandais laquelle des deux propositions l'avait conduite à baisser la garde : nos futures noces évoquées par Grégoire ou la barrique en cadeau ? J'ai penché pour les deux. Les deux cumulées avaient balayé ses a priori. Le vin de Grégoire ne semblait plus être son premier ennemi. Elle s'apaisait et s'était débarrassée des poèmes sur le dos d'une barrique.

Le viticulteur lorgnait de leur côté.

Tout en faisant semblant d'être occupé à autre chose, il s'en rapprochait comme un crabe. J'étais sur le point d'intervenir lorsqu'une araignée à tête de mort chuta de sa poutre dans mon verre. Je l'ai repêchée et je l'ai installée sur le rebord. Au sec. Puis j'ai basculé le vin au niveau de sa bouche. Elle pompait allégrement. Elle devait être en manque pour avoir tenté cette chute acrobatique et risquer de se noyer. Sa démence m'évoqua mes divagations passées et me rappela au motif supérieur de ma présence ici. J'ai remis l'araignée sur sa poutre et lui ai confié mon verre. Puis j'ai plongé la main dans ma poche et j'ai collé la lettre bleue sous le nez du viticulteur.

— Explique-moi ce que cette lettre faisait dans le recueil de poèmes ?

— C'est quoi, s'étonna-t-il ?

— La dernière pièce du puzzle, une lettre à Rosaline. Je croyais les avoir toutes écrites, mais celle-là, vois-tu, elle n'est pas de moi.

— Ni de moi.

— Ce sont tes pattes de mouches sur le papier, ne le nie pas.

— Je n'ai aucune justification à fournir.

— Pourtant je suis tout ouïe, je t'écoute.

Il s'essuya le cou à l'aide de sa guenille noire de vinasse. Son air hautain trahissait je ne sais quoi d'inquiétant. Amélie s'était rapprochée des barriques. Elle avait porté son choix sur la plus éloignée. Elle l'enserrait et y collait ses lèvres. Elle affichait la reconnaissance d'une pauvresse à qui la chance sourit enfin. Vingt gars n'auraient pas suffi à la décoller de son butin. Manquait plus que ça ! Mon Amélie éprise d'une barrique !

— Je n'ai rien à dire à ce sujet.

— Oh que si ! Tu vas m'expliquer le rapport entre la date, en haut à droite, et celle du décès de l'institutrice.

— Aucune relation.

— Si ça ne te trouble pas, moi, ça m'a mis la puce à l'oreille.

— Y a rien à comprendre, c'est une coïncidence.

— Méchante coïncidence, n'est-ce pas ?

— Les coïncidences sont toujours l'œuvre du hasard et pas toujours pour le meilleur.

Il se dérobait et je me demandais comment lui arracher des aveux. Sur quel point sensible appuyer ?

Soudain, une illumination me traversa. Je me suis souvenu de la hache. À la publication des noces de Rosaline et du berger, le désespoir l'avait fait disjoncter. Il avait couru dans son chai, hache à la main, se passer l'envie de décapiter son rival. Il pataugeait déjà dans son vin lorsque j'étais arrivé. Une barrique éventrée gisait à ses pieds. Il s'acharnait dessus. Il était atteint d'une folie destructrice et sans mon intervention, toutes ses barriques y seraient passées.

Nous avions roulé au sol.

Ce fut une belle bagarre. La seule que nous ayons jamais livrée avec autant de hargne. Je l'avais carrément assommé pour lui faire lâcher prise. Mais sans moi, ses barriques n'auraient pas fait long feu et son vin se serait répandu dans ses vignes en passant sous la porte. Après avoir sauvé sa cuvée, j'avais dissimulé la hache à sa vue sur une poutre.

Avec un peu de chance, elle était encore là. Je l'ai cherchée à tâtons et ma main palpa son fer. En l'attrapant, je me suis entaillé le petit doigt atrophié. Il saignait. La coupure me rappela le chemin parcouru et ma nouvelle détermination. J'ai brandi l'arme. Grégoire éclata d'un rire sardonique :

— Tu comptes me couper le cou ?

— Sois tranquille ! Mais je ne vais pas me contenter éternellement de faux-fuyants. Je n'irai pas par quatre chemins. À quelle heure as-tu porté cette lettre à Rosaline ?

— Je n'ai pas porté cette lettre à Rosaline.

Sa grosse bedaine et quatre barriques me narguaient. J'ai cherché le soutien d'Amélie et je l'ai surprise passée à l'ennemi, à couvert derrière le viticulteur. J'ai vu rouge.

Mes bras se soulevèrent et la hache se ficha dans le bois de la première barrique. Je m'y suis repris à deux fois. Le précieux liquide s'échappa à gros bouillons. C'était une impression étrange. Le vin fuyait de la barrique et en même temps, il décampait par tous les pores de ma peau. Cet écoulement incontrôlable m'entraînait vers une vie débarrassée d'impuretés, vers un nouvel équilibre.

Grégoire s'avança et s'interposa entre la hache et sa deuxième barrique :

— Arrête, Simon, ne touche pas à celle-là ou tu vas le regretter.

— Si ce n'est pas toi, c'est qui ? Qui a porté cette lettre ?

— C'est personne.

S'il comptait me calmer de la sorte, il me connaissait mal. Il n'avait aucune idée de ma transformation, de mes muscles trop longtemps retenus et qui ne demandaient qu'à s'exprimer. J'ai poussé le cri du bûcheron qui s'apprête à abattre un grand chêne et j'ai frappé.

La terre battue s'engraissait à nos pieds d'un fertilisant improbable, le fruit de son travail, le fruit de sa meilleure cuvée. La hache se dressa à nouveau. Il recula. Son visage s'était durci. Je voyais bien qu'il me détestait de tout son être.

— Que faisais-tu chez Rosaline au moment de sa mort ?

Le contenu de la deuxième barrique s'imbibait dans le sol. Ma décision de tout détruire prenait ses racines dans le fond honni de ma vie antérieure. Je me suis dirigé vers la troisième barrique. Je me sentais dans la peau d'un juge à bout qui utilise les grands moyens pour faire cracher des aveux.

Le fer de la hache fendit en une seule fois les douelles de la troisième barrique. Un jet puissant m'explosa au visage et emporta mes dernières résistances. Je pataugeais dans une mélasse de vin et de terre comme dans un bain de jouvence. La sensation de piétiner mon alcoolisme me procurait un bien fou.

Je m'asséchais cependant.

J'avais donné toutes mes forces à la recherche de la vérité et Grégoire persistait dans le déni. J'ai pensé qu'une gorgée, une seule gorgée, une gorgée minuscule m'aiderait à fracasser la quatrième barrique. J'ai repris mon verre sur la poutre. Mais au moment de le porter à ma bouche, je fus agressé par une odeur désagréable, une odeur de sueur de cheval. J'ai rapproché mes lèvres. Un goût de plastique brûlé se répandit dans ma bouche. Des brettanomyces indésirables avaient contaminé la cuvée de Grégoire. Au point de la rendre imbuvable. Il semblait ne pas s'en être rendu compte. Ou bien, il refusait de l'admettre et se croyait encore un viticulteur invincible.

Au moment de reposer mon verre, j'ai remarqué l'araignée à tête de mort. Elle gisait sur la poutre les pattes en l'air, empoisonnée. Le mirage du vin de Grégoire s'évanouissait.

Amélie imprimait son derrière sur la dernière barrique comme sur la croupe d'un bourricot récalcitrant. Ses cuisses et ses mollets faisaient office de tenaille. À son corps défendant, elle protégeait le contenant en chêne contre ma rébellion. Dans sa grande logique, c'était un cadeau de Grégoire. Superstitieuse comme elle l'était, elle supposait que la détruire annulerait nos épousailles. Pourtant, nous ne les avions évoquées ni d'Ève ni d'Adam. Mais la demoiselle avait une sérieuse tendance aux anticipations. Sa passion débordante pour la barrique me fit mesurer la force de son amour pour moi.

— Que protèges-tu, Amélie ?

— Notre cadeau de mariage.

J'avais vu juste.

La petite Amélie en pinçait pour moi et elle se dévoilait. Mais dans cette position, à califourchon et à portée de hache, elle ne m'incitait pas à lui donner la réplique. Ma présence semblait l'effrayer alors que la proximité du viticulteur semblait la rassurer. Pourtant, elle était loin d'imaginer combien il pouvait la détester. Elle, bien sûr, comme toutes les autres femmes ayant eu l'outrecuidance de survivre à Rosaline. Grégoire se rapprochait d'elle, ses yeux tournaient à toute vitesse. Comme lorsqu'il s'apprêtait à un odieux calcul. Dans un flash, j'ai vu Amélie en otage idéal.

Avant même qu'elle ne réalise le danger, je l'ai désarçonnée et collée à l'abri dans mon dos.

Elle m'insulta.

Sa douceur n'était plus d'actualité. Elle m'accablait et me disait ne pas mériter le dixième de sa considération. Ses remarques me firent chuter au trente-sixième dessous. Une vraie girouette ! Grégoire l'avait retournée comme une crêpe alors qu'en fendant les barriques, je touchais presque au but. Précisément à son intransigeance sur l'alcoolisme.

J'hésitais à massacrer la quatrième barrique.

Convaincu que la fréquentation de Grégoire avait contribué à ma perte, mon père m'encourageait :

— Il en reste une, Simon, si ce n'est pas toi qui t'y colles, je la pulvériserai à ta place.

Grégoire s'était retiré au fond du chai. Là-bas dans son coin, il paraissait ridiculement diminué, rattrapé par une réalité pas bonne à dire. La perte de son vin ne semblait pas le tracasser plus que ça. Il l'assumait comme un aboutissement logique, la fin inéluctable d'une mauvaise farce. Le prix à payer.

J'ai fendu la quatrième barrique en retenant Amélie par un bras.

Puis je l'ai libérée pour qu'elle aille réconforter Grégoire. Mais au lieu de se jeter dans ses bras, elle s'est précipitée sur la blessure géante. Elle tentait en vain de contenir le flux poisseux. Mais qu'y pouvait-elle, la pauvre, sinon l'assaisonner de larmes ou bien en aspirer une part infime de ses lèvres en cul-de-poule. Ce qu'elle fit vaillamment.

Je ne sais quelle source d'inspiration lui fit changer brutalement de camp. Je l'ai reçue de plein fouet, repentante, gluante et empestant la sueur de cheval. J'en fus tellement soulagé que les explications devenaient inutiles. La pauvrette serait sortie d'une fosse à purin, je l'aurais serrée contre moi d'une fougue identique. Elle renifla dans mon cou :

— Finalement, Simon, tu as fait le bon choix.

— On n'a rien perdu, c'était de la piquette. Tu peux me faire confiance, la dégustation c'est mon point fort.

— C'était pire que ça, Simon ! J'ai bu le vin frelaté d'un homme qui en a gros sur la conscience. Son goût est rebutant et ça m'a écœurée. Cette bibine en cadeau de mariage aurait empoisonné notre couple.

J'admirais sa virtuosité à rebondir. Amélie se pendait à mon cou et me confiait son sentiment. Me disait que Grégoire s'était complu à une machination macabre et que sa lettre dénonçait une manœuvre répugnante. Elle abondait dans mon sens, mais je voulais l'entendre de la bouche du viticulteur.

— Grégoire, étais-tu présent lorsque Rosaline s'est effondrée ?

— Et après ? Je ne l'ai pas tuée.

— Pourquoi n'as-tu rien tenté ?

— Je ne suis pas médecin.

— Alors pourquoi n'as-tu pas appelé le toubib ?

— Il aurait mis un temps fou à arriver.

— Qu'en sais-tu ? Il aurait pu stopper l'hémorragie et la sauver.

— Pour qu'elle retombe dans les bras du berger ? J'ai insisté, mais elle a refusé de le quitter.

Cette dernière réplique signait la culpabilité de Grégoire. Je ne savais pas s'il en mesurait la portée. La tragédie s'était déroulée sous ses yeux. Mais pire, il avait rajouté sa pierre à la douleur et torturé Rosaline en lui demandant de choisir. Sa perfidie éclatait au grand jour. Mon champ de conscience s'ouvrait à une vérité difficile à entendre. Le chai empestait la transpiration d'un homme dépourvu d'hygiène morale et ses bassesses avaient contaminé son vin.

La lettre bleue n'était en vérité que la pièce manquante du puzzle de ma vie. Un morceau décisif sans lequel j'aurais poursuivi ma route dans la mauvaise direction. Sans lequel j'aurais trouvé, encore et encore, des bonheurs fugitifs dans le chai de Grégoire, dans cet espace clos où ne résidaient en somme qu'infamie et turpitude.

Si le viticulteur me regardait partir, il me voyait pour la dernière fois.

Devant moi s'étalait une terre à vignes définitivement maudite à mon cœur. Amélie me rejoignit, aveuglée par une remontée de larmes :

— Grégoire mériterait qu'on le traîne en justice.

— Il ressortirait innocent. La lettre n'est pas une preuve d'assassinat, c'est juste un éclairage sur les derniers moments de Rosaline et sur la laideur du viticulteur.

— Il s'est arrogé sur elle un droit de vie ou de mort : quitter son berger ou périr !

— Elle a préféré mourir plutôt que le trahir.

— Et plutôt qu'affronter l'outrage, Grégoire l'a regardée partir.

— Sa jalousie lui a fait commettre un crime épouvantable. Quoi qu'on dise ou fasse, c'est peine perdue, il aura toujours les mains blanches aux yeux de la justice.

— C'est un crime déguisé, un crime parfait, une non-assistance à personne en danger !

— Je suis d'accord, Grégoire est un être méprisable. Sans la lettre bleue, il s'en serait sorti indemne. Malheureusement, y a pas de prison pour ce genre d'assassin.

— Que comptes-tu faire, Simon ?

— L'abandonner à la vindicte. Il a deux morts sur la conscience. En criant au loup, il mettait sa propre faute sur le dos du berger. Finalement, il est arrivé à ses fins. En s'acharnant sur son ennemi, il l'a poussé au suicide.

— C'est le summum de l'horreur.

— Mais il a fait une erreur. Un assassin aux mains blanches fait toujours une erreur. Il s'est sauvé en abandonnant la lettre dans le recueil de poèmes.

— Pensons à l'avenir, Amélie, pensons à l'inauguration de la bibliothèque.

— Excellente idée. On pourrait la baptiser des prénoms de l'institutrice et du berger. À propos, c'était quoi le prénom du Veuf ?

— Je ne l'ai jamais su. À l'école, on disait : « le petit berger » ; à la mort du père : « le berger » ; à la mort de l'institutrice : « le Veuf ». Une fois, une fois seulement, j'ai entendu Rosaline l'appeler « mon amour ». Si je dois retenir un seul exemple dans la vie, c'est la passion qui les unissait.

Nos doigts s'entremêlèrent :

— Alors ce sera la « Bibliothèque Rosaline » !

— Le Veuf approuverait. Il se complaisait à n'être personne. En ne dévoilant jamais son état civil, il se rayait volontairement du genre humain. S'il avait dû revendiquer une identité, ce serait celle de l'amoureux éternel, de l'époux fidèle par-delà la mort. Laissons-lui sa part de mystère. Pour moi, il est l'exemple à suivre. Sa passion pour la belle institutrice a brisé toutes les conventions.

Après ces réflexions, nous sommes restés un long moment silencieux, nous demandant à part nous comment atteindre ce niveau d'excellence. J'ai embrassé Amélie et elle s'est laissée faire. Mais une rafale nous rappela à l'ordre.

50

Le dernier bouquet de roses

Mai 1967

— Accélérons, Amélie, ne nous retournons pas, à ce train on court à la catastrophe.

Elle a cueilli ses talons au passage et je lui ai offert mon bras. Elle s'y cramponna. J'aurais préféré la porter, lui épargner cette épreuve, mais deux jambes n'auraient pas suffi à atteindre le village à temps.

Dans une autre occasion, moins précipitée, je l'aurais étendue sur la mousse et j'aurais fait de mon veston en boule un oreiller pour sa tête. Elle se serait laissée faire. Son corsage s'était déboutonné et une chair blanche débordait. Elle ne s'est pas arrêtée pour le réajuster. Notre course folle imprimait deux ronds roses à ses joues. Ses dentelles virevoltaient et des mèches blondes s'étaient détachées de son chignon. Elle parsemait le parcours de ses épingles à cheveux. Maintenant, sa chevelure roulait. Je ne perdais pas une miette de cette chevauchée qui la déshabillait et l'offrait à mon désir.

Ce fut plus fort que moi. Au moment de traverser la clairière, je l'ai retenue. C'était le bon moment, je le sentais. Tant pis pour la bibliothèque. J'ai serré son corps contre le mien. Ils s'accordaient alors je l'ai demandée en mariage.

— Tu crois que c'est le bon moment ? On reparlera des noces après l'inauguration. Je vais mettre les bouchées doubles. Quand il le faut, je suis plus efficace qu'un bataillon aux ordres. Maintenant, je sais pourquoi et pour qui je me bats. Pour nos deux cœurs qui battent à l'unisson.

La catastrophe nous avait devancés.

Des gens nous ayant vus de loin nous regardaient venir. Ils s'agglutinaient aux fenêtres et à la porte de la future bibliothèque. Pourtant, Amélie avait pris soin de tout barricader et d'occulter le bazar. Mais c'était une erreur. Les volets fermés avaient éveillé la curiosité et la serrure avait été forcée.

Un brouhaha inquiétant montait jusqu'à nous. Il ne fallait pas être sorcier pour deviner la cause de la contrariété. La vindicte populaire avait repris du service. Mais comment lui donner tort ?

La bibliothèque attendait les honneurs de la République et les invitations avaient été lancées. Le conseiller général et le député avaient confirmé leur présence. C'était la première bibliothèque du canton et les édiles se disputaient pour la porter en triomphe. Chacun et chacune au village s'apprêtait à recevoir la délégation officielle.

Tous sauf la bibliothèque.

Les ménagères avaient confectionné des gâteaux. Ça fleurait bon la tarte aux pommes et le clafoutis aux cerises. Les plus courageuses avaient empilé des crêpes. Un tel branle-bas ne s'était jamais vu. J'avais réussi à m'imposer et à me faire des alliés. Mais en abandonnant les lieux, j'avais tout saboté. La fête tournait à l'eau de boudin et j'étais l'artisan en chef de cette débandade.

La rumeur de notre retour enflait.

Une clameur vengeresse arrivait jusqu'à nous. Entre avancer ou reculer, j'ai choisi d'en finir. Amélie se faisait lourde à mon bras. Ses tremblements me propulsèrent dans la mêlée. C'était le moment ou jamais de lui prouver ma combativité. Après tout, qu'avais-je à me reprocher ? D'avoir aimé la lecture et de m'en être fait le chantre. Je lui ai fait un rempart de mon corps et je l'ai entraînée.

— T'inquiète, j'ai susurré à son oreille, ils aboient, mais ils ne perdent rien pour attendre. Ils vont m'entendre, j'ai des comptes à régler.

— Tu as brûlé toutes tes cartouches, Simon, c'est peine perdue. La bibliothèque file un mauvais coton. Nous avons donné de l'eau au moulin de Julien Jonquille. Il va s'en faire des gorges chaudes et reprendre le flambeau. Il va te renvoyer à tes démons. Qu'allons-nous devenir ?

— Demain, je t'épouserai et nous irons au bout du monde. J'ai des économies. Un sac en toile plein de billets Richelieu. De quoi fréquenter toutes les bibliothèques du monde.

À notre approche, la foule se scinda pour nous laisser passer. Le piège nous attendait à l'intérieur. Nous étions faits comme des rats. Dans le local, Julien Jonquille s'apprêtait à me porter le coup de grâce. Son crâne chauve luisait. Il ne m'avait pas attendu pour déclencher les hostilités. Il s'agitait et paraissait furieux. Je me demandais à part moi quel sort il m'avait réservé et j'ai pensé que la bibliothèque deviendrait mon tombeau. Mais il était trop tard pour rebrousser chemin. La foule s'était resserrée et formait un bloc compact derrière nous. Toute tentative de fuite était vouée à l'échec. Pierrot m'envoya une tape à l'épaule. Je l'ai interprétée comme le dernier soutien au condamné.

Si ce n'avait été Amélie, blême, et sa main glacée dans ma main, je n'aurais pas eu ce sursaut qui me fit bomber le torse.

Mais le chauve m'ignorait. Il chassait l'air autour de lui. Il me fallut trois secondes à peine pour décoder la situation. Une présence invisible lui tenait la dragée haute.

— S'il te plaît, Simon, dis à ton père qu'il me lâche. Voilà une heure qu'il me serine que je t'ai mal jugé. J'ai beau lui rétorquer que nous sommes deux, lui et moi, à t'avoir sous-estimé, il n'est pas convaincu, il me renvoie la faute. Il affirme qu'il n'y a pas eu meilleur père que lui et plus mauvais maire que moi.

Je les ai abandonnés à leurs frictions. Ils avaient failli l'un et l'autre à mon éducation, mais je n'en éprouvais aucun ressentiment. Ils s'étaient largement rattrapés et la rancune n'était pas ma cousine.

Près de la table de lecture, Madeleine et Germaine trônaient en talons aiguilles et en dentelles rouges. Le vase en verre, à pointes de diamant, siégeait au centre de la table. Ses facettes jouaient avec le soleil. Elles renvoyaient sur les murs des touches de lumière ondoyantes. Il avait fière allure malgré son anse brisée. Mais il était vide. Désespérément vide et le voir ainsi me désolait. Je savais déjà comment procéder pour pallier ce désagrément avant de m'enfuir avec Amélie. J'en souriais à l'idée. J'avais toute la nuit pour chaparder des fleurs. Nous étions au mois de mai et les roses dans les jardins n'avaient jamais été aussi belles.

Les sœurs me noyaient d'explications. Une véritable cacophonie où je retenais simplement qu'il n'y avait pas lieu de m'inquiéter.

Ayant remarqué notre absence, elles avaient rapatrié de l'aide et orchestré les dernières mises au point. À ceux qui s'étonnaient, elles avaient fait les mystérieuses. À ceux qui insistaient, elles les avaient fait patienter en disant que la divulgation du secret n'appartenait qu'à moi. Histoire de faire monter la pression, elles avaient promis qu'à mon retour le viticulteur en prendrait pour son grade.

— Comment aviez-vous deviné ?

— Deviné quoi ?

— À propos du viticulteur.

— On s'en doutait, c'est tout. Ce vil personnage ne joue pas franc jeu. La chasse à la sorcière nous a dévoilé un homme infect. On serait allées lui dire son fait sans Amélie. Mais la petite nous traitait de barbares. Elle est trop bonne.

— Elle n'a fait que vous protéger. Grégoire ne vivait que pour Rosaline et haïssait les autres femmes.

Madeleine et Germaine n'imaginaient pas aux griffes de quel dangereux personnage elles avaient échappé. J'ai préféré réserver la vérité pour plus tard. Ce serait bien assez tôt. La lettre dans ma poche me servirait de preuve. Je l'ai glissée à sa place, dans le recueil de poèmes, puis dans la poche intérieure du veston de mon père. Côté cœur. Au lieu de m'irriter, les duchesses au bal me procurèrent une jouissance indicible. Je ne me suis pas évanoui.

Pendant que les sœurs papotaient, j'inspectais le local. Les caisses vides s'empilaient dans un coin. Les livres garnissaient les rayonnages. Dans un ordre qu'il me faudrait reprendre, mais qu'importe, sur les étagères ils en jetaient plein la vue. Les carreaux de ciment renvoyaient la lumière et ça sentait la cire d'abeille. Des rideaux égayaient les fenêtres. Aucune fausse note qui aurait pu me déplaire.

La clameur, que j'avais prise pour un blâme, n'était en vérité qu'une manifestation de joie ; et les grimaces, des sourires contenus. Mais comme je n'y étais pas préparé, et encore moins habitué, je les avais mal interprétés.

— C'est pour toi, me dit soudain Madeleine, en tendant son doigt vers un coin sombre.

Elle me désignait un bouquet, à peine visible, dans un renfoncement.

— Pour moi ? C'est de qui ?

— Tu es le seul à pouvoir nous le dire.

— Qui l'a apporté ?

— Un fleuriste.

— Et qu'a-t-il dit ?

— C'est bien ici qu'on trouve un dénommé Simon ?

— Il me recherchait ? Moi ?

— Il n'y a qu'un seul Simon à Saint-Ignace-les-Benoits que je sache. Je lui ai demandé ce qu'il voulait. Il paraissait tendu et vérifiait si c'était bien le bon endroit et le bon moment :

— L'inauguration de la bibliothèque, c'est pour demain, n'est-ce pas ?

— Qui vous l'a dit ?

— Je me demandais si cette fameuse inauguration finirait par arriver, si elle ne me jouait pas le coup de l'arlésienne. L'acheteur a payé le double du prix en monnaie sonnante et trébuchante. Il a même ajouté que le dénommé Simon n'aurait pas besoin d'un dessin.

— Puis il a jeté le bouquet dans mes bras et m'a dit que sa mission s'arrêtait là, bien content d'avoir fait son boulot. Avant de sortir, il m'a remis un bristol et a rajouté :

— Je ne remettrai jamais les pieds chez les fous. J'ai rayé Saint-Ignace-les-Benoits de ma liste. On n'est pas près de m'y revoir. Même pour y livrer la lune et gagner une fortune.

— D'où venait-il ?

— De Quimbrion.

Une drôle d'idée a germé dans ma tête. J'ai lu la phrase sur le bristol : « *Avec nos compliments et nos remerciements* ». Rien d'autre. Je l'ai retourné. Le côté pile était d'une blancheur céleste. J'ai libéré les roses de leur papier cellophane. C'étaient des Baccaras d'un rouge profond, d'un rouge velouté et d'une fraîcheur exquise. Une signature indiscutable. J'ai ressenti le besoin immédiat de m'appuyer contre un mur.

Le Veuf avait anticipé l'ouverture de la bibliothèque d'une confiance aveugle comme seuls les vrais amis en ont le secret. Il avait associé Rosaline à ses félicitations. À quel moment avait-il passé cette commande ultime ? Mais à quoi bon me questionner ? Le mystère me convenait.

J'étais tout entier à cette découverte et mon cœur battait à tout rompre. Je réalisais n'avoir jamais démérité aux yeux du berger et qu'il m'avait toujours tenu en estime. Il savait mieux que moi que je réussirais tôt ou tard. Il avait fait montre à mon égard d'une patience exemplaire et parié sur ma résurrection. Il tenait plus à ma réussite qu'à la sienne. Peut-être me jugeait-il plus méritant. C'était la preuve indiscutable d'une loyauté jamais remise en question.

Amélie posa sa main sur mon épaule et je l'entendis me susurrer à l'oreille que ses sœurs étaient d'accord, que tous les obstacles pour le mariage étaient tombés. Je l'ai serrée contre moi.

Mais je n'ai pas trahi ma révolution intérieure. À quoi bon ! Je me suis laissé glisser à terre, ramassé sur moi-même, les bras enserrant mes genoux. Et j'ai comprimé ce singulier bonheur qui n'appartenait qu'à moi seul.

Ma pensée s'attardait sur le Veuf et Rosaline. Sur Pierrot et Félicien. Elle remontait jusqu'à mon père, et à sa clique de laborieux. Sur son ennemi juré aussi et sur la photo de ma mère que j'envisageais de réclamer en échange de mes bons et loyaux services. Mon regard balayait tout ce que nous avions accompli ensemble : une bibliothèque !

Je me suis levé et j'ai dressé les roses du Veuf, au centre de la table, dans le vase à facettes.

Chère lectrice, cher lecteur,

Si l'histoire de Simon vous a touché·e, je vous invite à lire ce qui suit.

CONTACT

Qu'avez-vous pensé de mon premier roman ?

Même succincts, vos avis me sont précieux. Chaque opinion, chaque vote me touche et me stimule.

Si vous le voulez bien,
- vous pouvez vous connecter à votre compte Amazon, cliquer sur commande, repérer *Les Roses du Veuf* et cliquer sur le bouton « écrire un commentaire »,
- ou entrer le lien suivant sur la barre d'adresse de votre navigateur et vous serez dirigé·e vers la page des commentaires :
https://www.amazon.fr/review/create-review ?

Vous pouvez également me suivre et m'écrire :
- sur mon site www.clairelota.com (un cadeau de bienvenue vous attend) ;
- sur Instagram : @ClaireLotaAutrice ;
- sur Facebook : @ClaireLotaAutrice.

Nous pourrons parler de Simon et entamer une discussion sur ma nouvelle héroïne, actuellement en construction, une femme bosselée par la vie.

Merci beaucoup pour votre soutien.
Claire Lota

REMERCIEMENTS

Ce livre me laisserait une impression d'inaccompli si je ne remerciais pas toutes les personnes qui ont accompagné son écriture. Devant l'ordinateur, la solitude aura été ma compagne. Mais fort heureusement, des encouragements et des conseils avisés sont venus la distraire. Sans cela, peut-être aurais-je cassé ma plume avant le point final. Sans cela, j'aurais laissé Simon se débrouiller tout seul et la boisson l'aurait emporté. Il était bien mal parti avant que je le prenne en charge. Son accomplissement, c'est la plus belle victoire de ce récit.

Mes plus profonds remerciements iront d'abord à mon mari pour son indéfectible disponibilité et sa croyance en moi. Je dédie un merci tout particulier à mon fils Raphaël qui m'a accordé du temps alors qu'il était débordé. Un merci reconnaissant à mon fils Clément pour son soutien dans ma campagne. De vifs remerciements et toute ma gratitude vont à notre groupe d'écriture qui est resté soudé : Dominique Heil pour ses relectures pleines de bon sens et son art de mettre le doigt là où il faut ; Martine Bach qui a su remotiver les troupes dans sa grande maison de Castelsagrat. Un clin d'œil particulier pour les accueils généreux de Marie-Ange ; Stéphane Villegente, à qui je réserve mon affection pour sa jeunesse, son enthousiasme et ses stimulantes rêveries ; sans oublier Fanny Brémond qui m'a fait don de son regard aiguisé aux bons moments et enfin Éric, le jeune papa les yeux au ciel, dont la persévérance et la profusion sont des exemples.

Mais, par-dessus tout, je tire mon chapeau à Anaël Verdier, le coach, le moteur de mon imagination et l'échafaudage de mon histoire. Sans lui, mon livre serait resté à l'état de projet. Je salue le hasard qui m'a fait croiser sa route. Je souhaite à tous les apprentis auteurs de rencontrer une personne aussi avisée. Je n'hésite pas à lui envoyer le baiser amical de la reconnaissance.

Enfin, ma pensée dérive vers tous mes personnages de papier qui ont eu la bonté de m'introduire dans leur univers torturé. J'ai pris un plaisir prodigieux à essayer de les comprendre et à les suivre. Je leur souhaite le meilleur dans ce monde d'après. J'ai fait ce que j'ai pu pour eux. À leur tour de distraire les lecteurs comme ils l'ont fait pour moi. Je ne doute pas de leur succès, car ils ont le talent pour cela.

À PROPOS DE CLAIRE LOTA

Après s'être impliquée dans la presse régionale et la viticulture, Claire Lota a trouvé dans l'écriture un nouvel élan.

Elle affectionne particulièrement les années 60, cette bascule révolutionnaire entre un temps contraignant et l'explosion de la société : « C'est une période fabuleuse pour étudier les conflits générationnels ; une période légendaire pour camper le passage d'un univers opprimant vers un univers débridé ; une période fantastique pour décrire le chambardement moral et intellectuel initié par le progrès et la révolution des mœurs ».

C'est en s'appuyant sur les prémices d'une révolution agricole et culturelle que Claire Lota a construit son premier roman : *Les Roses du Veuf*. C'est dans l'entre-deux d'un monde finissant et d'un autre qui commence que l'autrice laboure son univers fictionnel : « Cet univers-là fourmille d'intérêt. D'autant qu'il s'inscrit dans un passé proche. D'autant que les lecteurs pourront s'y projeter facilement. Ne sommes-nous pas, tous plus ou moins, intrigués par le cheminement de ceux qui nous ont précédés de peu ? C'est ce que nous portons de plus émotionnel en nous, nos histoires familiales inscrites dans nos gènes et qui nous ont façonnés ».

Printed in Poland
by Amazon Fulfillment
Poland Sp. z o.o., Wrocław

89978315R00228